D1386665

Jacky Minguet

Les Frères de l'Apocalypse

thriller

ISBN : 978-2-35962-613-1

Collection Rouge
ISSN : 2108-6273

Dépôt légal avril 2014

Éditions Ex Aequo
6 rue des Sybilles
88370 Plombières les bains

www.editions-exaequo.fr

Avertissement

Les frères de l'Apocalypse est une fiction. En tant que telle, elle confère une certaine plausibilité aux personnages, idées, faits et situations imaginés par l'auteur. Pour autant, vraisemblance n'est pas vérité. De ce fait, si la thèse développée au long de ces pages peut surprendre au motif qu'elle constitue une charge contre l'Église catholique ou tout autre courant de pensée religieuse, elle n'est en rien le reflet de mes convictions. Au cours de cette aventure, deux camps s'affrontent. Il me fallait des gentils, il me fallait des méchants, n'allons pas plus loin !

À Martine, mon épouse bien-aimée,
la « *lumière de tous mes possibles* »

Je publierai des choses cachées
depuis la création du monde.
(Mathieu. 13/35)

Prologue

Mardi 22 décembre
Castel Gandolfo (Italie) - Palais pontifical

Le Pape soupira. Son visage aux traits d'ordinaire colorés était blême. Il se sentit tout à coup vieux, vide et broyé par sa charge. Son prédécesseur s'était souvent confié à lui du temps où il était son conseiller pour le dogme : le magistère n'était jamais de tout repos !

Dans quelques instants, il aurait rendez-vous avec l'Histoire. C'est ce que lui avait laissé entendre d'une voix tourmentée son visiteur. Les mesures qu'il prendrait ou déciderait de ne pas prendre, pouvaient conduire à un cataclysme planétaire ; à moins de tuer la menace dans l'œuf.

Il secoua la tête, accablé par le poids de l'âge, celui de la maladie et de ses inquiétudes.

Même si de tout temps son Église avait essuyé les tempêtes, il ne mesurait pas encore les méfaits de la dernière d'entre elles, venue d'une bourgade de l'Est de la France. Il ignorait même tout des évènements qui l'avaient initiée.

Il comprenait toutefois que son pontificat marquait l'issue d'un combat.

Il eut un frisson.

Que pouvaient bien peser ses états d'âme au regard des enjeux épouvantables qui secouaient l'humanité depuis plus de huit siècles ? Il avait été de cette bataille. Pas sûr que lui-même s'en sorte totalement indemne...

Un mois et demi plus tôt
vendredi 5 novembre
Reims, centre-ville

Siméon de Puygirard, doyen de la faculté d'histoire de Reims, accéléra le pas. Il était en retard pour son rendez-vous de dix heures. Il parvint aux abords de la place d'Erlon. Manon de Pahans devait l'attendre à la brasserie de l'Apostrophe et serait aisément identifiable, à ses dires.

Il la repéra. Cheveux mi-longs, veste d'hiver blanche à col de fourrure, pantalon de tergal gris, bottes blanches à revers. L'étudiante avait omis de préciser qu'elle était jolie.

Les politesses échangées, il commanda un thé puis prit la parole :

— Vous savez mademoiselle que j'ai accepté cette rencontre sur l'insistance de mon cher ami Hugo, votre grand-père. Mais dites-m'en un peu plus. Ce cher Hugo est resté si évasif à votre sujet…

Elle ne répondit pas tout de suite. Quelque chose dans l'attitude de son visiteur semblait la déranger. « Ma parole ! Il lorgne sur ma poitrine, ce vieux goujat ! » Le silence prolongé de Manon lui fit lever la tête. Il secoua son abondante chevelure et lui sourit pour la première fois.

— Je suis horriblement gêné, mademoiselle, de ce quiproquo. Ne vous méprenez pas. La médaille que je vois là — il désignait l'objet qui pendait sur son tee-shirt — vous permettez ?

Il se leva pour contourner la table.

— Ah ! Comme cela est curieux.

— Ce n'est qu'une médaille de baptême.

— Le dos de cette médaille porte un motif peu courant puisqu'il s'agit, à n'en pas douter, de la croix pattée des Templiers. La couleur en est magnifique.

Sans crier gare, le professeur sembla s'affaisser. Dans le mouvement, sa main se crispa sur le collier, l'arrachant du cou de la jeune femme.

Avant qu'elle n'eût réagi, il se redressa et s'empara d'un carré de sucre.

— Je vous prie de m'excuser. Une crise d'hypoglycémie dont je suis coutumier.

Il contempla d'un air catastrophé la chaînette brisée entre ses doigts.

— Un excellent bijoutier de mes amis se chargera de la réparer… à mes frais, évidemment.

Ignorant les protestations, il enfouit d'autorité la médaille dans une poche de son pardessus.

— Si vous le permettez, je sortirais volontiers de cet endroit.

Siméon de Puygirard observa son interlocutrice. C'était une jeune femme au physique agréable. De taille moyenne, plutôt svelte, la chevelure auburn, son regard vert en perpétuel mouvement indiquait une curiosité permanente. Elle marchait enfin avec détermination.

— Ainsi, vous avez besoin de moi, poursuivit-il, une fois à l'extérieur.

— Pour mon doctorat d'histoire médiévale, accepteriez-vous d'être mon directeur de thèse ?

— Quel en est le sujet ?

— L'Ordre du Temple…

Le doyen interrompit sa marche.

— Bah ! Nombre d'écrits, de films, de documentaires, de légendes aussi, se sont chargé bien avant vous de spéculer sur la réalité de son secret. Le sujet a été tant de fois rebattu !

— Le secret de l'Ordre du Temple n'est pas le sujet de ma thèse.

Siméon de Puygirard sentit un fourmillement d'excitation le gagner.

— Quel sera votre propos, je vous prie ?

— Sa résurgence aux XXème et XXIème siècles.

***

2

Samedi 6 novembre

Guillaume Montalbach cheminait d'un pas alerte. En dépit du froid qui mordait la plaine champenoise, il se déplaçait en chantonnant. Il s'arrêta en haut d'une côte, là où le chemin qu'il suivait, parallèle à la route, plongeait sur le village de l'Épine. La basilique Notre-Dame lui apparut. Il émit un petit rire satisfait. Dans deux heures, il rencontrait Hugo de Pahans.

Il dévala la pente et s'engouffra dans le premier hôtel-restaurant du bourg. La borne d'accueil lui rappela qu'il se trouvait au Clos du Temple, enseigne référencée des guides étoilés.

La broussaille indescriptible de ses longs cheveux, sa parka crasseuse, son jean usé jusqu'à la corde, ses chaussures gorgées de boue et, pour couronner l'ensemble, son sac à dos posé à même le somptueux tapis de seuil faisaient tache. L'apparition ne sembla pas du goût de l'hôtesse.

— Monsieur désire ?

— Pardonnez-moi, je suis un peu égaré. Je cherche le Domaine des Mercuriales.

Lui ayant indiqué l'itinéraire, elle s'absorba sans plus de façons dans la consultation d'un registre, lui signifiant ainsi qu'il était temps de prendre ses cliques et ses claques. Le rire franc et enjoué de Guillaume retentit.

— Et si votre service… si votre service consistait… à me servir ?

Il épia la réaction. Du beau linge fréquentait l'endroit. Le plus petit éclat de voix eût été inconvenant.

— Où puis-je m'installer, je vous prie ? enchaîna-t-il sans attendre la réponse.

Il chercha une table inoccupée. L'ayant repérée, il s'installa sans plus de façons puis entreprit de héler un garçon. La moue désapprobatrice du serveur le mit en joie.

— S'il vous plaît monsieur, la discrétion ici…

— Halte-là, mon ami. Qu'êtes-vous en train de me dire ?

Guillaume déplia son mètre quatre-vingt. Tout autour, la tension était palpable.

— Allons ! Apportez-moi votre carte !

— Je vous en prie…

— Votre carte, vous dis-je. Je ne bouge pas d'ici sans avoir pris mon repas.

L'hôtesse approcha, accompagnée d'un homme à l'allure et aux manières d'une personne habituée à l'exercice de l'autorité. Il se présenta comme étant le directeur de l'établissement.

***

— Cher Monsieur, que pouvons-nous faire pour vous être agréable ?

— Le cher monsieur aimerait déjeuner, mais quelqu'un semble réticent à le servir.

— Monsieur a bien évidemment consulté les tarifs que nous pratiquons ?

— Justement, non. Je réclame la carte et l'on ne me la présente pas.

L'hôtesse lui glissa le menu sous le nez. Tandis qu'il saisissait le document, le directeur l'observa avec intérêt. Le jeune intrus repéra le changement. Le directeur claqua soudain des mains.

— Mademoiselle Christine, Monsieur Pierre, pressons. Prenez la commande de notre invité. Si, si. Permettez-moi d'insister, vous êtes notre invité. Ce n'est pas tous les jours que nous recevons un visiteur de votre rang. Mesdames, Messieurs, mes amis, votre attention je vous prie. Je tiens à vous exprimer mes excuses les plus navrées pour ce moment de confusion. Je viens à peine de comprendre notre méprise.

Le mutisme réprobateur s'était transformé en curiosité.

— Une regrettable méprise, disais-je.

Guillaume dut se faire violence pour conserver son empire sur lui-même. Il détailla l'homme qui, sur une inspiration géniale et avec sang-froid, venait de retourner une situation embarrassante. Lorsque leurs regards se croisèrent, il eut la surprise d'y déceler une étincelle de connivence.

— Pardonnez-moi, mes amis. Sachant désormais à qui j'ai à faire, je ne trahirai pas celui qui fait autorité dans un domaine que je ne puis préciser sous peine de trahir son incognito. Vous savez l'importance que j'attache au confort de chacun. En remerciement de votre compréhension, acceptez que la direction vous offre votre repas.

Le calme rétabli, Guillaume, s'adressa au directeur d'une voix à peine perceptible.

— Dois-je rire de ma soudaine notoriété ou m'incliner devant votre présence d'esprit ?

Le directeur prit place face à lui.

— Vous prenez votre repas, je vous offre le café dans mon salon privé et…

— Et ?

— Et vous me racontez l'histoire de cette chevalière accrochée à votre petit doigt et celle de cette merveilleuse montre qui orne votre poignet.

Il se releva le sourire aux lèvres, le salua d'une légère courbette puis s'éclipsa sous les remerciements réitérés de ses clients ravis.

***

3

L'Épine (Marne) - Commanderie « Les Mercuriales »

— Coucou grand-père. Il est treize heures. Tu as encore sauté le repas.

La pièce où Hugo de Pahans travaillait était de dimension modeste. Il y régnait une température clémente. Une curiosité quand on savait où elle se situait. Le vieil homme se leva pour déposer un baiser sur le front de son unique descendante.

— Ah, Manou ! Tu viens voir si je suis encore de ce monde, lança-t-il dans un petit rire.

— Non, juste savoir où tu en es, répondit sa petite-fille.

— Où j'en suis ? Justement, je comptais te mettre au courant.

Une pause, un silence prolongé, suivi d'un regard pétillant.

— Ma petite Manon, le Grand Secret pourrait bientôt être entre mes mains.

***

L'Épine - Hôtel-restaurant le Clos du Temple

À 13H15, mademoiselle Christine escorta Guillaume jusqu'à une porte capitonnée. Le directeur de l'établissement lui désigna le son canapé situé face à lui.

— Tout d'abord, permettez-moi de réparer un oubli. François de Rivalmonte, se présenta-t-il. Vous êtes ?

— Guillaume Montalbach.

— Droit au but. Vous n'êtes ni un touriste ni un pèlerin.

Il s'agissait d'un constat, pas d'une question.

— Exact.

— Pas davantage un maraudeur ou un vagabond.

— Pas davantage.

— Votre chevalière…

Le directeur saisit la main droite de Guillaume.

— Une croix des chevaliers du Temple. Un héritage, un signe d'affiliation peut-être ?

— Quelque chose comme ça.

Le directeur se leva pour se déplacer jusqu'à un meuble bibliothèque.

— Avant de m'expliquer votre petit numéro de tout à l'heure, je vous prie de bien vouloir approcher. Que voyez-vous dans cette vitrine ?

— Par exemple ! Nous possédons la même chevalière.

Après une légère hésitation, il se ravisa :

— À cette différence près que le fond de celle-ci est de couleur rouge tandis que la mienne est bleue. D'où la tenez-vous ?

Sans répondre, Rivalmonte s'empara à nouveau du poignet de Guillaume.

Imprimant une légère rotation sur l'avant-bras, il exerça une pression sur le cadran de la montre. Un petit couvercle se libéra, révélant une gravure rouge vif. Le symbole représentait l'entrelacs des lettres **P** et **X** et du signe ∞, l'infini.

« *Pax Sempiterna Christi.* » Ainsi vous êtes des nôtres…

— Qu'est-ce que « *Pax machin-chose* » et que voulez-vous dire avec ce « vous êtes des nôtres » ?

Rivalmonte lui adressa un sourire compréhensif.

— La « Paix Éternelle du Christ. » Monsieur Montalbach, vous le savez, seulement vous hésitez. Après tout, ne suis-je pas un inconnu à vos yeux ? Veuillez regarder ceci.

Ce disant, il remonta la manche droite de son veston, découvrant un bracelet-montre en tous points identique à celui que portait Guillaume.

— La montre de Gygès !

— La montre de Gygès. Cette montre qui, par association à la mythologie, assure l'anonymat à celui qui la porte à l'envers, comme l'anneau magique garantissait l'invisibilité au berger Gygès.

Guillaume venait de recevoir une enclume sur le crâne.

Cette montre, seul un initié pouvait en connaître l'existence. Façonnée par un horloger agréé par les instances les plus hautes, l'objet signifiait l'affiliation de son possesseur à l'Ordre des Chevaliers du Temple. À la double condition que son cadran fût placé sur la face interne du poignet et porté simultanément avec cette même chevalière que détenaient les deux hommes.

***

Les Chevaliers du Temple ! Cette caste séculaire dont la seule évocation rappelle combien d'entreprises extraordinaires ont été osées. L'Ordre du Temple, la mystérieuse organisation dont on ne sait plus ce qu'il en subsiste, mais à propos de laquelle l'on pressent les plus fantastiques énigmes.

Or, l'Ordre du Temple n'a jamais été aussi présent, ne cessant d'étendre son influence et son emprise sur les pouvoirs spirituel et temporel. Simplement, pour se protéger, la confrérie s'est tapie dans l'ombre, à l'abri de sa légende, utilisant ses formidables ressources pour dominer, décider, corrompre, menacer et asservir.

Mieux encore, en son sein existe une organisation ultrasecrète, la Custodia Christi[1]. Connue du Maître de l'Ordre et de cinq initiés de haut rang, dont Siméon de Puygirard et François de Rivalmonte, elle a pour mission d'écarter les esprits curieux en posant des leurres destinés à les égarer sur des pistes sans fin. Une force de protection dont l'originalité est le secret le plus farouchement gardé : elle accepte la présence de femmes. Chacun de ses membres répond au vocable de Tacitus ou Tacita, « celui ou celle qui se tait ».

Guillaume était l'un d'eux.

***

L'Épine - Commanderie « Les Mercuriales »

Le Grand Secret !

Le mot était lâché ! L'énigme qui avait fait de l'existence d'Hugo de Pahans une exaltante, mais épuisante aventure !

Manon connaissait la quête de son grand-père. À l'occasion, elle lui prêtait volontiers main-forte. Certes, les recherches avaient parfois révélé certains faits troublants, mais pas au point de la convaincre. Elle lui sourit avec indulgence.

— Grand-père, tu ne crois pas que ça suffit ? Plus personne ne te rend visite, plus rien ne t'intéresse de ce qui se passe dehors. Tu ne voudrais pas refaire un peu surface ?

— J'ai soixante-treize ans. Je n'ai plus le ressort pour continuer. Je dois passer la main…

— Pas à moi. Mes études me bouffent l'essentiel de mon temps.

— Je te le répète, je suis épuisé. Et j'aimerais tant aboutir avant de mourir !

— Grand-père !

— Crois-moi, tu ne seras pas déçue.

— Ton ami, le professeur de Puygirard, lui il peut prendre le relais. Il est au courant de tes recherches et c'est « *LE* » spécialiste.

— Je le lui ai proposé, mais il a décliné mon offre.

---

[1] La Garde du Christ (Traduction de l'auteur)

— Mais moi ! Tu n'y penses pas !

— Je suis au bout du rouleau, ma petite Manou. On ne peut pas abandonner si près du but !

— Je te propose un marché. J'ai trois semaines de vacances à Noël. Je veux bien te les consacrer. Mais ce sera la dernière fois et tu me promets que j'aurai à me déplacer ni trop souvent ni trop loin.

— Ça tombe bien. Tu n'auras pas à t'éloigner.

Manon lui lança un regard incrédule.

— Dois-je comprendre que la solution se trouve tout près d'ici ? Mais pas ici, n'est-ce pas ? Ici c'est une commanderie, avec quoi… juste trois galeries souterraines identifiées qu'on connaît par cœur ? Ce n'est pas un mystérieux château truffé d'énigmes ou de passages secrets ou d'histoires merveilleuses. D'ailleurs, il n'y a pas de château dans le coin…

— Mais une basilique…

Hugo s'était rassis, un sourire espiègle aux lèvres.

— Les Templiers, jeune demoiselle, ne comptaient pas seulement des places fortes parmi leurs neuf mille possessions ! Ils étaient aussi des bâtisseurs d'églises.

— L'Épine ! La basilique de l'Épine ! J'y crois pas ! Là, juste à… à un malheureux kilomètre d'ici.

Pas mécontent de son effet, Hugo approuva :

— Ils étaient passés maîtres dans l'art de brouiller les pistes. Les historiens avertis, les chasseurs de trésors, les érudits passionnés, les amateurs éclairés, tous s'y sont cassé les dents jusqu'à aujourd'hui.

— Jusqu'à toi, donc, intervint Manon.

— Jusqu'à moi, renchérit le vieillard, vibrant d'émotion.

Il glissa vers Manon son épais carnet.

Elle s'en saisit avec une déférence quasi religieuse. C'était la première fois qu'elle y avait accès. Avec le contenu du coffre de bois posé au fond de la pièce, plus de quarante années de recherches y étaient consignées.

— T'ai-je jamais raconté comment j'ai découvert cet endroit où nous sommes et, pourquoi, à partir de là, la réalité du secret des Templiers m'est apparue comme une évidence ?

***

Hugo sourit à sa petite-fille.

— Tu avais quoi ? Sept ou huit ans ? Tu vivais déjà ici depuis la disparition de tes parents. Je m'étais enfin décidé à mettre de l'ordre à tout ce fatras qui encombrait mon bureau. Parmi le fouillis, je mis la main sur une chemise cartonnée, scellée de cire, que je n'avais jamais remarquée auparavant. Je l'ouvris et y trouvai deux documents. Le premier me parut être la retranscription d'un écrit en langue romane. Une feuille annexe en portait la traduction : « *l'autel de Dieu ouvrira la voie et Mercure donnera fortune* ».

À cette période, je portais un intérêt croissant à l'histoire de l'Ordre du Temple. Je finis par dénicher à la bibliothèque de la Marne un traité sur l'héraldique médiévale. On y voyait la reproduction d'une bague de Templier. Tu connais bien sûr la symbolique de ce bijou…

— Oui, face avant : la croix rouge pattée ; face arrière : deux chevaliers en armure assis l'un derrière l'autre sur un même destrier. Les contempteurs de l'Ordre s'en servirent pour les accuser d'homosexualité.

— L'argument majeur de leur procès ! Pour revenir à ma découverte, la reproduction que j'avais sous les yeux présentait une différence : si les deux cavaliers étaient bien gravés au dos du bijou, la face visible évoquait le dieu Mercure en lieu et place de la fameuse croix. Je fis alors le rapprochement avec le sceau qui fermait le dossier trouvé chez moi. De retour à la Commanderie, photocopie en main, je vis qu'elle correspondait en tout point à celui-ci !

— La coïncidence est étonnante.

— Nous sommes d'accord. De recoupements en associations d'idées, une question me taraudait : pourquoi Mercure, pourquoi ce nom, Les Mercuriales ? On trouve une statue du « *dieu aux pieds ailés* » dans notre salle à manger, le fronton de la cheminée porte une gravure à son effigie, l'accès à l'oratoire est flanqué de deux sculptures à sa gloire. En y ajoutant la phrase du manuscrit « *l'autel de Dieu ouvrira la voie et Mercure donnera fortune* », j'en vins au constat suivant : dans un domaine templier, garant de la chrétienté, la référence à une divinité païenne présentait une ambiguïté qu'il me fallait lever. Je me précipitai à l'oratoire.

4

Hôtel - restaurant Le Clos du Temple

— Parlons, proposa Rivalmonte à Guillaume. Tout d'abord, votre présence tapageuse de ce midi, quel en était le but ?

— J'avais reçu la consigne de me faire connaître du propriétaire. Pas sûr qu'avec ma dégaine j'aurais pu obtenir de vous rencontrer. De plus, la règle interdit toute prise de contact autrement que par le code d'identification.

— En l'occurrence… n'était-ce pas un peu… comment dire ?

— Outrancier ?

— C'est le mot. Du coup, vous comprendrez que j'ai quelques questions à vous poser. Ainsi, pourquoi deviez-vous me rencontrer ?

— Pour vous parler d'une vieille affaire dont je reprends la piste.

— Les Mercuriales, n'est-ce pas ?

Une expression désenchantée marqua le visage de Rivalmonte.

— Ce n'est pas mon meilleur souvenir. Pour satisfaire ma curiosité, m'indiqueriez-vous qui vous envoie ?

— Monsieur Siméon de Puygirard.

— Monsieur le doyen de la faculté de Reims lui-même. L'un des nôtres et non des moindres.

— Je suis son assistant au département de recherche de la faculté. Certains développements récents à la Commanderie requièrent une attention particulière. Aussi m'a-t-il demandé de vous rencontrer. Selon lui, vous saurez me renseigner sur le contexte.

— À présent que ma curiosité est satisfaite, permettez que je satisfasse la vôtre. Vous me demandiez d'où je tenais la chevalière que vous avez vue dans la vitrine. Je l'ai reçue des mains de celui qui m'a initié, il doit y avoir une bonne trentaine d'années. Celui-là même qui vous adresse à moi aujourd'hui…

— Et cette différence de couleur sur le fond de votre chevalière ?

— Il s'agit d'une gradation au sein de la Confrérie. Mon an-
cienneté dans l'Ordre me donne le rang de Grand Initié, tandis
que vous n'êtes, et je vous prie de n'y voir aucun mépris de ma
part, qu'un initié de base. La couleur nous distingue à ce niveau
de connaissance.

— Ceci explique comment vous avez su pour la montre de
Gygès.

— Ainsi que pour votre appartenance à la Custodia Christi.

François de Rivalmonte se leva.

— Nous reprendrons cette conversation plus tard, voulez-
vous ? Pour l'heure, je me dois à mes obligations. D'ici là, en
votre qualité de frère, considérez que vous êtes mon hôte privi-
légié.

Il approcha du bar et appuya sur une sonnette en bronze.
Une vingtaine de secondes s'écoulèrent.

— Entre, ma chérie.

***

Guillaume se retourna.

Dans l'encadrement se tenait une étrange apparition. Ses
longs cheveux noirs lançaient des reflets bleutés. Le maquillage,
prononcé à l'excès, contrastait avec le teint de peau blafard. La
bouche n'était plus qu'un trait violet. Deux piercings, des
épingles à nourrice, mutilaient l'un le sourcil gauche, l'autre la
lèvre inférieure. Complétant la panoplie, la tenue vestimentaire
était tout aussi déprimante : un t-shirt foncé à motifs mor-
tuaires, un gilet à mailles métalliques, une cape tombant
jusqu'au bas des mollets. Les jambes étaient gainées d'un pantalon de cuir portant ceinturon clouté d'où pendait un jeu de
chaînes à faire pâlir un adepte des jeux sado-masos. Les bottes
de cuir à lacets et aux talons à crampons, les bagues et croix à
motifs moyenâgeux, les pentagrammes, les symboles celtiques
et les gants de dentelle noire rappelaient quelque héroïne sata-
nique tout droit sortie d'un mauvais cauchemar.

Une gothique de la plus belle espèce !

— Mon ange, voici Guillaume Montalbach. Cher ami, permettez-moi de vous présenter ma fille, Christine.

Mademoiselle Christine, la prétentieuse hôtesse d'accueil, la fille de cet homme courtois et d'une exquise distinction !

Guillaume écarquilla les yeux.

Mademoiselle Christine avait troqué son uniforme de travail pour se transformer en une caricature de zombie. La plus folle contradiction qu'on puisse imaginer !

— Quels sont vos projets immédiats, mon cher Guillaume ? Vous m'autorisez à vous appeler par votre prénom, n'est-ce pas ?

— J'ai rendez-vous avec le propriétaire des Mercuriales, pour quatorze heures, quinze heures au plus tard.

— Hugo de Pahans.

— Comment est l'homme ?

— Normalement, pour nous être quittés en termes catastrophiques, je devrais vous en dire le plus grand mal. Pourtant, c'est un homme de culture, d'une rare intelligence et de bien agréable compagnie.

— Un homme des cavernes, tu veux dire, coupa Christine.

— Non, ma chérie, ce n'est ni exact ni tout à fait juste pour lui. Tu lui en veux parce qu'il nous interdit l'accès à son domaine. Tu es en colère parce que tu ignores l'origine de cette brouille qui, depuis ton enfance, t'a éloignée de ta cousine Manon.

Revenant à Guillaume, il demanda :

— Avez-vous prévu quoi que ce soit pour le gîte et le couvert ?

— Oui. Monsieur de Pahans a organisé mon séjour.

Du coin de l'œil, Guillaume nota la moue furtive de la fille de Rivalmonte.

— Je dois juste me loger pour cette nuit.

Rivalmonte se tourna vers sa fille.

— Ma chérie, tu voudras bien ouvrir une chambre pour Guillaume ?

Il se dirigea vers la porte capitonnée.

— Bien, jeunes gens, je vous laisse faire connaissance.

Il déposa un baiser sur la joue de sa fille.

— Ah ! Et puis mon ange, je te laisse le soin d'expliquer à notre invité le pourquoi de ton accoutrement. Vous êtes sensiblement du même âge, peut-être y trouvera-t-il un sens ?

— Monsieur Rivalmonte, fit Guillaume, auriez-vous encore une petite seconde… en privé ?

Le père de Christine le précéda dans le couloir.

— Quelles sont mes limites pour expliquer ma présence à votre fille ?

— Aucune mon ami… tant qu'elle ignore votre appartenance à l'Ordre.

— Vous-même, que lui avez-vous dit à mon sujet ?

— Je lui ai laissé entendre que vous étiez un professeur et historien de renom venu mettre son expertise au service de l'histoire locale. Une dernière chose, ne vous fiez surtout pas à son apparence, vous pourriez être absolument épaté.

Guillaume revint au salon. La jeune femme, à présent affalée sur le canapé, buvait un café en dévisageant *notre invité*. Il se posa sur le bord du divan. Elle eut un bref mouvement de recul.

— Bonjour, Christine.

— Bonjour.

Un mot, plutôt un murmure.

— Je suis curieux de connaître l'opinion de tes collègues sur ta tenue…

— Ils n'en ont pas.

Le sourire révéla deux rangées de jolies dents nacrées, faisant oublier à l'assistant du professeur de Puygirard l'horrible maquillage.

— Pourquoi ça ?

— Ils ignorent que je suis la fille de mon père. Tout le monde m'appelle mademoiselle Christine, même papa dans le cadre du service.

***

5

Manon avait convaincu son grand-père de regagner le logis. Le vieil homme avait étalé des objets sur une table. Une chemise cartonnée, une photocopie, un document de nature imprécise.

— Ainsi, ce que t'a légué ton père, ça se résume à ça ?

— Tu t'attendais à quoi ?

Une chemise cartonnée capta son attention. Plus exactement, le cachet de cire qui la scellait. Si Manon doutait encore, l'examen mit un terme à ses hésitations. La photocopie de la bague templière révélait la même anomalie que celle du sceau. Sur l'un et l'autre objet, une aile manquait au pied gauche du dieu Mercure. Une brisure qui avait mutilé le talon en un **V** grossier.

— La chevalière devait former l'empreinte originelle. Que sait-on d'elle ? fit la jeune femme.

— Jamais trouvé trace.

— Alors, *quid novi* ?

— Regarde mieux.

Le visage de la jeune femme passa de la chemise cartonnée à la photocopie, de la photocopie au sceau. Dépitée, elle secoua la tête. D'autant plus crispant qu'elle voyait le manège de son grand-père. Les doigts du vieillard tambourinaient sur le dernier objet, le document indéfini.

— Alors, c'est ce papier-là ?

De forme rectangulaire, celui-ci mesurait environ quatre-vingts centimètres par soixante. Elle y lut une inscription : « *l'auteit de Diev ovsvrira la voyee et Mecvrevs donoieru fortvne* ».

— C'est la formule dont tu m'as parlé tout à l'heure ?

— Oui et cela dit : « *l'autel de Dieu ouvrira la voie et Mercure donnera fortune* ».

— Je vois.

Elle ne voyait rien du tout. Jusqu'à ce qu'elle découvrît le fait insolite. Ses yeux s'agrandirent. La texture du document était un défi au bon sens.

— Ah oui… Je comprends mieux. Tu ne m'avais pas tout raconté. Donc, là on a l'original…

Elle réprima son excitation.

— Sans être experte, je sais en général évaluer l'authenticité d'un objet. Mais pour le coup, là c'est insensé. On a ici une espèce de document fabriqué dans une matière élastique, qui ne peut pas exister… puisqu'il date de quoi ?

— Du XVème siècle. Entre 1492 et 1496 pour être exact.

— Comment tu sais ça ?

— Je t'expliquerai.

Manon reprit son examen.

— On dirait du caoutchouc et ça c'est impossible. Ses propriétés sont connues en Europe depuis quand ?

— Milieu du XVIIIème.

Profondément troublée, elle fonça dans une pièce voisine où était stocké le matériel dont elle allait avoir besoin. Le Labo, comme ils l'appelaient. Elle manipula le document, l'examina sous tous les angles.

— Même pas souillé, pas une éraflure. Et la matière, c'est quoi ? Pas du papier, ou alors une sorte de papier huilé, mais qui ne graisse pas. Ça n'a pas de sens. Pas du parchemin non plus. Pas davantage du papyrus. On dirait… on dirait… oui, de la gomme, c'est ce qui s'en approche le plus. Ou alors un matériau synthétique.

Ébranlée, elle se mit à arpenter le Labo d'un pas nerveux.

— Ne me dis pas qu'en plus il est inaltérable.

— Regarde mieux, prononça Hugo pour la deuxième fois.

Elle décida de soumettre l'objet aux rayons ultraviolets. Un motif apparut en transparence.

— Mince… c'est quoi ? Ce machin, tu te rends compte… tu te rends bien compte que c'est une impossibilité, un anachronisme invraisemblable ? Tu montres, non… tu démontres ça, ça revient à rejouer Hiroshima à l'échelle planétaire ! Les propriétés des ultraviolets étaient inconnues à l'époque.

— Je sais. J'ai traversé les mêmes états d'âme, figure-toi.

— Ça bouscule toutes nos certitudes historiques. Tu es certain que ce n'est pas un canular ?

— C'est de l'authentique.

— Authentique à quel point ?

— Au point de l'avoir fait analyser par quelqu'un d'autre. D'un haut niveau d'expertise.

— Ce quelqu'un, qui est-ce… ?

— Plus tard. Pour le moment, il y a encore pas mal de choses à résoudre. Par exemple…

Tandis qu'Hugo réfléchissait à voix haute, Manon s'abîma dans ses pensées, le regard rivé à l'étrange objet. Soudain, elle émergea de sa réflexion.

— …un code sans doute.

— Tu dis ?

Tout à son examen, elle n'avait plus prêté garde aux propos d'Hugo.

— Je disais que dès le début, j'ai imaginé que la phrase était codée.

— Et comme ça se passe dans une demeure templière, sous les yeux d'un vieil original persuadé que rien n'arrive jamais fortuitement, on obtient là l'histoire de ta vie, en somme.

— Moque-toi, ingrate ! Cela ne t'empêche pas d'y croire un peu aussi. Dois-je te rappeler ce à quoi tu as occupé la presque totalité de ton temps libre ces dernières années ?

— Dis-moi plutôt, c'est là le vrai point de départ de tes recherches ?

— Il ne m'a pas fallu davantage que cette phrase bizarre plus deux autres anomalies.

— Les deux statues de Mercure qui flanquent l'escalier de l'oratoire à la Vierge ?

— Oui, mais ça, ce n'est que la deuxième curiosité. Un dieu païen gardant un lieu de prière ! A-t-on jamais observé dans l'histoire de l'art religieux pareille incohérence ?

— Il y a une autre curiosité, disais-tu...

— L'oratoire lui-même.

— Bien sûr ! Il est dépourvu de vitraux.

La sonnerie de la grille d'entrée lui évita de répondre. Manon jeta un regard à la comtoise.

— Il doit s'agir de ton invité, monsieur machin-Bach.

— Guillaume Montalbach. L'homme est titulaire d'un doctorat, spécialité histoire médiévale. Il devrait nous être particulièrement utile pour nos affaires. Quand tu sauras qui le recommande…

— Vu ton air, je sens que je vais être surprise.

— Le professeur de Puygirard. Notre visiteur est son assistant de recherches.

Manon faillit s'étrangler.

— Dis donc, j'ignorais que notre visiteur était un chercheur. Que tu fasses appel à quelqu'un pour mettre en ordre nos papiers de famille, d'accord ; mais de là à ce qu'il fourre son nez dans ce qui est notre chasse gardée…

— Ne sois pas si catastrophiste. D'après le doyen, c'est une pointure cet homme-là. On le présente comme une manière de génie pour débrouiller les fils des énigmes historiques.

Hugo décrocha l'interphone.

— Monsieur Montalbach. Soyez le bienvenu aux Mercuriales. Ma petite-fille va vous ouvrir.

Tandis que Manon s'éloignait en râlant, Hugo récupéra le parchemin aux propriétés étranges. Dès que sa petite-fille eût bifurqué entre les deux bâtisses pour gagner la cour d'accueil, il se précipita vers l'oratoire, le précieux document sous le bras.

***

6

Guillaume avait quitté le Clos du Temple sur le coup de quatorze heures quinze. Il s'était présenté une demi-heure plus tard à l'entrée des Mercuriales.

Le mur d'enceinte du Domaine se franchissait par une grille monumentale. Il répondit d'un signe de tête à celui de la jeune femme qui l'attendait de l'autre côté. Hugo les rejoignit.

Le trio traversa la première cour flanquée de part et d'autre de hautes et vieilles constructions. Partant du fond, un long couloir herbeux distribuait une cour trois fois plus grande que la précédente, parsemée de massifs floraux et de parcelles engazonnées, sillonnée d'allées gravillonnées. Guillaume sut qu'il pénétrait dans la zone de vie principale de la Commanderie.

Embrassant l'espace d'un coup d'œil circulaire, son attention fut attirée par l'élément central de la cour. La citerne, appelée parfois château d'eau, était la construction essentielle à la vie de la maisonnée. Ce réservoir de forme hexagonale mesurait au bas mot quatre mètres sur trois. Il s'y arrêta un instant.

***

La jeune de Pahans avait endossé l'habit de guide, apportant ici un éclaircissement, là une anecdote, insistant ailleurs sur un point particulier.

La cour formait un vaste rectangle, fermé au Sud par les étables et autres granges qui ouvraient sur les champs. Au Nord, l'accès était clos par une courtine reliant deux bastions arrondis. Côté Ouest, le corps de logis, côté Est, une chapelle surélevée, dite l'oratoire. Le regard ne pouvait manquer les deux statues postées au bas de ses marches.

À mi-chemin entre les deux bâtisses, une margelle couverte de végétation révélait l'existence d'un puits. Les neurones de

Guillaume s'activèrent. Il emmagasinait les informations, stockait les images, les sens à l'affût. Précédé de ses hôtes, il pénétra dans la demeure principale, jusqu'au séjour où tous trois prirent place près de l'âtre.

Manon regarda leur visiteur. Elle tenta de déceler derrière les lunettes une expression révélatrice, l'imaginant bien coiffé, rasé de près, habillé avec soin. De son côté, Guillaume ne se priva pas de dévisager l'héritière de Pahans.

Ce qu'il vit ne lui déplut pas. La chevelure aux reflets cuivrés contrastait avec la limpidité du regard. Le visage, quoiqu'un peu maigre, avait de la personnalité. Les joues creuses et le menton légèrement carré donnaient une impression d'énergie, atténuée par la sensualité de la bouche.

Hugo déposa une collation sur la table. Ils devisèrent environ une heure, échanges qui firent les affaires de Guillaume. Depuis que l'on avait recours à ses services, il avait la conviction que le succès de ses enquêtes passait par l'écoute et la compréhension de l'environnement de ses obligés.

Le vieil homme observa avec intérêt les deux jeunes gens. Ils avaient l'air de s'entendre. Très naturellement, le tutoiement s'était imposé ; il n'avait jamais vu Manon aussi détendue. Il s'éclipsa. À son retour, il posa sur la table basse le dossier au cachet de cire.

— Monsieur Montalbach, vous avez devant vous la raison de mon engouement pour l'Ordre du Temple.

Hugo de Pahans lui tendit la photocopie du manuscrit.

— Ce n'est pas l'original. Vous le verrez en temps utile. Sachez d'ores et déjà que ce document est … disons… très spécial… et qu'il est l'un des éléments d'un triptyque.

Les yeux de Manon s'arrondirent de stupéfaction.

— Grand-père ! Tu ne m'en as jamais rien dit.

— C'est vrai, Manou. Je ne t'en ai jamais parlé parce qu'on m'avait demandé de garder cette découverte secrète.

— Qui c'est ce *on* ?

— Je ne suis pas autorisé à te le dire. Pas encore. Par contre, je m'apprêtais à t'expliquer les circonstances de cette découverte. Malheureusement, ou plutôt heureusement, l'arrivée de monsieur Montalbach m'a interrompu.

— Et ça ne te pose aucun problème de communiquer sur le sujet avec lui ? Après tout le temps que j'ai consacré à tes recherches ? Et puis, d'abord, c'est quoi ce triptyque ?

— Je l'ignore. Et quand bien même nous le reconstituerions, resterait à le comprendre.

— Ce serait une machine, genre un artefact ?

Hugo se contenta de désigner le fac-similé du document.

— L'original de cette partie de l'artefact, appelons-la comme ça, tu l'as eu en main tout à l'heure. Avec les deux parties manquantes, l'ensemble constitue le Tercodyx.

Guillaume haussa les sourcils. Manon était décomposée.

— Le terme serait d'un savant italien pour désigner un objet légendaire, poursuivit-il. Seul un nombre réduit de grands initiés en a connaissance. Étymologiquement, Tercodyx signifie : troisième code. Du latin *ter* : troisième et du grec *codycos* : verrou.

— Tu es l'un de ces initiés ?

— Ça t'aurait bien plu, n'est-ce pas ? Non. Pourtant, je peux te garantir que jamais personne n'a été aussi proche de la vérité que moi.

— Comment peux-tu être sûr que tout ça n'est pas une vaste fumisterie ?

— Je... Nous avons confronté les résultats de nos travaux.

— Ah oui ! Toi et ton ami expert inconnu.

— Ne prends pas ça à la légère. Mon ami est une pointure dans son domaine.

Guillaume n'avait toujours pas dit mot. Il laissait son cerveau amasser et digérer le contenu des échanges auxquels il assistait. Hugo se tourna vers lui.

— C'est précisément là où vous intervenez, monsieur Montalbach. Le professeur de Puygirard estime, sans l'avoir vu, que la découverte du manuscrit constitue une avancée majeure.

Manon ne désarmait pas.

— As-tu une idée de l'endroit où pourraient se trouver les pièces manquantes ? Et d'abord, où caches-tu l'original de celle-ci ?

Hugo lui sourit, énigmatique.

— Pour la première question, c'est ce qu'il me reste à découvrir. Pour le reste, ce sera à notre invité de te démontrer ses talents et je compte bien m'en assurer.

Il se tourna vers son hôte :

— Je me propose, si vous êtes d'accord, de mettre vos compétences à l'épreuve. Demain, revenez ici, furetez là où bon vous semblera. Aucune restriction. Et faites-moi voir de quoi vous êtes capable.

Guillaume sourit à son tour, un éclair dans les yeux. Hugo insista.

— Mettez à jour ne serait-ce qu'une infime parcelle de ce que j'ai mis une vie à faire sortir de l'ombre, j'en serai comblé.

Il ajouta en montra de l'index la photocopie que Guillaume examinait.

— Quel que soit le résultat, demain je vous ferai le récit de ce que ceci a déclenché.

— Le "quel que soit le résultat" est superflu.

— Seriez-vous présomptueux, jeune homme ?

— Le défi est de taille, en effet… pour un amateur. Ce que je ne suis pas.

Son regard pétillait.

— Alors, il en sera ainsi, Monsieur Montalbach. En attendant, ce cher professeur de Puygirard m'ayant signalé votre amour des vieilles pierres, je pense qu'une petite visite de cette partie de ma demeure vous intéressera.

Manon et Guillaume se levèrent à la suite d'Hugo. Leur mouvement, accompli dans un ensemble parfait, le fit sourire. Manon joua de nouveau les cicérones. Ce rôle paraissait la combler. De retour au salon, elle prit place au côté de Guillaume. Épaule contre épaule, les jeunes gens contemplaient les pièces du dossier. Le vieillard les sortit de leur mutisme.

— Monsieur Montalbach, ma petite-fille et moi-même avons des impératifs envers ce domaine. Le cheptel requiert nos soins.

— Je comprends, Monsieur, je vais vous laisser.

— Grands Dieux, non ! Je ne vous congédie pas.

Hugo s'empara d'une lampe torche sur le linteau de la cheminée.

— La stabulation est aux trois quarts automatisée, c'est l'affaire d'une demi-heure.

Guillaume attendit leur départ pour reprendre son examen.

***

7

Il s'interrogeait cependant sur les raisons réelles de sa présence. Une vingtaine de minutes plus tard, il sortit fumer. De son emplacement, il vit ses hôtes quitter les étables puis se diriger vers l'oratoire. Leurs pas rapides ainsi que leurs regards furtifs ne lui échappèrent pas. Il pensa d'abord à reculer. Se ravisant, il décida d'aller se planter au milieu la cour. Le pas tranquille, cigarette aux lèvres, il se comporta en authentique amateur de logis anciens. Ce qu'il était.

Il se dirigea ensuite vers l'oratoire à la Vierge. Au pied des marches, il examina les deux sculptures qui en gardaient l'accès. « *Mercure aux pieds ailés. Toi, tu as des choses à me raconter… et je vais te faire bavarder !* » Il poussa la porte.

Deux choses le frappèrent, l'absence de Manon et de son grand-père et — impossible de louper ça — l'oratoire ne disposait d'aucun vitrail ! Rompu aux évènements les plus inattendus, Guillaume recouvra son sang-froid. Il lui tarda soudain d'être au jour suivant.

***

Ses hôtes le trouvèrent en plein examen du blason gravé sur le linteau de la cheminée.

— J'ignorais que la Commanderie avait appartenu au fondateur de l'Ordre du Temple.

— Ah ! Cela ne t'a pas échappé, s'exclama Manon qui lut à haute voix l'inscription. « *Hues II de Paiens delez Troies* ». Hugues II de Payns est l'ancêtre de la famille de Pahans. Il a construit ce domaine en 1113, peu avant sa participation à sa seconde Croisade. En 1127, avant son départ définitif pour Jérusalem, il a cédé ses propriétés au nouveau comte de Champagne, Thibaud de Troyes. Sauf Les Mercuriales qui revinrent à son oncle, Philippe de Troyes, évêque de Châlons.

Guillaume revint au dossier posé sur la table.

— J'aurai certainement deux ou trois choses à vous indiquer.

— Cela t'a déjà parlé ?

— Ça et autre chose. Mais, il est un peu tard...

Hugo lui proposa de dîner avec eux.

— J'apprécie, mais je suis engagé ailleurs. Le Clos du Temple.

Une lueur glacée traversa le regard de la petite-fille de Pahans.

— J'allais oublier...

Il lui tendit une petite boîte.

— De la part du professeur de Puygirard.

— Ma médaille ! Il l'a cassée lors de notre rencontre. Il a tellement insisté pour prendre la réparation à sa charge.

***

Au restaurant, le personnel s'activait. Aucune trace de Christine. À son entrée, un serveur glissa un mot au chef de rang, lequel répercuta l'information au maître d'hôtel. Ce dernier l'accompagna au salon privé. François de Rivalmonte l'y attendait.

— Entrez, mon cher Guillaume. Alors, satisfait de votre rencontre avec la famille de Pahans ?

— Je suis resté sur ma faim.

— Racontez-moi.

— Ils m'ont fait faire le tour du propriétaire, nous avons évoqué l'histoire de la Commanderie, puis celle de Hugues de Payns et les Croisades, mais pas de quoi sauter au plafond.

— Une indication sur les recherches tout de même ?

— La photocopie d'un curieux document.

— Le manuscrit...

— Vous êtes au courant ?

— Ne soyez pas étonné, ma position au sein de l'Ordre me donne accès à certaines informations. Hugo prétend avoir en main une partie du sésame qui lui révélera le secret des Templiers. Notre hiérarchie s'en est émue.

— Donc, si cette découverte est avérée, l'idée serait de l'accompagner au bout de l'enquête... tout en veillant à le diriger, au final, vers une impasse...

— Vous connaissez notre politique : laisser faire, laisser dire, laisser rêver. Tant que l'Ordre conserve son aura mystérieuse, le commun des mortels a le droit de fantasmer. Les affaires du monde se gèrent ailleurs.

Guillaume considéra son vis-à-vis. « *Mince ! Qu'est-ce qu'il essaye de me dire ?* »

— Selon ce que vous observerez, votre action pourrait s'exercer en deux phases. En premier lieu, vous devrez vous assurer de ce qu'Hugo de Pahans aura réellement découvert... ou pas. Ensuite, nos supérieurs évalueront la dangerosité de la situation. S'il n'y a pas lieu de s'alarmer, on en reste là. Dans le cas contraire...

— Dans le cas contraire ?

— Déclenchement de la phase numéro deux.

— En clair ?

— Mise en place du leurre... vous. Mission : dévier l'homme de cette voie... hum... sensible... vers une fausse piste.

— En quoi consiste la manœuvre ?

— Le modus operandi[2] n'est révélé qu'en cas de recours à la phase numéro deux. Ainsi, la procédure pourra être gardée en réserve pour une action ultérieure.

— Hier vous avez mentionné votre implication dans cette histoire... pas votre meilleur souvenir, disiez-vous...

François de Rivalmonte tendit à son invité un coffret à cigares.

— Laissez-moi vous planter le décor. Hugo de Pahans avait un fils, Pierre-Jean. Marié à mon amie d'enfance, Marie Yvetot. Manon est leur fille. Elle vit avec son grand-père depuis le décès accidentel de ses parents, il y a de ça quelque chose comme dix-sept ou dix-huit ans. Marie et moi étions originaires du même village, pas loin d'ici. Même école primaire, même collège, même lycée. Il n'y a qu'à partir de la Fac que nos routes ont divergé. Puis elle a rencontré Pierre-Jean. À son mariage, elle m'a présenté sa cousine Marina, ma future femme, la maman de Christine. Plus tard, Marina et moi devînmes parrain et

---

[2] Mode opératoire (Traduction de l'auteur)

marraine de Manon. Tout comme Pierre-Jean et Marine furent ceux de notre Christine. Après la naissance de Manon, le couple s'est installé à la Commanderie. Marie et Marina devenues inséparables, nos filles ont grandi ensemble.

Rivalmonte s'arrêta quelques secondes pour s'assurer qu'il n'ennuyait pas son auditeur.

— Six ans plus tard, je me portais acquéreur du Clos du Temple. Du coup, en me stabilisant à l'Épine, je me suis rapproché de ma famille… et de Marie. Je vous laisse imaginer la suite…

— Je vois.

— Notre liaison s'est ébruitée. Du jour au lendemain, je suis devenu persona non grata à la Commanderie. Ma femme m'a quitté, me laissant Christine sur les bras.

— Surprenant de la part d'une maman, non ?

— Pas tant que ça. Mon écart extraconjugal fut le prétexte qu'elle attendait pour s'enfuir avec l'amant qu'elle avait depuis quelques mois ! Mais savez-vous ce qui m'est douloureux aujourd'hui encore ? C'est le fait que ma fille n'a jamais revu sa mère et qu'elle est persuadée que sa meilleure amie lui a tourné le dos.

— Pourquoi ne pas le lui avoir expliqué ?

— Trois semaines plus tard, les parents de Manon disparaissaient dans un accident de la circulation. Hugo de Pahans nous a fait savoir que nous étions indésirables aux obsèques. Il y a des douleurs qui se respectent. Depuis, Christine n'a jamais remis les pieds aux Mercuriales. Je n'ai jamais pu lui expliquer. Qu'est-ce que deux gamines de leur âge pouvaient comprendre du monde des adultes ?

Rivalmonte rejeta une bouffée de son cigare. Son regard était à la dimension de la blessure, profond, douloureux. Il n'en avait pas fini.

— Depuis cette rupture, elle ne veut retenir qu'un fait : on l'a empêchée d'assister à l'enterrement de son parrain et de sa marraine.

— Je suppose qu'elle vous en a voulu ?

— Ce n'est rien comparé aux démêlés que cela m'a valu auprès de la hiérarchie de l'Ordre. Chargé de suivre l'évolution des recherches d'Hugo, mes supérieurs n'ont pas apprécié. Siméon de Puygirard a donc pris le relais.

— Et je lui succède aujourd'hui. Je sais où j'avance désormais. Pour résumer, j'observe, je vous rends compte et j'attends les ordres. Rien de bien sorcier.

— Tant que vous vous en tenez au rôle de l'assistant du grand ponte et ami qui apporte son concours.

Rivalmonte changea de sujet.

— Je vous propose de passer à table d'ici une petite demi-heure. Le temps pour moi d'aller superviser la fin des préparatifs en salle. Nous prendrons le dîner ici même.

***

Au cours du repas, Rivalmonte et Guillaume firent assaut de courtoisie et de bonne humeur. Les plats furent servis avec une élégance désuète par un homme d'un âge vénérable portant livrée. Les mets étaient d'une rare subtilité, mais sans excentricité. Après le dessert, les deux hommes se déplacèrent jusqu'au canapé pour prendre le café.

***

La deuxième partie de soirée laissa Guillaume désœuvré.

À la réception, comme convenu un peu plus tôt, Christine avait déposé un double de clés à son intention. En gagnant sa chambre, il perçut des sons diffus. Des notes de musique, certes lointaines, mais synonymes d'une présence. Ça provenait de l'étage supérieur. Il n'en fallut pas davantage pour qu'il s'y aventurât. Un rai de lumière passait par une porte entrouverte. Il reconnut les notes de « *ballade pour Adeline* », un standard des années soixante-dix. N'y tenant plus, il passa la tête dans l'entrebâillement. Face à lui, l'artiste naviguait à des années-lumière du présent. Christine ! Égarée dans son voyage musical, dans sa tenue d'épouvante, la jeune Rivalmonte jouait dans une attitude quasi-extatique. Guillaume était partagé entre émotion et désarroi.

— Impressionnant, n'est-ce pas ?

Le chuchotement de François Rivalmonte l'avait fait sursauter. Il avait failli hurler.

— Je... j'ai entendu le piano. Je suis navré d'avoir assisté à quelque chose de si personnel.

— Ne vous excusez pas. Moi-même je viens parfois ici. Elle l'ignore.

— C'est à ce point ?

— J'ai toujours scrupule à troubler son univers. Éloignons-nous, elle risquerait de nous entendre. Ne vous avais-je pas dit que ma Christine vous surprendrait ?

Guillaume lui emboîta le pas.

***

8

Dimanche 7 novembre
L'Épine - Commanderie « Les Mercuriales »

À 11H00, Manon retrouva Guillaume à la grille du domaine. Il entra dans le vif du sujet.

— Ton grand-père est là ?

— Je ne crois pas... non... pas tout de suite. Il est... occupé.

Il nota l'hésitation. Quelque chose la tracassait, c'était flagrant. Elle servit le café puis se mit à faire jouer un élastique entre ses doigts. Intrigué, il la laissa torturer le bout de caoutchouc.

— Très joli.

— Désolée. C'est une manie qui me prend chaque fois que je suis stressée ou que je m'impatiente.

— Et là, tu es dans quel cas de figure ?

— Les deux. Grand-père devrait nous avoir rejoints.

— On n'est pas à la minute près.

— À la minute non, mais tout de même. Il t'a donné rendez-vous et il n'est pas dans ses habitudes de...

Elle consulta sa montre.

— Vingt minutes de retard. Mais qu'est-ce qu'il fabrique ?

Le ballet du petit caoutchouc reprit de plus belle. Guillaume posa ses mains sur les siennes.

— Il est aux Mercuriales au moins ?

— Oui.

Visiblement, elle ne comptait pas en dire plus. Il décida de la brusquer.

— Tu ne veux ou ne peux rien me dire, soit. Résumons : ton grand-père est au domaine, il est très en retard, lui qui est toujours ponctuel. On est d'accord ?

— Où veux-tu en venir ?

— La phrase la plus appropriée est : où veux-tu aller ? Si nous commencions par l'oratoire ?

— Pourquoi là-bas ? fit-elle, sur la défensive.

— Précisément parce que ton grand-père doit s'y trouver et que cela t'ennuie de me le dire.

— Qu'est-ce qui te faire dire ça ?

— Hier, quand vous êtes partis soigner les animaux, je l'ai vu prendre une lampe torche sur la cheminée. Curieux au sein d'une exploitation qu'il venait de me décrire comme automatisée. Je vous ai suivis quand vous avez rejoint l'oratoire. J'y ai fait un saut et j'ai constaté qu'il y faisait un noir d'encre et qu'il n'y avait personne. À votre retour, ton grand-père a reposé la lampe à sa place. Et là, tout de suite, je ne la vois plus sur la cheminée. La déduction s'impose...

Manon coupa court à la conversation.

— Ce n'est pas normal. Je vais le chercher...

— Je t'accompagne.

— Non, vraiment, non.

— Trois minutes, donne-moi trois minutes pour te convaincre que tu as besoin de moi.

Elle accepta à contrecœur.

— Alors, suis-moi, tu ne vas pas être déçue.

Dans la cour, il se dirigea vers le puits couvert de végétation.

— Un homme qui porterait à la fois une ceinture et des bretelles à son pantalon, ça t'inspirerait quoi ?

La question, surgie de nulle part, la déconcerta. Elle laissa l'image faire son chemin.

— Cela n'aurait aucun sens.

Guillaume se pencha au-dessus de la margelle. Il se releva, un sourire malicieux accroché aux lèvres.

— Ce puits désaffecté, il existe depuis l'origine de la Commanderie ?

— En effet.

— Et le château d'eau ?

— Idem…

— Et ça ne t'étonne pas plus que ça ?

— Où veux-tu en venir ?

— Oh ! Une idée, comme ça : à quoi sert un puits quand on possède un château d'eau aux capacités cent fois supérieures ?

Ils venaient de rejoindre l'oratoire. Guillaume s'effaça en poussant la porte. Il brandit une lampe sous le nez de la jeune femme puis balaya la pièce d'un jet de lumière.

— Et cet oratoire sans vitraux, toujours rien à me dire ?

**

Il se déplaçait désormais à pas comptés.

— Tu crois que je ne sais pas déjà ? Alors, regarde, regarde de tous tes yeux. Rien de surhumain, juste un effort de logique.

Il fit un nouveau tour de la pièce, en étudia le sol, examina l'autel, le palpa, cogna pour en vérifier la sonorité. Il ne cessait de parler.

— Bon ! Ça ne sonne pas creux. Pas de trappe ou de fissure sur les murs, aucune porte dérobée. Mais qu'est-ce que c'est que cette chapelle sans vitrail ?

Il serra ses poings de chaque côté de ses tempes, comme s'il voulait stimuler sa concentration, la pousser au maximum de sa capacité.

— Dès hier, j'ai compris de quoi il retournait. Déjà, dans la cour. Cette histoire de puits me turlupinait. Si la gigantesque citerne suffit à stocker l'eau, à quoi pouvait servir ce puits, sinon à faire office de bouche d'aération ? Pour ventiler quoi ? Un souterrain ? Une salle ? Pour conforter mon intuition, hier en fin d'après-midi, je vous ai vus entrer ici, mais pas en sortir. Je vous y ai suivis et vous n'y étiez plus. Aucune autre issue visible que cette porte. C'est donc qu'il existait un passage secret. Mais hier, je n'avais pas de lampe à ma disposition.

Il marqua un temps d'arrêt puis contourna l'autel, prononçant à haute voix la phrase du manuscrit : « *l'autel de Dieu ouvrira la voie et Mercure donnera fortune* ». En s'accroupissant, dans le rayon de la lampe, il la vit, devant ses genoux. La croix rouge vermillon, la croix pattée des Templiers.

— Je le savais. Cette marque ne se trouve qu'exceptionnellement dans un lieu de prière. Lorsque c'est le cas, elle est peinte ou gravée en un seul exemplaire. En code Templier, cela signifie la présence d'une cachette ou d'un passage. Approche Manon, et dis-moi ce que tu vois.

En l'attirant par la main, il indiqua la croix sur le sol. Elle ne broncha pas.

— Pardi ! Tu sais déjà ce que je vais découvrir.

Il posa la main sur la croix et la tira vers lui. Une légère résistance. Puis une partie du plancher se souleva, révélant une cavité.

Guillaume déclama sur un ton triomphal le texte du manuscrit :

— « *l'autel de Dieu ouvrira la voie… et Mercure donnera fortune* ». Allons voir de quelle fortune il s'agit.

Il s'écarta pour laisser le passage à Manon. Puis s'enfonça à sa suite par une descente de terre en pente douce. L'héritière des de Pahans était restée de marbre. Elle avait une autre priorité. Au bout d'une cinquantaine de pas, une porte de bois massif faisait barrage. La jeune femme l'ouvrit.

***
9

Le cri de Manon lui confirma ce qu'il pressentait. Au milieu de la salle éclairée d'une lampe falote, elle se tenait accroupie aux pieds de son grand-père assis à une table. Le front d'Hugo de Pahans reposait sur le plan de bois. Son immobilité ne laissait aucun doute. Manon était pétrifiée.

Il jeta un bref regard alentour, enregistra deux ou trois informations puis se pencha sur la jeune femme, tout en posant sans illusion deux doigts sur la veine jugulaire du vieillard.

— Manon…

Il la releva avec délicatesse.

— On ne peut pas le laisser comme ça.

Aucune réaction. Il insista.

— J'ai besoin de toi.

Elle finit par articuler, mâchoire serrée :

— Il est mort. Il est mort et je n'étais pas là !

37

— Ton grand-père est mort, on n'y changera rien. Bon sang, Manon, réagis.

« *Tant pis pour la compassion.* » Ses exhortations se heurtèrent à la douleur de la jeune femme. Dans un état second, elle répétait d'une voix tremblante et monocorde : « Il est mort. Il est mort. »

Il attendit la fin de la crise. Après un temps qu'il n'aurait su estimer, elle se libéra dans une vague de sanglots. Elle finit par s'abandonner dans ses bras. Il ne bougea ni ne prononça le moindre mot. Peu à peu, il sentit la respiration de la jeune femme retrouver un rythme régulier.

— Manon, on ne peut pas le laisser ici. On doit le remonter et appeler un médecin.

Elle émergea enfin.

— Tu as raison.

Sa voix avait soudain retrouvé de l'assurance. Guillaume la dévisagea. Quelques secondes plus tôt, il tenait dans ses bras une femme anéantie de douleur. À présent, une battante se levait, dominant de toute sa détermination la plus intolérable des souffrances.

— Attends-moi là.

Elle emprunta sa lampe avant de disparaître dans un renfoncement qui lui sembla faire office de cagibi. Pour patienter, il inspecta la pièce. Ce fut rapide, il n'y avait qu'un bureau, une chaise et un coffre cadenassé. Et une porte qui, une fois ouverte, révéla le départ d'une nouvelle galerie. « *Tiens, tiens ! Il y en a combien comme ça ?* » Il ne s'y aventura pas. Il avisa le gros carnet au pied de la chaise. Sans oser le ramasser.

Manon le trouva occupé à sonder les murs de la petite salle. Elle tirait derrière elle une sorte de plateau sur roulettes.

— C'est un chariot d'atelier. Je n'ai pas trouvé mieux.

— Il n'est pas assez grand.

— Je maintiendrai grand-père en position assise. Toi tu tireras la corde.

Elle saisit le corps par les mollets tandis que Guillaume le prenait par les aisselles. Exerçant un mouvement tournant, ils le déposèrent sur le traîneau de fortune. Le corps décharné du vieillard devait peser à peine cinquante kilos. Manon indiqua l'endroit où elle avait récupéré le chariot.

— On repart par là. Ça mène directement à la maison.

À la différence de celui de l'oratoire, le souterrain était éclairé tous les vingt pas d'une ampoule à éclairage économique. Le sol était constitué d'un matériau dur et lisse. Le parcours s'acheva face à une nouvelle porte. Ils pénétrèrent dans une pièce sombre. Manon actionna un interrupteur. Elle devança sa question.

— C'est la réserve. Elle donne sur la cuisine.

Ils déposèrent Hugo dans sa chambre. Le médecin confirma son passage en début d'après-midi. Manon garda Guillaume à déjeuner. Une façon comme une autre de trouver un peu de répit.

— Tout à l'heure à l'oratoire, comment t'y es-tu pris pour trouver le passage sous l'autel ?

— Oh ! La solution est moins impressionnante qu'il n'y paraît. Quand je t'aurai éclairée, tu diras : « *ce n'était que ça !* » Ainsi, très vite j'ai entrevu l'existence d'un souterrain. D'abord, quand ton grand-père m'a montré la photocopie de la phrase écrite en langue romane. Pas sorcier de comprendre qu'il s'agissait d'un code d'accès. Ensuite, hier après-midi, lorsque je suis entré à votre suite dans l'oratoire pour découvrir que vous l'aviez quitté… sans en sortir.

— Mais, ça n'explique pas comment tu as trouvé le souterrain.

— L'oratoire. Je ne voyais aucune explication au fait qu'il ne soit pas éclairé. Mais un endroit de prière, ça contient des symboles religieux, des statues, des croix, des tableaux, des ex-voto ! Ici, rien de tout cela. Un autel, point à la ligne. Cela ne tenait pas.

— Ça c'est encore le pourquoi. Comment as-tu résolu en si peu de temps ce que grand-père a eu tant de mal à découvrir ?

Guillaume sourit et tapa son front de son index à plusieurs reprises.

— La matière grise, plus quelques connaissances historiques. Imagine : nous sommes dans un domaine templier. Comme chaque organisation occulte, l'Ordre du Temple a besoin d'assurer sa sécurité. Toutes les confréries ont ce principe commun : on communique par code et l'on utilise des signes de reconnaissance. La croix pattée sous l'autel n'avait de sens que pour cette raison. La suite, tu la connais.

— Ce n'était que ça ?

— Ah, tu vois. Je savais que tu serais déçue.

— Non, pas déçue. Frustrée de n'avoir pas tes facilités.

— À ton tour. Parle-moi de cette galerie. Comment ton grand-père l'a-t-il découverte ?

— Je ne sais pas. Et pourtant, j'y cours depuis que je suis ado. Il allait me l'expliquer quand tu es arrivé.

Un voile de chagrin assombrit son regard.

— Je suppose que comme toi il a dû s'appuyer sur le manuscrit pour y accéder. C'était notre grand secret.

Guillaume prit doucement ses mains.

— Parlons de sa pièce souterraine. L'air y est sec. Ce qui confirme mon intuition de tout à l'heure au sujet du puits. Je parie qu'il donne juste au-dessus. Comme je ne l'ai pas vu dans la pièce principale, je suppose qu'il est à l'aplomb de l'endroit où tu as récupéré notre chariot improvisé.

Manon ne jugea pas utile de répondre. Il pressa ses deux poings contre ses tempes.

— Dans la précipitation j'ai pu ne pas pu remarquer… obligatoire… oui, c'est cela… une nécessité absolue… quelque chose d'impératif comme…

Il leva la tête.

— …comme conserver un objet à l'abri des variations de température. Je chauffe ?

— Continue.

— Un objet justifie ce luxe de précautions. Un objet qui est, pardon, qui était en possession de ton grand-père ; auquel il attachait une importance extrême. C'est pour ça qu'hier il m'a mis au défi. Il voulait que je découvre moi-même l'original. Je brûle, là ?

Elle restait toujours muette.

— Vraiment, tu ne m'aideras pas ? Normal après tout… comme héritière, tu veux d'abord t'assurer que je suis aussi bon qu'on le prétend. Ensuite, tu veux savoir jusqu'où me faire confiance. Je reviens donc à ma question: quel objet mérite autant de soins ? J'ai une réponse pour toi.

— Je t'écoute.

— Il me revient tout à coup que ton grand-père m'a parlé d'un manuscrit original.

Il ferma les yeux et se tut. Manon finit par l'exhorter.

— C'est tout ?

— Hé ! Ce n'est pas si mal. Maintenant, si tu veux que je trouve la cachette…

Elle prit une expression effarée.

— Mais j'ignore où grand-père a rangé le manuscrit !

— Bien, voilà ce que je te suggère. Dès que le médecin sera parti, tu m'accompagnes au souterrain. Là, j'aurai besoin… disons… de dix minutes. À moins que tu estimes le moment mal choisi, ce que je comprendrai.

— C'est difficile de me dire que grand-père est là, tout près, et de faire comme si tout continuait. En même temps, je ne me vois pas rester ici à me morfondre.

Le carillon de l'interphone tinta.

— Ce doit être le docteur.

— Veux-tu que je vous laisse ?

— Je préférerais que tu restes.

***

10

Les deux hommes se chargèrent de rendre le défunt présentable avant de rejoindre la jeune femme au salon. Le médecin lui remit le certificat de décès.

— Manon, comment avez-vous prévu de vous organiser dans l'immédiat ? demanda-t-il.

Elle interrogea Guillaume du regard. Le docteur se tourna vers lui.

— Tiendrez-vous compagnie à mademoiselle de Pahans cette nuit ?

Manon devança la réponse.

— Non, Guillaume ne reste pas. Cependant, la perspective de me retrouver seule…

— Écoutez, je suis votre médecin de famille. C'est ma femme qui vous a mise au monde. Elle peut s'installer ici pour la nuit.

— Je ne voudrais pas abuser…

— Depuis que Martha est en retraite, elle adore se rendre utile. C'est elle qui s'est proposée.

Guillaume y alla de son couplet.

— Ce ne serait pas raisonnable de refuser. Une présence amie te sera d'un grand secours.

Manon se rendit à leurs arguments.

***

Après le départ du praticien, Manon lança un regard fatigué à Guillaume.

— Je file à l'étable dans dix minutes. Dix minutes ! C'est le temps qu'il te faut, tu te souviens ? Le manuscrit original…

Guillaume lui emboîta le pas jusqu'à l'oratoire.

— Tu crois que tu vas deviner ?

— Je ne devine jamais. J'observe, j'analyse, je déduis, je trouve, je prouve.

Le spectacle fut ahurissant. Il se déplaçait désormais à pas glissés au milieu du couloir, les bras en croix, de sorte que chaque extrémité de ses mains ouvertes effleure les parois. Sa tête dodelinait de gauche à droite, puis de bas en haut. Il progressait paupières closes, comme pour mieux concentrer ses perceptions sur un seul sens, le toucher.

Subjuguée, Manon contemplait la scène. Enquêteur hors pair ou génial affabulateur ? La vérité tenait dans les minutes qui allaient venir. À quelques pas de la pièce secrète, il fit halte. Fidèle à sa méthode il plaça ses poings contre ses tempes. Puis le soliloque commença.

— Voyons ! Dans moins d'un mètre, on entre dans la pièce. Ici, c'est chou blanc. Les parois de la galerie ? Trop lisses. Le sol ? Trop inégal, pas de tapis, pas de trappe… Le plafond ? Trop élevé. Pas d'anfractuosité, aucun mobilier pouvant faire office de rangement… Et puis, il n'est pas concevable… Non… mille fois non ! Pas logique ! Donc totalement impossible !

Manon ne put s'empêcher d'intervenir :

— Qu'est-ce qui est impossible ?

— Je prétends que le manuscrit est accessible, sans avoir recours à un mécanisme savant.

— Pourquoi ça !

— En vertu du principe de la ceinture et des bretelles !

— Je ne saisis pas bien…

— Quand on est assuré de l'inviolabilité d'un endroit, pas besoin d'en ajouter un autre. Sans compter qu'en cas d'urgence, il s'agit de ne pas perdre de temps.

Il entra dans la pièce, en fit le tour avant de s'engouffrer dans le renfoncement.

— Une idée de ce que c'était ? lança-t-il en éclairant l'espace.

— Au départ, c'était un espace de prière. Tu vois bien l'autel... Et les deux stalles, derrière. Maintenant, c'est un débarras.

— Un autel, d'accord... mais ça ne colle pas.

— Ah ?

— Un espace de prière, dis-tu. Au fond d'un souterrain ? Rien à faire, ce n'est pas la lecture que j'en fais ! Examine l'autel. Une dalle grossière posée sur deux grosses pierres brutes. C'est juste un peu trop sommaire.

— Je ne vois pas ce qui t'intrigue là-dedans.

Il désigna la petite construction qui surplombait l'autel.

— Très joli ! La cathédrale de Reims en réduction.

Le monument, long d'un mètre et haut de cinquante centimètres, était en effet de toute beauté. Quelque chose comme un reliquaire, réplique exacte de la nef rémoise. Il ouvrait sur une niche. Celle-ci contenait un autel miniature, sculpté selon les standards du gothique flamboyant.

— Comment peut-on passer à côté de ça sans sourciller ! Elle est là l'incohérence. Ces stalles, cet autel et cette œuvre n'ont pas leur place ici.

Il plongea la main à l'intérieur du petit monument, tâtonna quelques instants jusqu'à détecter la trappe sous ses doigts. Poursuivant son exploration, il entra en contact avec un objet. Il déposa l'enveloppe opaque entre les mains de Manon. À l'évidence, elle en connaissait le contenu.

***

— On l'ouvre ? demanda Manon.

Guillaume étouffa un bâillement.

— Tu sais ce qu'il y a dedans, non ?

— Tu n'es pas curieux ?

— La précipitation est l'ennemi. Remettons cet objet en place. Il ne va pas s'envoler.

Elle baissa soudain la tête, désemparée.

— Quelque chose ne va pas ? Tu ne veux plus continuer ?

— C'est que je viens de penser à grand-père. Cela ne se fait pas de le laisser tout seul.

— Juste une remarque : ne dois-tu pas aussi aller à l'étable tout à l'heure ? Quand tu y seras, il sera toujours dans la chambre.

Elle leva enfin les yeux.

— Je voulais te dire... une fois passées les obsèques, je pense... non, je suis certaine qu'on va faire du bon travail ensemble.

Elle ramassa le calepin au pied de la chaise.

— Il faut que tu voies ça.

— Tu dois le connaître par cœur.

— Détrompe-toi. Je l'ai eu entre les mains pour la première fois hier. Je n'ai même pas eu le temps de le consulter.

Elle lui indiqua le coffre cadenassé.

— Avec le carnet, tout se trouve là-dedans. Il est bourré de manuscrits, photos, relevés, croquis, correspondances privées et publiques, notes. Y compris ce que nous avons appris des légendes et traditions orales.

Elle sortit une clef du tiroir du bureau.

— On l'ouvre ?

— Il n'y a pas le feu.

— Je ne sais pas comment tu peux garder la tête froide.

— On a eu notre dose pour aujourd'hui. Et puis, il nous reste deux bonnes heures avant l'arrivée de la femme du docteur. J'aimerais jeter un coup d'œil derrière ça, ajouta-t-il en désignant la deuxième porte.

Elle avait décidé de lui accorder sa confiance ; autant commencer tout de suite.

Dans le boyau le sol était instable en raison des eaux de ruissellement. Par endroits, il fallait baisser la tête, voire se placer de trois quarts pour se frayer un chemin. Des puits naturels, destinés au passage de l'oxygène, expliquaient en partie l'humidité régnante. L'excursion dura vingt bonnes minutes. « *Quelques six cents mètres* » estima Guillaume. Le faisceau de Manon frappa une façade cimentée pourvue de barreaux. Elle les gravit en premier jusqu'à une trappe de bois.

Il s'amusa de l'ingénieuse simplicité du système. Au-dessus, l'endroit était une remise à outils. Une fontaine dotée d'une large vasque de pierre masquait l'accès au souterrain.

— C'est plutôt crade ici.

Boîtes de conserves rouillées, canettes de bière, emballages de sodas et, vision peu ragoûtante, papier toilette, jonchaient le sol en terre battue.

— Faudrait voir à nettoyer tout ça un jour, commenta-t-il.

— Surtout pas. Plus c'est sale, moins l'endroit est fréquentable, donc moins fréquenté.

Il entraîna Manon au-dehors. De l'extérieur, la présence de la construction était insoupçonnable. Située en bout de pré, elle se dissimulait à l'arrière d'un fouillis de ronciers, lui-même à l'abri d'un talus traversant le champ dans sa largeur.

En franchissant la butte, ils virent une voiture aux vitres brisées. Guillaume franchit les trente pas qui le séparaient du chemin. Le tableau de bord, le pare-brise et les sièges étaient maculés de sang. De l'autre côté, la porte du conducteur était ouverte. Il s'y rua.

Manon qui l'avait rattrapé se plia en deux, prise de nausées.

**

11

Recroquevillé au sol, l'homme était encore en vie. Livide, le regard vitreux, le souffle rauque, tout indiquait la détresse respiratoire. La partie droite du thorax n'était qu'une plaie béante d'où le sang pulsait à flots bouillonnants. Un sifflement indiquait la nature probable de la blessure. Poumon perforé. C'était l'affaire de quelques secondes.

Dans un effort, il tenta de prononcer quelques mots. Accroupi, Guillaume perçut les derniers mots : « ...*le message... l'Épine... vendez.* » Un râle, un soubresaut, tout fut fini.

Un papier froissé, poissé de sang, glissa de la main droite de l'homme. Surmontant sa répulsion, Guillaume le fourra dans la poche arrière de son pantalon. Il nota le tatouage à la naissance du cou de la victime. Il avait une autre urgence à gérer. Manon était agenouillée, livide. Il entoura ses épaules et la maintint contre lui de longues minutes.

Soudain, il fut alerté par un ronronnement. Dans le ciel, deux ultralégers biplaces pointaient à une vingtaine de mètres au-dessus d'eux. Ils se dirigeaient droit vers eux. De l'un des ULM, surgit une arme à feu.

Ils dévalèrent la butte pour se réfugier dans la remise. Le changement de régime des moteurs indiqua l'atterrissage. Guillaume risqua un œil. Postés près de la voiture, arme à la hanche, deux hommes le regardaient sans broncher. Le pilote du deuxième engin sauta à terre et se dirigea vers le véhicule. Il réapparut, portant la victime à bras le corps. Il la déposa sur son siège passager. Dix secondes plus tard, les appareils prenaient leur envol.

Guillaume retrouva Manon prostrée devant la fontaine. Il lui aspergea le visage.

Lorsqu'il estima le plus gros du stress évacué, il sortit son téléphone.

— Zut ! À plat. Tu as un portable ?

Le signe de tête négatif accrut son désarroi.

— Faut pourtant appeler les flics.

Il avait deux problèmes sur les bras. Manon et le meurtre auquel ils venaient d'assister. Il s'arrosa le visage à son tour. Il s'assura que la trappe d'accès au puits avait repris sa position et y dispersa quelques vestiges de beuveries, auxquels il ajouta des emballages alimentaires. Pour le retour aux Mercuriales, mieux valait emprunter le chemin normal. À la recherche de son paquet de cigarettes, Guillaume sentit une épaisseur dans la poche de son jean. Le papier ! Inutile pour le moment d'effrayer la jeune femme davantage. Il l'entraîna avec douceur vers l'extérieur, la faisant passer au large de la voiture abandonnée. Tout en la soutenant, il entreprit de faire une mise au point.

— Tu te sens comment ?

Le sourire meurtri, mais courageux le rassura.

— Il faut absolument qu'on se mette d'accord, rapport aux flics, commença-t-il.

— Qu'est-ce qu'on va leur dire ?

— Ils vont nous demander le motif de notre présence. Surtout faire simple, ne pas se contredire.

— On dira que je te faisais faire le tour du propriétaire.

Guillaume embrassa l'horizon pour mémoriser le point de vue.

— Je te signale que nous sommes à l'extérieur des Mercuriales.

— Le pré nous appartient. Je dirai que sa position élevée est idéale pour observer le Domaine dans son ensemble.

Manon s'interrompit en posant sa main sur son bras. Il entendit le bruit. Les ULM revenaient. Chez la jeune femme, les tremblements reprirent. Les engins les survolèrent sans se préoccuper d'eux puis tournoyèrent quelques secondes au-dessus de la voiture. Une sorte de pluie jaillit de leurs flancs. Une immense déflagration retentit, suivie d'une boule de feu.

Guillaume comprit immédiatement : la surface souillée de sang et le véhicule avaient été incendiés. Ne restait qu'une vaste étendue d'herbe brûlée. Plus de corps, plus de traces. Les ULM étaient déjà loin.

Il murmura des mots apaisants à la jeune femme blottie contre lui. D'abord, la convaincre de se rendre compte sur place. Les faits lui donnèrent raison. Il vit le parti qu'il pouvait en tirer.

— Regarde. Pas de corps, pas de victime. Pas de victime, pas de meurtre. Ça signifie : pas besoin de témoigner, donc pas de flics. On conclura au vol d'une bagnole dont on s'est débarrassée.

— On ne peut pas faire comme si on n'avait rien vu ! gémit-elle.

— Qui parle de ça ? Je dis juste qu'il n'y a plus trace d'un meurtre, alors autant éviter de provoquer des questions.

— D'abord la mort de grand-père, maintenant ça. Je suis à bout !

Il préféra ne pas épiloguer. Surtout qu'il n'avait aucune idée de ce qu'il se passait.

— On rentre. Tu fonces à l'étable, puis un bon bain avant l'arrivée de la femme du docteur.

***

Laissant la jeune femme aux bons soins de Martha Garmelin, Guillaume reprit à pied le chemin du Clos du Temple. Un peu plus tôt, il avait contacté François de Rivalmonte qui avait réitéré son invitation, lui-même devant s'absenter. La clé l'attendrait à la réception. Trop énervé pour avoir faim, il décida de gagner directement sa chambre.

En passant par la cour, il entendit vrombir un moteur. Du garage sortit un 4X4 aux vitres fumées. Au volant, Christine. Dans sa panoplie de cauchemar.

— Salut. Tu vas rejoindre ta tribu ?

— Pas du tout. Je vais à une messe noire et on va égorger des nouveau-nés pour les offrir en sacrifice à Belzébuth.

— Plaisante pas avec ça.

— Ce n'est pas ce que tu es en train de faire ?

Elle coupa court.

— Je suis à la bourre, là. Je t'ai laissé un message sur la porte de ta chambre, mais puisque te voilà… Mon père vient de partir pour deux ou trois jours, quatre maxi. La chambre est à toi le temps qu'il faudra… puisqu'il paraît que tu ne loges plus là-bas. Pareil pour les repas. Je t'ai mis mon numéro de portable. S'il te plaît, ne m'appelle que s'il y a le feu, un tremblement de terre, la guerre ou si j'ai gagné au Loto.

**

La nuit fut exécrable. L'esprit en surchauffe, il ne trouva pas le sommeil. Une heure après s'être glissé dans les draps il se releva, obnubilé par l'impression qu'il passait à côté d'un fait ou d'une évidence. Et, il en aurait mis sa tête à couper, c'était lié à la salle secrète des Mercuriales.

Et puis, il y avait les derniers mots du mourant « *L'Épine. Vendez.* » Ainsi que le message inscrit sur le papier couvert de sang, récupéré dans sa main. Il venait d'en découvrir la teneur : « *All. Men. — L'ép. — Cassegrain — méf. Angus* ».

Il se mit à arpenter la chambre, retrouvant sa manie de soliloquer.

— Les faits, ensuite les questions. Nous sommes d'accord, il y a un mystère. Des souterrains, des accès secrets, un parchemin dissimulé. D'abord, la mort du grand-père de Pahans. Naturelle ? Provoquée ? Coïncidence ? Sinon, à qui elle profite ? Et maintenant ce meurtre, presque sous nos yeux. Qui est la victime ? À qui était destiné son message ? Que savait-il ? Il a mentionné l'Épine… il a dit « *vendez* »… vendre quoi ? La basilique ? Enfin, l'intervention des ULM. Pourquoi escamoter le cadavre et brûler la voiture ? Et mon mort, c'était quoi son tatouage déjà ?

D'instinct, il jugea que cela pouvait être important. Il s'imposa de revivre minute par minute la scène et les gestes accomplis, pour forcer l'image à remonter à la surface. Le sang sur la poitrine, le cou… le tatouage… peu à peu les contours commencèrent à se préciser…

Il poussa un cri de triomphe. Le motif était un double cœur surmonté de la couronne et de la croix. L'emblème des Vendéens royalistes. Et sa devise : « *Utrique fidelis* » « *Fidèle à chacun. Fidèle à Dieu et au Roi* ». Restait à faire le lien avec tout ça. L'homme était-il originaire de là-bas ? Avait-il à voir avec les recherches d'Hugo de Pahans ? L'Ordre du Temple et la Vendée ? Quel rapport ?

C'était une première avancée. Il regretta de n'avoir pas ouvert l'enveloppe du parchemin lorsque Manon le lui avait suggéré.

***
12

Lundi 08 novembre
L'Épine - Hôtel-restaurant Le Clos du Temple

Dès la première heure, il prit son petit-déjeuner en salle. Avec l'impression qu'un marteau-pilon prenait un malin plaisir à martyriser son crâne. Il observa Christine. Elle était redevenue cet être austère asservi aux exigences de la clientèle.

— Tu reviens quand ?

Elle avait posé la question sur un ton neutre, mais cela lui fit chaud au cœur. Il fixa l'horloge murale, sans répondre directement.

— Je file dans cinq minutes.

Il savait que ce n'était pas tout à fait exact. Avant de quitter le village, il devait contacter Manon. Il avait besoin d'examiner le manuscrit. Il sentit que Christine ne se satisfaisait pas de cette réponse.

— Le décès de son grand-père a mis Manon sens dessus dessous, tu penses bien. Pas question dans ces conditions de poursuivre mes travaux. J'attends donc de savoir ce qu'elle souhaite.

— Tu vas faire quoi en attendant ?

— Rentrer chez moi. Changer de fringues, voir mon courrier. Prévenir mon patron du décès de son ami et lui faire un premier point sur mes recherches. Et attendre qu'elle me fasse signe.

— Il faudra qu'un jour tu m'expliques en quoi consiste exactement ton boulot. Parce que la seule chose que m'a dite mon père c'est que tu les aidais là-bas à reconstituer l'histoire de la Commanderie. Je croyais que tu étais professeur ?

— Il y a de ça, mentit-il. Pour simplifier, disons que je suis un expert médiéval qui apporte son concours à ceux qui me sollicitent.

— D'accord.

***

À sept heures moins le quart, il quitta le Clos du Temple et contacta les Mercuriales. Manon avait la voix lasse. Il se contenta de prendre de ses nouvelles. « *Le manuscrit a attendu quelques centaines d'années, on n'est pas à quelques jours près* ». L'abribus situé de l'autre côté de la voie le renseigna sur les horaires. Le professeur de Puygirard l'attendait à son bureau de l'Université pour le milieu de l'après-midi. Son grand-père disparu, rien n'indiquait si Manon envisageait de poursuivre ses travaux. Le doyen voudrait certainement connaître au plus tôt ses intentions. En attendant, rien ne l'empêchait de mettre à contribution les ressources de la Faculté pour faire des recherches. Et tenter de mettre le doigt sur ce point qui, depuis la veille, le tracassait.

***

Manon se manifesta en début de soirée. Les obsèques auraient lieu ce mercredi. Elle comptait sur sa présence aux Mercuriales, à l'issue de la cérémonie. Il disposait d'une journée pour tenter de faire jaillir quelque chose de ses investigations ou de ses réflexions.

***

13

Mercredi 10 novembre
L'Épine - Commanderie « Les Mercuriales »

Au sortir des obsèques d'Hugo de Pahans, Guillaume attendit que Manon en eût fini avec les condoléances. La présence inattendue de Siméon de Puygirard le laissa perplexe.

Pelotonnée dans son fauteuil, Manon lui donna trois informations. Tout d'abord, de Puygirard souhaitait qu'il poursuive les recherches. Ce qu'elle venait d'accepter. Ensuite, elle avait décidé de mettre ses études en pause, pour se consacrer à l'exploitation de la ferme du Domaine. Enfin, dans cette perspective, elle venait d'embaucher un aide agricole.

Le timbre du téléphone coupa ses explications. Les yeux fixés sur le calendrier mural, elle y griffonna une annotation.

— C'était le notaire. J'ai rendez-vous vendredi à 21H00 pour la succession.

Il nota pour lui-même que l'horaire de l'entrevue était inhabituel. Elle était déjà passée à autre chose.

— L'ouvrier que je viens d'embaucher commence après-demain. Mais j'ai une tonne de choses à faire avant son arrivée. Je risque d'être peu disponible dans les jours à venir.

Elle proposa qu'ils se retrouvent le lundi suivant. Puis lui tendit une clef.

— C'est celle du porche. Celle de grand-père.

Tandis qu'il enfilait son parka, le téléphone sonna de nouveau. Il l'interrogea du regard. Elle se détourna, faisant mine de rechercher son trousseau de clefs.

— Ce n'était rien, finit-elle par dire après avoir raccroché. Le notaire voulait s'assurer que j'avais bien son adresse.

Il choisit le silence. Et parla d'autres choses tandis qu'elle le raccompagnait à l'Épine.

51

À son retour, elle constata que l'appel téléphonique de tout à l'heure avait été suivi d'effet. Une voiture était stationnée devant la grille du Domaine. Deux hommes en descendirent. Elle les observa. Tous deux, le cheveu ras, accusaient entre trente-cinq et quarante ans. Leur stature à la fois svelte et robuste révélait une pratique sportive régulière.

Le plus petit s'exprima :

— Pardonnez-nous cette visite inopinée, mademoiselle.

— Qui êtes-vous ?

— Quelqu'un souhaite vous rencontrer, se contenta-t-il de répondre. Nous avons mission de vous conduire à lui.

— Et si je refuse de vous suivre ?

— Diriez-vous que la personne qui vous a téléphoné semblait plaisanter ?

— Vous ne répondez pas à ma question…

— Nous serions forcés de vous… contraindre.

La fermeté du ton laissait peu de choix à la discussion.

— Si je vous suis, où m'emmènerez-vous ?

— Désolé mademoiselle. Je suis autorisé à vous préciser que vous serez de retour demain, au plus tard en fin de journée.

— Mon associé ! Je dois l'avertir.

— Appelez-le.

Au logis, tandis qu'elle contactait son nouvel ouvrier, Armand Thibaudeau, et lui laissait quelques consignes, son visiteur lui fit signe d'écourter la conversation.

— Sans vous bousculer, vous devriez préparer votre nécessaire à voyage.

— Nous allons loin ?

— …

Manon n'insista pas. « *Charmant !* » ricana-t-elle en s'engouffrant dans sa chambre. Elle en ressortit, un sac fourre-tout en bandoulière.

***

Ses visiteurs la placèrent à l'arrière de la voiture. Le trajet s'acheva à l'aéro-club local, situé à peine à trois minutes des Mercuriales.

Ils la firent grimper dans un hélicoptère.

— Voulez-vous passer cette capuche ?

— On ne tient pas à ce que je me repère !

— Simple précaution.

— Et combien de temps vais-je avoir ce truc sur la tête ?

Pas de réponse.

Être privé de la vue entraîne le désagrément de perdre la notion du temps. Ainsi déroutée, Manon fut incapable d'évaluer la durée du vol. À sa descente, on lui fit prendre place dans une voiturette électrique. Puis, quelques escaliers les menèrent à ce qui devait être un hall, si ce que suggérait l'écho de ses pas était exact. Elle descendit une volée de marches. Derrière elle, une porte se ferma. On l'installa dans un fauteuil. Une voix se fit entendre.

— Cette capuche doit vous tenir chaud. Vous devriez la retirer.

Elle s'exécuta. La pièce baignait dans la pénombre.

— Je présume que vous ignorez la raison de tout ceci, reprit, toujours invisible, son interlocuteur.

— Si vous n'avez pas l'élégance de vous présenter, autant me laisser la tête dans le sac.

La voix émit un rire de contentement.

— Voilà bien l'impétuosité des de Pahans. Hugo ne m'a pas menti.

— Vous connaissez grand-père ?

Une tenture fut tirée. La lumière se fit enfin, la forçant à cligner des yeux. Elle se trouvait dans une salle basse voûtée aux murs de pierre. Son regard accrocha les larges drapeaux aux armoiries éclatantes, les armures, heaumes et gantelets, pourpoints et cottes de maille, estocs et écus, arcs et arbalètes, lances, masses et fléaux. Une salle d'armes. Devant une table démesurée, un homme vêtu d'une cape blanche ornée d'une croix rouge au niveau de chaque épaule lui faisait face.

— Satisfaite ?

Sa voix était agréable, presque suave.

— Qui êtes-vous, à la fin ?

La curiosité et l'impatience l'emportaient sur l'inquiétude.

— Et qu'est-ce que c'est que cette… ?

— Mascarade ? Mise en scène ? Je vous laisse le choix des mots. Mais vous avez raison, permettez-moi de me présenter. Bienvenue dans ma demeure, Mademoiselle de Pahans. Je me nomme Pierre Cariotti.

***

Le Clos du Temple

Guillaume était contrarié. La journée avait pris fin dans une ambiance morose. La présence du professeur de Puygirard au cimetière l'avait irrité, sans qu'il puisse se l'expliquer.

Autre motif de frustration, à aucun moment Manon n'avait fait allusion au meurtre du tatoué et à l'épisode des ULM. De plus, il l'aurait juré, le second appel téléphonique reçu en fin d'après-midi au Domaine n'émanait pas du notaire contrairement aux affirmations de la jeune femme. Et ce mensonge avait de quoi le perturber.

***

Sur la porte de sa chambre, un nouveau mot de Christine, plié en deux et punaisé l'attendait.

« *Papa pas rentré à l'heure prévue. Aucun appel de sa part. Suis inquiète. Impossible de te joindre. Si pas trop tard, on pourrait dîner ensemble. Appelle-moi.* »

Il perçut l'inquiétude sous l'écriture. Elle décrocha à la première sonnerie. Il ne s'embarrassa pas de fioritures.

— Salut. Raconte, fit-il.
— Tu es où ?
— Dans ma chambre, et toi ?
— Pareil. Retrouve-moi au salon.

14

Château de Pierre Cariotti

— Mademoiselle de Pahans, je vous prie de bien vouloir accepter mes excuses pour cette invitation plutôt cavalière.

— Voilà une curieuse façon d'exprimer les choses.

— Vous aurait-on brutalisée, menacée ? Êtes-vous ici contre votre gré ?

— Brutalisée ? Voyager avec un sac sur la tête constitue certainement une forme de violence. Menacée ? Je ne parierai pas sur le sens de certains sous-entendus dont m'ont gratifiée vos hommes. Suis-je ici contre ma volonté ? Je ne jurerai pas qu'on m'a laissé l'alternative. À défaut d'excuses, j'attends des explications. J'ai quand même enterré mon grand-père aujourd'hui.

— Je vous renouvelle donc mes excuses et vous présente mes condoléances.

— Finirez-vous par m'expliquer ce que je fais ici ?

— Je répondrai à votre question par une autre : Boroldani, ce nom évoque-t-il quelque chose pour vous ?

— Je devrais le connaître ?

— Personnellement ce serait impossible, mais peut-être de réputation ?

— Pas le moins du monde. Qui est-ce ?

— La question exacte est : qui était-il ? Arturo Domenico Boroldani. Sous ce nom vivait au XVème siècle un personnage dont la vie relève de l'Histoire ou de la légende, selon ce que l'on veut bien croire. À son époque on lui prêta une destinée tout aussi merveilleuse que le fut au XVIIIème celle de l'énigmatique Joseph Balsamo, alias le comte de Cagliostro.

— Je croyais que tout ce que l'on racontait sur Cagliostro relevait de la fiction, jusqu'à son existence.

— C'était le but recherché. Faire en sorte que l'on crie à la mystification.

— Et votre Boroldani ?

— Pour le public, l'homme n'a jamais existé. La réalité est tout autre. Il existe des traces de sa vie, des preuves de ses travaux, certaines sont même conservées aux archives secrètes du Vatican.

— Nous y voilà. Il a mis la main sur les secrets inavouables de l'Église.

— Boroldani était un grand architecte, doublé d'un médecin et d'un savant de renom, proche du Pape Alexandre VI. Son illustre protecteur en fit son astrologue et médecin personnel de 1492 à 1496. Cependant, à Rome, on s'inquiétait de son influence grandissante. Pour le compromettre, ses adversaires l'ont accusé de répandre une théorie sacrilège. On glissa au Saint-Père que son confident défendait l'idée selon laquelle l'homme serait sauvé par la science et non par la foi. Encore ébranlée par le Grand Schisme d'Orient, l'Église ne pouvait affronter une nouvelle remise en question.

Manon ne put masquer son incrédulité.

— Tombé en disgrâce, Boroldani fut condamné pour hérésie et mourut sur le bûcher en 1496. Âgé de quarante-sept ans, on ne lui connaissait aucune descendance. L'artisan de sa chute, l'archidiacre Claudio Vespertini, fit en sorte que toute mention de son nom, de son existence même, fût gommée de la mémoire collective, des bâtiments qu'il avait érigés, des documents officiels. Il alla jusqu'à faire brûler son atelier.

— Donc, rien de son existence ne nous est parvenu.

— Je viens de mentionner les preuves …

— …aux Archives Secrètes du Vatican. Autrement dit, invérifiables.

— J'ai autre chose.

— J'ai hâte de savoir.

— Il s'agit d'un cahier empli de croquis, de schémas, d'études et de plans. Tous rédigés en démotique.

— Qu'est-ce que la démotique ? Une langue ?

— Le démotique n'est pas une langue. C'est une écriture simplifiée des hiéroglyphes. C'est en partie grâce à elle que Champollion a pu décrypter les textes égyptiens. Pour Boroldani, c'était le moyen de protéger ses travaux.

— Quels travaux ?

— Il fut tout en même temps mathématicien, chirurgien, médecin, chimiste, inventeur, sculpteur, serrurier et peintre. Un génie aussi universel que l'était Léonard de Vinci. Notre homme s'est attelé à l'anatomie du cœur humain, le cerveau, la fluidité sanguine, les vaccins, l'astronomie, la mécanique, les sciences physiques expérimentales.

Manon se redressa, de plus en plus intéressée.

— Ses cahiers montrent qu'on lui doit par exemple l'invention du système binaire. Ou encore, bien avant l'anglais William Harley, les premières lois sur la circulation sanguine. Il fut aussi l'inventeur de l'impression en filigrane.

— Rien que ça !

Pierre Cariotti tendit une photo à Manon.

— Voici qui est plus ahurissant encore.

Le cliché montrait la couverture d'un livre ancien.

En son milieu était incrusté un symbole. Un cercle rouge de la taille d'une pièce d'un centime, frappé en son centre d'un **B** stylisé, lui-même encadré des lettres **alpha** et **oméga**.

— Qu'est-ce que ça représente ?

— La marque de Boroldani. Le savant signait ses écrits de ce symbole en filigrane. Autre particularité : le signe ne se détecte que sous la lumière noire.

— Impossible. La lumière noire fait appel aux rayons ultra-violets. Ce procédé remonte au début des années 1900.

— Vous détenez pourtant la preuve de ce que j'avance.

L'affirmation fit sursauter Manon.

— N'avez-vous pas soumis un certain manuscrit à l'épreuve des ultraviolets dans votre labo des Mercuriales ? N'est-ce pas ce même symbole que vous y avez vu en filigrane ?

— Comment savez-vous cela ?

— Ainsi, vous ne niez pas le fait que vous possédez cet objet…

Manon ne protesta ni ne confirma.

— D'où connaissez-vous grand-père ?

— Je n'avais pas de plus fidèle ami et maître.

— Grand-père ? Votre ami ? Votre maître ?

Manon se sentait prise dans un tourbillon.

— Nous en parlerons plus tard si vous le permettez. Revenons au manuscrit. Quand vous serez de retour chez vous, faites l'expérience de le passer sous une flamme. Il ne sera pas altéré, Hugo l'a déjà vérifié. Il est constitué d'un maillage microscopique de fibres polyamides à très haute performance.

D'un geste, Cariotti anticipa l'objection.

— Nouveau mystère : le polyamide est une fibre officiellement découverte en 1936. Deuxième énigme : comment a-t-on pu réaliser ce tressage invisible sans microscope, un outil inventé par Galilée, soit plus d'un siècle après la disparition de Boroldani ? Vous imaginez le trouble d'Hugo.

— Grand-père connaissait les propriétés de son document ?

— Je vois que nous parlons bien du même objet.

Manon se pinça les lèvres.

— Hugo n'a eu connaissance de sa structure moléculaire que quelques semaines avant son décès. Grâce à mon expertise.

— C'était donc vous dont il m'a parlé ! Vous êtes le fameux expert.

— Je suis ingénieur en chimie macromoléculaire. Pour simplifier, c'est la recherche fondamentale sur les molécules organiques et inorganiques.

— Grand-père devait avoir sacrément confiance en vous.

— Outre ma formation universitaire, Hugo connaissait ma passion pour les Templiers. Nous nous tenions informés de nos avancées respectives.

— Il n'a jamais mentionné Boroldani.

— Mademoiselle de Pahans, tout le monde croit aux Templiers parce que leur histoire est avérée. Cependant, chacun est libre de douter de leur héritage. Concernant Boroldani, son nom, sa vie et son œuvre ont été jetés aux oubliettes de l'Histoire. N'auriez-vous pas douté des facultés de votre grand-père s'il vous avait sorti ce nom sans pouvoir en justifier l'existence ?

— Il aurait quand même pu m'en parler.

— Je suppose que comme beaucoup de chasseurs de secrets il a dû attendre d'avoir des certitudes.

— On nage peut-être en pleine mystification. Les précédents sont légion.

— Comme le Suaire de Turin ?

— Ne vous en déplaise, le Saint Suaire continue d'intriguer la communauté scientifique. Pour l'objet qui nous occupe, c'est une autre histoire.

Cariotti proposa un café avant de reprendre son récit.

— Il y a quelques années, j'avais eu vent d'un opuscule écrit par Boroldani, répertoriant ses travaux, son œuvre. Le problème, c'était que tout provenait d'informations de seconde main. J'avais fini par n'y porter qu'une attention distraite, jusqu'à ce jour miraculeux, il n'y a pas d'autre mot, où un événement eut raison de mes doutes.

— Un miracle à présent.

Il éluda le sarcasme.

— Il existe en Italie une petite ville nommée Anagni, à environ quarante kilomètres de Rome. Son nom est associé à l'histoire de la Papauté. Longtemps elle fut la résidence du chef des catholiques et de sa cour.

— Je connais.

— Je sais. Votre grand-père y louait une villa pour vos vacances d'hiver lorsque vous étiez enfant.

La jeune femme écarquilla les yeux.

— Ah ça ! Vous êtes aussi au courant !

— Ma famille possède la villa depuis un peu plus de cinq siècles.

— Minute !

Manon venait de comprendre.

— Cariotti. La villa Cariotti. Comment n'ai-je pas fait le rapprochement ?

— Vous serez encore plus surprise d'apprendre que la villa Cariotti fut la demeure de Boroldani.

L'étonnement de la jeune femme tira un sourire à son hôte.

— Il se trouve que la cave de la villa a subi il y a de cela quatre mois d'importantes inondations. Les infiltrations ayant provoqué quelques fissures et un effondrement partiel du sous-sol, j'ai dû faire procéder à des travaux d'assainissement et de consolidation. Au cours de ceux-ci, on a découvert, dans le prolongement de la cave sinistrée, une pièce inconnue, mentionnée nulle part.

Cariotti prit le temps de boire une gorgée de café avant de poursuivre.

— Une heureuse intuition m'a poussé à en éloigner les ouvriers, au prétexte qu'il s'agissait d'une vieille réserve sans intérêt. J'eus la surprise de découvrir une salle dépourvue de poussière et de moisissure. Pas la moindre odeur d'humidité ! Elle abritait des machines auxquelles je ne comprenais rien, des traités scientifiques, des grimoires, des établis garnis d'éprouvettes, d'alambics et autres cornues ; j'eus l'impression d'avoir atterri dans le laboratoire d'un alchimiste ou de quelque sorcier du temps passé.

— Selon vous, il aurait appartenu à Boroldani ?

— Ultérieurement, j'eus la preuve qu'il s'agissait de son atelier secret, échappé de la destruction ordonnée par Vespertini. C'est là que j'ai découvert l'opuscule que je désespérais de trouver. C'est en le soumettant aux ultraviolets que la marque de Boroldani s'est révélée en filigrane. Le cliché du vieux livre que je vous ai montré tout à l'heure est la photo prise lors de ce test.

— D'où votre conclusion selon laquelle il avait habité la villa. Mais si cet opuscule était, comme je suppose, rédigé en démotique, comment avez-vous procédé ?

— J'ai eu recours à un traducteur.

— Bonjour la confidentialité.

— Risqué, mais nécessaire. J'ai mis le professeur de Puygirard à contribution.

— Vous connaissez le doyen ?

— Par l'intermédiaire de votre grand-père ; les amis de mes amis… vous connaissez l'adage. Il a présenté l'affaire à un étudiant linguiste, en précisant que le travail, destiné à un musée indépendant, serait très bien rémunéré.

— Il y avait le risque que l'étudiant contacte ledit musée.

— Eh bien, il aurait eu confirmation de la commande par le conservateur. Je suis son principal mécène. Il ne peut rien me refuser.

— Cette traduction vous a-t-elle fait avancer ?

— Vous pensez ! Non seulement le savant y a consigné ses recherches, mais son ouvrage comporte une dernière partie en forme de conte merveilleux. Le héros en est un Croisé revenu en Champagne afin de créer un Ordre chevaleresque puis de léguer ses biens ainsi qu'un extraordinaire secret avant de regagner la Palestine. Cela ne vous rappelle rien ?

— Hugues de Payns… mais ce pourrait être n'importe qui d'autre.

— Sauf que les dates, les lieux et les faits concordent avec l'histoire du fondateur de l'Ordre du Temple. Ainsi, au terme d'un ouvrage scientifique, Boroldani se serait amusé à raconter l'épopée d'un Croisé. Difficile d'ignorer qu'il y avait une intention cachée derrière tout cela.

— Comme un message à transmettre…

— Votre grand-père m'a appris qu'au Moyen-Âge et jusqu'au milieu de la Renaissance, le conte merveilleux était souvent un récit initiatique. Dans celui de Boroldani, il est fait mention d'un secret inimaginable, un objet à plusieurs composants auquel on prête de fabuleuses vertus.

Une alarme retentit dans la tête de Manon. « *Il me teste. Il cherche à savoir si je suis au courant pour le Tercody* ».

Elle fit diversion en réprimant un bâillement qui n'échappa pas à son hôte.

— Veuillez m'excuser. J'oubliais que cette journée a été… particulière et éprouvante pour vous.

— C'est juste que je n'en peux plus et que je n'ai rien avalé de la journée.

Il agita une sonnette. Les deux gardes du corps réapparurent.

— Nous allons vous conduire à votre chambre. Vous pourrez ainsi vous reposer et reprendre des forces avant le dîner.

***

15

Le Clos du Temple

Lorsqu'il retrouva Christine au salon, Guillaume fut surpris. « *Au moins, ça ne l'a pas dissuadée d'enfiler son déguisement de diablesse.* » Maxime les y attendait. Apparemment, le majordome n'avait aucun problème avec les excentricités vestimentaires de sa jeune maîtresse.

— Maxime, monsieur Montalbach et moi-même avons à traiter de sujets personnels. Je n'aurai pas besoin de toi ce soir.

— Mais pour le repas, Mademoiselle ?

— Ça ira, nous nous arrangerons.

Maxime se retira avec une satisfaction évidente.

— Sympa pour le domestique.

— Maxime n'est pas un domestique. C'est un authentique majordome. En réalité, lorsque je me suis retrouvée seule avec papa, il a été aussi mon précepteur, notre gouvernant et s'il n'est pas encore parti à la retraite, c'est par fidélité.

— Parle-moi de ce qui t'inquiète.

— À chacune de ses absences, papa et moi avons un rituel. Tous les soirs, il me bipe selon une procédure très simple. Pas plus de deux sonneries, c'est un petit coucou, il n'a rien à me dire de spécial. S'il y a un troisième coup, je décroche.

— Depuis quand es-tu sans nouvelles ?

— Son dernier appel remonte à avant-hier soir. Il devait renter aujourd'hui.

— Dis-moi où il est parti.

— Il devait faire la tournée des caves de Champagne.

— J'imagine que tu as appelé tous ses contacts.

— Oui, y compris les petits vignerons qu'il ne manquait jamais de visiter. Personne ne l'a vu depuis son passage hier après-midi aux caves Mercier, à Épernay. J'ai aussi contacté les cliniques, les hôpitaux, les pompiers.

— Et la gendarmerie ? Ils peuvent déclencher des recherches.

— Ils m'ont dit que cela se fait dans un cadre très particulier, uniquement sur décision judiciaire.

— Une escapade ?

— Papa aurait inventé une excuse. Avec un portable on raconte ce qu'on veut.

— C'est juste.

Le téléphone du salon sonna. Christine se précipita sur le poste, un sourire de soulagement aux lèvres.

Elle activa le haut-parleur.

— C'est la gendarmerie.

Guillaume s'approcha. Elle s'agrippa violemment à lui, les traits ravagés. Il sentit l'imminence du désastre.

***

Le patron de la brigade d'Aÿ-Champagne avait dit le strict minimum. François de Rivalmonte venait d'être découvert au fond du canal de la Marne, au volant de sa voiture. Christine n'avait pas entendu la suite. Elle s'était effondrée contre Guillaume. Il avait aussitôt coupé le son.

Faute de traces de freinage tant sur la chaussée que sur la berge, faute de témoins, seuls des tests sanguins et l'autopsie détermineraient l'état de la victime au moment du drame.

L'émotion avait eu raison de la jeune femme. Elle avait fini par s'assoupir sur l'épaule de Guillaume. « *On ne devrait serrer les gens contre soi que pour partager un bonheur ou une heureuse nouvelle !* » Il ne se faisait aucune illusion : tôt ou tard il devrait lui relater son entretien avec le gendarme. Il n'était pas préparé à gérer ce type de situation. En attendant, il réfléchissait à grande vitesse.

Christine n'avait pas d'autre famille que sa mère et, à ce qu'il en savait, ignorait ses coordonnées. Maxime, le major-dome, était introuvable. Libre de sa soirée, il devait être sorti. S'il avait un portable, il n'apparaissait pas dans les contacts de la jeune femme.

La situation commandait qu'il prît une décision. Avec d'infinies précautions, il se dégagea pour soulever Christine dans ses bras. La première chose à faire était de la porter à son logement, un étage plus haut. Il traversa la salle au piano puis emprunta l'unique porte, au fond de la pièce. Derrière celle-ci, le refuge de la jeune femme était un studio composé d'une kitchenette, d'un espace salle d'eau et sanitaires et d'une chambre.

Après l'avoir déposée sur le lit, il s'affala dans un fauteuil, les membres tremblants. Il s'intéressa alors à ce qui l'entourait.

La pièce était la manifestation de la part d'ombre de la jeune femme. Le sol de béton ciré projetait ses reflets métalliques sur les murs peints de gris. Les fenêtres aux boiseries pourpres étaient tendues de voilures de dentelle moirée, l'une blanche, l'autre noire. Le baldaquin du lit frôlait un plafond aux poutres teintées de rouge profond. De celui-ci tombait un gigantesque lustre à pampilles noires. Le reste du décor procédait du même état d'esprit.

Guillaume revint dans la salle au piano. L'impression de douceur et d'élégance y répondait à l'ambiance torturée qu'il venait de quitter. Les murs étaient drapés de bleu pâle. La pièce ovale au magnifique parquet incrusté de motifs géométriques rappelait une piste de danse. Les huisseries de l'immense fenêtre étaient laquées de blanc et liserées de bleu marine.

Le mobilier se résumait au piano, placé dos à la fenêtre et, contre le mur opposé, d'un bureau Louis XV galbé. Sur celui-ci, un objet, révélateur de l'autre facette de Christine. Posé sur un mini chevalet, un cadre de verre abritait le dessin au pastel d'une danseuse classique. « *Rappelle-toi de lui demander s'il n'existe pas une branche romantique chez les gothiques* », se surprit-il à penser.

En dépit de l'atmosphère apaisante, Guillaume était nerveux. La mort d'Hugo de Pahans, le décès de François de Rivalmonte à présent. L'accumulation prenait un tour pénible.

16

Jeudi 11 novembre
Château de Pierre Cariotti.

Manon se réveilla dans une forme resplendissante. Elle se dressa soudain dans le lit, en proie à la panique. En consultant sa montre, elle comprit. Huit heures et demie ! « *Le château ! Cariotti ! J'ai dû m'assoupir. Du coup, j'ai loupé le dîner.* » Cependant, quelque chose ne cadrait pas. « *La chemise de nuit ! Elle n'est pas à moi ! Et puis, ça n'a aucun sens. On allait dîner !* » Elle regarda à nouveau sa montre.

La réalité s'imposa enfin lorsqu'elle tourna la tête vers les deux immenses fenêtres de la chambre. La clarté ! Il faisait jour. Il était huit heures et demie... du matin. On était le jour suivant. De l'autre côté du lit, pour confirmer ce qu'elle venait de découvrir, une desserte garnie d'un copieux petit-déjeuner l'attendait. « *J'ai été droguée* » fut sa première réaction. « *Non, ce n'est pas ça, je serais vasouillarde* ». Au contraire, le tour de cadran lui avait fait un bien fou.

On frappa à la porte. Par un réflexe tout féminin, elle s'enfouit sous les draps avant de répondre. Pierre Cariotti fit son entrée, sourire aux lèvres.

— Bonjour, Mademoiselle de Pahans. Avez-vous bien dormi ?

— Bien dormi ? Vous en avez de bonnes ! Ne devions-nous pas dîner ensemble ? Et me voici me réveillant sans notion de ce qui s'est passé depuis hier soir. Et c'est quoi cette chemise de nuit ? Qui me l'a enfilée ?

Cariotti ne se formalisa pas. La virulence de son invitée parut l'amuser.

— Il n'y a aucun mystère à cela et, si je puis vous rassurer, votre vertu n'a pas eu à en souffrir.

— Ça ne m'inspire pas plus confiance que ça.

— Votre désarroi est compréhensible. Pourquoi ne pas vous laisser tenter par ces petites choses qui me semblent appétissantes ? Permettez que je fasse le service. Café, café au lait, chocolat, thé ?

Prise de court, Manon désigna la théière. La proposition arrivait à point nommé. Son estomac la rappelait à l'ordre, lui signalant qu'elle avait le ventre vide depuis l'enterrement. Pierre Cariotti approcha la table roulante du lit puis se posa au bout du lit.

— Vos interrogations à présent. Pourquoi sommes-nous aujourd'hui et non plus hier soir ? Ma chère enfant, vous n'avez pas idée de la somme de fatigue que vous avez accumulée. Le chagrin, la tension, votre départ… précipité et, vous l'avez signalé vous-même, le manque d'alimentation. Ajoutez à cela un bain un peu trop chaud, certainement prolongé plus que de raison. Vous vous êtes étendue sur ce lit en m'attendant et… voilà pourquoi, lorsque je suis venu vous chercher pour le souper, vous ne répondiez pas. Il ne m'a pas semblé opportun de vous déranger. Pour la chemise de nuit, ma femme s'est chargée de vous la passer avant de vous mettre dans les draps.

— Votre femme ?

— Vous ne pensiez quand même pas que je… J'ai le souci des convenances, Mademoiselle.

— Votre femme ? répéta Manon, incrédule.

— Ne me dites pas que vous pensiez les Templiers célibataires.

— Vous êtes sérieux ? Vous êtes un Templier ? Hier soir je croyais que votre tenue était… en fait, je ne sais même pas ce que c'était…

Une réflexion lui traversa l'esprit.

— Je croyais que le célibat était une règle de l'Ordre.

— Dans quel monde vivez-vous ?

Cariotti se divertissait franchement à présent.

— L'Ordre a été dissout il y a plus de sept cents ans. Nous, les héritiers, nous attachons à le faire revivre et à perpétuer ses traditions. Toutefois, la société ayant évolué, nous avons dû adapter la règle. Célibat et vœu de chasteté n'ont plus cours à notre époque. Même s'il n'a pas renié sa foi, le néo-Templier n'est plus un moine soldat.

Manon dévorait un toast grillé sans quitter des yeux son interlocuteur.

— Quel intérêt y a-t-il à faire revivre des traditions si vous ne menez aucune action ?

— Remarque pertinente. Notre action s'apparente désormais à un mouvement philosophique.

— Comme la franc-maçonnerie ?

— Nous œuvrons plutôt dans le registre d'un Rotary ou d'un Lion's Club.

— En êtes-vous sûr ? Vous semblez plutôt agir en toute discrétion. Les Rotary Clubs et autres associations de ce type ont pignon sur rue et ne se privent pas de communiquer.

— Donc, cela vous inquiète.

— Vous pourriez être des nostalgiques illuminés.

— Je retrouve bien là les traits de caractère de mon ami Hugo. Il me l'avait si bien décrite sa Manou. Sanguine, circonspecte, méfiante, comme lui.

— Vous connaissez aussi mon surnom ?

— Si cela suffisait à vous montrer comme lui et moi étions liés.

— Je me demande bien pourquoi il n'a jamais cité votre nom.

— La veille de son décès était le jour qu'il avait choisi pour le faire. Rappelez-vous votre conversation dans ce qu'il appelait son refuge.

Manon sursauta. Cariotti connaissait leur cachette.

— Le matin même, il m'avait confirmé son intention de tout vous expliquer. Hugo disparu, j'ai estimé qu'il était urgent de vous communiquer l'intégralité de ce qu'il savait... et de ce que vous ignorez encore.

Cariotti se tut quelques secondes, pensif. Tandis qu'il scrutait Manon, celle-ci rebondit.

— Ne prétendez pas savoir ce qui se passe aux Mercuriales. Vous ignorez certaines choses...

— Comme la date d'arrivée de Guillaume Montalbach au Domaine, le but de son séjour ?

Devant l'effarement de la jeune femme, Cariotti fit un signe rassurant.

— Rien d'inquiétant. Hugo et moi échangions nos informations au jour le jour. Je savais tout de vos enquêtes, de vos découvertes, de vos progrès. Vos rapports, croquis, relations d'entretiens, tout ce que vous accomplissiez pour votre grand-père m'est parvenu par son entremise. Dans son esprit, j'étais le gardien de ses travaux si un jour il disparaissait brutalement.

— Qu'aviez-vous besoin de cette mise en scène pour m'amener ici ?

— Les conditions un peu... spéciales de votre voyage, c'était mon idée. Et Hugo aurait accepté, non... il aurait exigé que l'on procédât de la sorte. Votre sécurité le préoccupait.

— Et votre tenue de Templier ? Ne me dites pas que vous vous baladez vêtu de la sorte en permanence.

— Trois choses : d'abord, étant dans mon fief, à l'écart de toute habitation, ce ne serait pas un souci. Ensuite, nous portons toujours nos habits de ville. Hier était un jour un peu particulier, avec des amis nous achevions les répétitions d'une cérémonie d'adoubement.

— Vous êtes sérieux ?

— Je vous l'ai dit, nous nous efforçons de respecter la règle des Templiers. Ce qui implique que l'admission d'un frère passe par le rituel de réception de l'Ordre.

— Vous avez dit : trois choses...

— J'y viens. Nous ne faisons pas mystère de notre appartenance à la confrérie. Ici et même au-delà, nos activités sont connues de tous. Nous formons une association loi 1901, un cercle de réflexion à vocation caritative, tout ce qu'il y a de plus transparent. Dans ce cadre, nous proposons des reconstitutions historiques dont les bénéfices contribuent à l'entretien du château.

Pierre Cariotti débarrassa les vestiges du petit-déjeuner.

— Nous pourrions poursuivre cette discussion un peu plus tard. Je vous laisse vous préparer. Ah ! Cependant... la cérémonie d'adoubement a lieu demain soir. Elle pourrait vous intéresser. Nous attendons une centaine de visiteurs.

— Je regrette. Il me faudra davantage qu'une reconstitution.

— Ne serait-ce pas l'occasion de vous déterminer ? D'autant que je vous dois un dîner. Ma femme sera ravie, soyez-en certaine.

— J'ai une ferme qui m'attend. Je vous rappelle votre promesse de m'y reconduire aujourd'hui.

— À ce propos, où en êtes-vous avec Armand ?

— Armand ?

— Armand Thibaudeau. Votre nouvel associé.

Manon perdait pied.

— Vous avez encore beaucoup de surprises comme ça ?

— Que croyez-vous ? Armand Thibaudeau travaille de temps à autre pour moi. C'est moi qui l'ai recommandé. Mais, soyez tranquille, il est des nôtres au sein de la confrérie.

— C'est supposé me rassurer ?

— Votre exploitation est entre de bonnes mains.

— Est-il prévu qu'il farfouille aussi dans mes affaires privées ?

— Ce n'est pas dans ses attributions.

— Je n'accepte pas pour autant votre invitation.

— Je me rends ! Retour chez vous cet après-midi, entendu. Je vous garde à déjeuner et je vous raconte tout au café. Je passe vous prendre d'ici une demi-heure si cela vous convient.

— Ça devrait suffire.

— Votre grand-père n'exagérait pas. Jolie, féminine, mais pas au point de perdre du temps à se pomponner. Je crois que nous allons bien nous entendre.

***

17

Pierre Cariotti se révéla un hôte délicieux et attentionné. Elle essaya d'en apprendre davantage sur l'endroit.

Le château n'avait de nom que ce qu'avait bien voulu en dire son propriétaire. La demeure, haute et étroite, était en réalité une construction médiévale appelée maison forte. Par les fenêtres, on apercevait un parc agrémenté de superbes jardins à la française. Ceint de remparts, le domaine était posé au creux d'une petite vallée. Bordée de quatre douves, la construction s'élevait sur trois niveaux auxquels s'ajoutaient les combles. Quatre tours d'angle circulaires fermaient les côtés de la construction. Cette demeure féodale avait été érigée dans une perspective défensive.

Le blason gravé sur la cheminée de la grande salle du château portait en sa partie centrale un pentagramme blanc. Flanqué sur la gauche d'une couronne et sur la droite de ce qui ressemblait à une roue à trois branches, l'ensemble était surmonté d'une colombe. Manon repéra la devise qui légendait les armoiries « *propter regem et legem ad tuam illuminationem* »[3]. Elle mémorisa les mots pour les noter ultérieurement.

— Je ne vois pas bien l'intérêt de me cacher l'itinéraire qui m'a conduite ici, si c'est pour me laisser repérer des indices aussi parlants que ceux que j'ai relevés.

Manon avait prononcé ces mots par pure effronterie. Pierre Cariotti ne s'en émut guère.

— À quels indices faites-vous allusion, chère enfant ?

— Trois voitures sur le parvis. Immatriculées dans les Ardennes.

— C'est peu.

— Ce serait peu si je n'avais d'autres éléments.

— Comme ?

Son interlocuteur affecta de s'intéresser à l'exercice.

— Le blason et la devise sur la cheminée de la grande salle. Une requête sur Internet me donnera le nom de la maison à laquelle ils sont attachés. Ce sera ensuite un jeu d'enfant de la localiser.

Pierre Cariotti ne se démonta pas.

— Retenez ceci : les Templiers sont passés maîtres dans l'art de la désinformation. Si vous le voulez bien, je vous propose d'en rester à cette réflexion et de passer à table.

Au sortir du déjeuner, son hôte l'invita à le suivre dans son bureau. Sans sa tenue médiévale, il en imposait moins. Ses cheveux gris mi-longs encadraient un visage au regard limpide et rassurant. Cela lui donnait un air de vieux professeur.

— Je n'irai pas par quatre chemins. Votre grand-père était sur une piste que nous désespérions de lever un jour. Il était à deux doigts de faire la découverte de sa vie.

Manon resta sur une prudente défensive.

— Hier, je vous parlais de Boroldani et de son manuscrit. Lorsqu'il fut condamné au bûcher, je vous rappelle qu'on décida que rien ne lui subsisterait. Peine perdue.

— L'atelier secret d'Anagni.

— L'atelier d'Anagni, en effet. Et les écrits du savant. Des dizaines de livrets compilant ses études, dans des domaines aussi divers que l'architecture, la sculpture, la construction mécanique, la physique, la chimie, la biologie, les mathématiques et, vous l'aurez deviné...

---

[3] Pour le roi et la loi vers ta clarté (note de l'auteur)

— ...l'opuscule rédigé en démotique.

— Je vous ai photocopié la traduction de quelques pages intéressantes.

— Pourquoi ne pas me montrer l'original ?

— D'abord parce que vous n'y comprendriez rien. Ensuite, parce que j'attends d'être certain que vous marcherez avec nous.

Manon se garda de répliquer.

— Lisez ce passage, je vous prie. Il décrit l'objet mentionné par Boroldani dans le conte fantastique qui clôt son opuscule.

— « *Il n'est pas de notre temps, mais d'avant et d'après. Il n'est pas de la substance de nos jours, mais de celle de demain. Sa lumière est obscure. Il est parole et silence, fusion et complément* ». Quel charabia !

— N'est-ce pas ?

— Ça peut correspondre à n'importe quoi et ça n'en donne ni l'utilité ni le fonctionnement.

— Nous sommes d'accord. Doit-on y voir le sésame permettant de percer l'énigme des Templiers ?

— Donc, pour vous c'est clair, Boroldani était lié à l'Ordre du Temple ?

— Le doute n'est plus permis. Il a détenu l'objet.

— Cet ouvrage précise-t-il comment il est entré en sa possession ?

— Non, ce qui n'a pas d'importance en soi. Par contre, en quoi consistait-il ? Qu'est-il devenu ? Là, c'est le noir le plus complet. La seule certitude, c'est que depuis plus de huit siècles l'ordre du monde n'a cessé d'être mis en péril à cause de lui. Et ça continue, jusqu'à nous.

Manon se sentit mal à l'aise.

— Je vous invite à vous interroger sur les mouvements historiques qui ont conduit la Champagne à subir autant de bouleversements. Revisitez les événements qui l'imprègnent, ses personnages illustres, les nations qui s'y sont intéressées, les pouvoirs religieux et politiques qui ont marqué cette région. L'aventure du Temple est indissociable de chacun des actes majeurs qui l'ont affectée.

— Pourquoi la Champagne ?

— Elle est le berceau de l'Ordre. Boroldani rapproche en permanence la géographie des faits. La Champagne y est désignée comme le nœud, le point vers lequel toute l'histoire converge. Pouvait-on trouver plus symbolique que cette terre pour protéger l'héritage des Templiers ?

— C'est aller un peu vite en besogne.

Cariotti ignora l'objection.

— À force de parcourir l'ouvrage, j'avais noté qu'un nom de lieu-dit revenait de façon récurrente : Les Hâves de Pisse-loups. Je n'avais aucune idée de sa localisation. Mais, indice non négligeable, Boroldani le situait à quelques lieues de Chaalons en Champaigne.

Manon survola les feuillets photocopiés.

— Je vois un nom approchant : les Havres de Pisse-leu.

— C'est Hugo, informé par mes soins, qui l'a localisé. Il s'agit de l'ancien nom des Mercuriales. Un noble champenois, le chevalier Gontran de Montagur, entretenait une louverie. Hâves pourrait être une altération du mot havre, c'est-à-dire refuge et leu, signifiant loup en vieux français. Littéralement : le refuge où pissent les loups. D'où Les Hâves de Pisseloups.

— Havre, Hâves, un peu court comme explication.

— Pas tant que cela. Tenez, lorsque l'on parle d'un pauvre type, nous prononçons pauv' type. Pourquoi en aurait-il été différent à l'époque ?

— Et comment est-on certain qu'il s'agit des Mercuriales ?

— Le nom des Mercuriales est apparu à la fin du XVème siècle.

— Qui a modifié son appellation ?

— Boroldani.

— Allons donc !

— Hugo a eu la preuve d'un voyage du savant en Champagne en 1495 et de son passage au Domaine. D'ailleurs, c'est la date gravée sur les deux statues de Mercure qui gardent l'oratoire à la Vierge. Du coup, l'appellation Les Mercuriales prend tout son sens.

— En raison des représentations du dieu Mercure, je sais. Mercure, Les Mercuriales, le parallèle est évident.

— Non, non. Hugo en faisait une autre interprétation. Pour lui, le choix de ce nouveau nom était lié au secret des Templiers.

— Je ne saisis pas.

— Il faudrait pour cela fouiller l'histoire de votre famille.

Quelque part dans une pièce voisine, le déclenchement d'une sonnerie d'horloge troubla la discussion. Le dernier coup s'acheva sur une note tremblante, comme si le marteau heurtait une surface métallique fêlée. Cariotti fit silence et se mit à fixer Manon comme s'il attendait une réaction. Elle en éprouva un certain désagrément.

— Qu'apprendrais-je que je ne sache déjà ? reprit-elle pour chasser son malaise.

— Avant votre grand-père, personne ne s'était jamais soucié de savoir comment le domaine était revenu à votre famille…

— Nous descendons d'Hugues de Payns, fondateur de la Commanderie, rien de plus normal.

— Erreur. Hugues de Payns n'était pas votre ancêtre. Son fils aîné Gibuin, célibataire, l'ayant suivi en Terre Sainte, y est mort au combat. Sa fille Isabelle eut un fils, Herbert, qui n'eut pas d'héritiers. Le troisième enfant, Thibaud, devint ecclésiastique. Quant au cadet Herbert, la trace de sa descendance se perd au XIVème siècle. Mademoiselle, votre branche ascendante est le fruit d'une usurpation d'identité…

— D'où tenez-vous ces informations ?

— Hugo connaissait cela depuis longtemps. La vérité est que vous êtes de la lignée de Philippe de Champagne, évêque de Châlons et oncle d'Hugues de Payns, par son rejeton illégitime dénommé Colin. Pour sa faute, Philippe de Champagne fut sommé par le Vatican d'abandonner sa charge et se retira à l'abbaye de Cîteaux.

Pierre Cariotti sortit de sa bibliothèque un document volumineux.

— Voici les mémoires du bâtard de Philippe, qui portera plus tard le patronyme de la famille de Payns. Il faisait lui aussi partie des trésors de l'atelier de Boroldani.

— Qu'est-ce que ça dit ?

— Colin, le fils illégitime de l'évêque, raconte comment son père a retrouvé influence et richesse. En 1126, les caisses de France étaient vides. Le roi Louis VI, connaissant la parenté entre Philippe de Champagne et Hugues de Payns, le fondateur du déjà richissime Ordre du Temple, proposa un marché à l'ex-prélat : qu'il intercède auprès de son neveu pour renflouer les finances du royaume et lui, le roi ferait pression sur le Vatican pour le réhabiliter.

— Rien de tel pour redorer son blason.

— En effet, réintégré dans les ordres, Philippe installa la jeune maman et son fils adultérin aux Hâves de Pisseloups. Co-

lin reçut le nom des de Payns. Il fut fait duc. Il deviendra chevalier, puis Templier, puis commandeur des Hâves de Pisseloups.
La toute nouvelle amitié royale était passée par là.

— De sorte que la vérité, la seule qui vaille, fait de moi une
bâtarde de Philippe de Champagne ? Fausse descendante, mais
héritière désignée par un tour de passe-passe historique.

— Le mot bâtarde n'est pas des plus élégants, j'en conviens,
mais il n'est pas inexact.

***

18

Les Mercuriales.

Manon se jeta sur son lit. Son retour avait suivi les mêmes
procédures que le voyage aller. Cette fois, elle avait eu le temps
de consulter sa montre. Le vol avait duré quelque vingt minutes. La capuche sur la tête, le court trajet en véhicule électrique, l'hélicoptère, le poser sur l'aéro-club, jusqu'aux mêmes
silencieux compagnons de route, tout y était. À cette différence
que la voiture ne s'était pas arrêtée devant la grille des Mercuriales. Son deuxième cerbère l'avait conduite à la casemate et
lui avait fait réintégrer le logis par la voie souterraine. Cariotti
lui transmettait ainsi un message : il avait réellement connaissance de certains aspects du Domaine. Seule sa proximité avec
Hugo de Pahans pouvait justifier cela. Un homme malinten-
tionné eût pris soin de n'en rien dévoiler.

Elle se précipita sur Internet pour chercher ce qui se disait
sur Boroldani. Le moteur de recherche la dirigea sur
l'encyclopédie en ligne *Wikipedia*. Sa circonspection s'accrut à la
lecture des pages qui défilaient à l'écran. Boroldani n'aurait été
qu'un personnage de fiction, alimentant comme tant d'autres
élucubrations, le fantasme de la « *grande conspiration univer-
selle* » !

Au bout de quatre heures les yeux rivés à l'écran, elle fit
une pause. Après un repas sommaire, elle fonça dans sa
chambre. À l'instar de la pièce souterraine devenue le refuge de
son grand-père, elle en avait fait son lieu de réflexion favori. Ce
Boroldani était-il, comme d'aucuns l'affirmaient, une vue de

l'esprit, une fable donnée au bon peuple pour éviter qu'il ne posât trop de questions ? Au contraire, n'était-il pas l'un de ces êtres dérangeants que les gens de pouvoir font disparaître de la mémoire collective par crainte de leur influence ou de révélations gênantes ? À supposer qu'il eût réellement existé, était-il mort sur le bûcher d'Anagni, comme l'avait affirmé Cariotti ? Que croire ? Qui croire ?

Elle appela Guillaume. Elle lui déroula le fil des dernières heures, prenant soin toutefois de ne pas mentionner le nom de Boroldani.

— Tu as fait des recherches sur le net ? commença-t-il par demander.

— Oui et j'ai une info. La devise que j'ai repérée dans la salle d'armes, « *propter regem et legem ad tuam illuminationem* ». Elle orne le blason d'un château situé à Audreville, dans les Ardennes. Les photos sont formelles, la demeure correspond en tous points au château de Cariotti.

Guillaume calcula en direct l'itinéraire. La durée du déplacement aérien collait assez bien.

— À l'occasion, il faudra que j'y fasse un petit tour. Mais on n'en est pas encore là. J'ai besoin que tu t'y colles à nouveau. Tu pourrais me répéter ce que ce Cariotti t'a dit ?

— Tout depuis le début ? Quel intérêt ?

— Un mot, une expression, un sentiment, une interrogation… que sais-je ? Je veux être certain de ne pas passer à côté d'une info importante.

— Après ça, on en aura fini ?

— Plus tard on devra encore remuer des choses douloureuses.

— Tu me fais flipper.

— Il faudra bien finir par évoquer l'affaire des ULM…

Manon sentit son sang se glacer.

Elle commença son récit. Lorsqu'elle perdait le fil, Guillaume la redirigeait. Pointant les éléments un à un, insistant sur certains souvenirs visuels ou sonores, traquant le détail, il ne la lâcha pas. Il y avait presque du harcèlement dans sa manière de bousculer sa mémoire. L'exercice dura deux heures.

***

19

Vendredi 12 novembre
Châlons-en-Champagne - Étude de maître Renautrot.

Cinq minutes avant l'heure, Manon sonna au bas de l'immeuble cossu.

En attendant que quelqu'un se manifeste, elle étudia la façade de l'hôtel particulier, rue du Faubourg Saint-Antoine. Amatrice d'architecture, elle découvrit avec intérêt la demeure de la première moitié du XVIIème.

L'interphone placé au-dessous de la plaque professionnelle grésilla. Le timbre de la voix lui parut chaleureux. Le battant de droite de la porte cochère pivota vers l'intérieur, dévoilant une cour privée pavée de granit gris. De forme circulaire, celle-ci avait de jolies proportions. Au rez-de-chaussée, elle s'accorda le petit plaisir d'une halte. Le vestibule formait un vaste espace carré dont chaque mur était pourvu de grandes portes à battants. Elle emprunta l'escalier qui démarrait sur sa droite. Elle nota que la première volée d'une dizaine de marches était en pierre tandis que la dernière, comportant autant de degrés, était en bois foncé.

L'homme l'attendait sur le pas-de-porte. Il la fit entrer après les présentations et approcha un fauteuil. Il lui présenta ses condoléances et en vint directement au but du rendez-vous. Il ouvrit une épaisse chemise cartonnée intitulée succession d'Hugo, Athanase, Constant de Pahans.

Les dernières volontés d'Hugo de Pahans transmises et les actes de succession signés, Manon se leva pour prendre congé. L'homme de loi lui demanda de patienter puis s'absenta quelques instants. Lorsqu'il réapparut, il tenait à la main une enveloppe de papier kraft.

— La suite de cette entrevue sort des sentiers officiels. C'est la raison de notre rendez-vous dans ce créneau inhabituel. Je vous remets donc ceci hors acte authentique.

— De quoi s'agit-il, Maître ?

Lorsque Manon commença à décacheter l'enveloppe, Renautrot interrompit son geste.

— Surtout pas, Mademoiselle ! Votre grand-père a insisté : il exigeait la plus grande discrétion au sujet de ces documents.

Une demi-heure plus tard, elle était de retour à la Commanderie.

***

Dans la cuisine, pendant qu'un bol de café chauffait au four à micro-ondes, elle s'installa sur sa chaise habituelle — elle ne se voyait toujours pas prendre la place attitrée de son grand-père — et déchira l'enveloppe d'un doigt fébrile. Elle en retira une lettre manuscrite de six feuillets, accompagnée d'une enveloppe scotchée, de plus petite taille.

À N'OUVRIR QU'APRÈS AVOIR
LU INTÉGRALEMENT LA LETTRE

Elle se cala pour prendre connaissance des mots de son aïeul.

« *Ma petite Manou,*

le fait que tu aies reçu cette enveloppe des mains de maître Renautrot se passe de commentaires. Je suis donc parti : naturellement ou non, il t'appartiendra d'en juger.

Pourquoi ce préambule ? D'emblée, je veux que tu saches que mon enquête sur l'Énigme a pris un nouveau tournant, attirant récemment l'attention de certaines personnes. Je ne sais si cet intérêt relève de la curiosité historique ou d'un intérêt malveillant.

Une fois lue cette lettre, plus rien ne sera pareil pour toi. Voici donc mon conseil : il te faudra désormais faire preuve de vigilance envers les événements comme envers les individus.

Jusqu'à maintenant, tu ne connais de mes travaux que la pièce cachée que tu appelles mon refuge, le coffre de bois abritant les calepins, les notes, les croquis et les photos, les documents que nous avons réunis. Ainsi que les trois galeries. Peut-être aussi ce parchemin aux étonnantes propriétés ou encore ce quatrième souterrain, si la possibilité m'a été donnée de t'en parler.

Tu comprendras alors la nécessité où j'étais de faire appel à un expert pour m'assister. Au moment où tu lis ces lignes, j'ignore s'il nous aura déjà rejoints. Guillaume Montalbach m'est adressé par mon ami, le professeur Siméon de Puygirard, dont il est l'assistant. Le professeur le considère, pour reprendre ses propres mots, "comme le seul logicien que même l'impossible ne saurait perturber". Sans son éclairage, ni toi ni moi ne pourrions franchir la dernière étape.

À présent, laisse-moi te guider pas à pas.

Sur les traces des Templiers, je commençai par me poser quantité de questions. Autant de questions, autant de théories. J'ai parcouru le globe, comparé mille hypothèses, éliminé d'innombrables pistes, plus que je n'en ai validées. Alors, où se trouve la réponse ? Peut-on raisonnablement croire que les chevaliers du Temple ont gagné la Palestine pour assurer la seule défense des pèlerins ? Que sont-ils allés chercher là-bas ? Comment expliquer la participation aux Croisades d'Hugues de Payns de 1104 à 1107, autrement que par une mission de reconnaissance ? Quelle signification donner à son installation définitive à Jérusalem en 1114, s'il ne s'agissait d'une exploration ?

Est-ce un hasard si, au même moment, cohabitaient en l'abbaye de Cîteaux deux personnages-clés de l'aventure templière, le Père Abbé Étienne Harding et son disciple le jeune Bernard de Clairvaux qui, sous l'égide de son mentor, rédigera les statuts de l'Ordre du Temple. Est-ce coïncidence que Philippe de Champagne, l'évêque révoqué et oncle d'Hugues de Payns ait été exilé un temps en cette même abbaye ?

Ou encore, que dire des fouilles effectuées dès 1118 par les Croisés, sur l'emplacement même de l'ancien Temple de Salomon ? Qu'ont-ils trouvé ? Quel fait survenu là-bas fut si considérable que l'Ordre passât "sine die" sous l'autorité de l'Église ? Quel fantastique événement a pu justifier en 1127 la convocation à Troyes d'un Concile qui reconnut l'Ordre, accorda l'immunité et les privilèges à ses chevaliers et décida de convertir cette force militaire en armée de défense des Lieux Saints ?

Ce que j'ai entre les mains, ce que je te propose de découvrir, c'est la révélation susceptible de faire trembler la chrétienté sur sa base. Il n'est question ni d'Arche d'Alliance ni de Tables de la Loi, pas davantage de Saint Graal ou encore d'inestimables richesses. Ce qui est à ta portée ma petite Manou...

Manon, le cœur au bord de l'explosion, prit le dernier feuillet.

...en t'adressant mes plus affectueuses pensées. Que Dieu te bénisse. Ton grand-père qui t'aime. Hugo de Pahans. »

— Qu'est-ce que… ?

Consternée, elle compta les feuilles, en vérifia la pagination. Une page manquait. D'un geste impatient, elle décacheta l'enveloppe annexe. Elle poussa un gémissement : vide !

***
20

La longue conversation qu'il avait eue quelques heures plus tôt avec Manon avait incité Guillaume à modifier ses plans initiaux. Les informations méritaient d'être vérifiées *in situ*. Les choses s'annoncèrent bien : la jeune femme lui avait parlé de la manifestation au château d'Audreville ; il avait encore la possibilité de s'y rendre ce soir même. Sollicité, le vieux Maxime avait consenti à s'occuper de Christine.

Le train l'avait déposé en milieu d'après-midi dans une petite gare rurale. De là, il avait rejoint sa destination en bus. Après avoir pris chambre à l'unique auberge-relais du village, il s'était renseigné sur l'endroit, l'horaire et le prix de l'entrée. « *Dix-neuf heures, ça me laisse du temps.* »

Le village d'Audreville respirait l'authenticité. Guillaume avait été frappé par l'atmosphère chargée de parfums médiévaux. Il s'était senti léger. Respirant à pleins poumons, il avait arpenté les venelles au gré de son humeur. Il en était encore à sa flânerie lorsque l'idée s'était imposée : un petit repérage ne serait pas pour lui déplaire.

***

Posté en lisière de bois, il se félicita de son initiative. En contrebas, la maison forte de Cariotti, cernée de bois et de bosquets, trônait au centre d'un no man's land, à l'abri de son mur d'enceinte. « *Qui dit maison forte, dit souterrains, voies dérobées, itinéraires d'évacuation* » se réjouit-il. Il ne regretta pas d'avoir choisi le module architecture médiévale au cours de ses études.

Les seigneurs d'alors savaient qu'aucune fortification n'était totalement inexpugnable. Sans solution de sortie, impossible de contacter l'extérieur. Le concept d'exfiltration s'était alors imposé. Soit pour dépêcher un messager, soit pour quitter la place en toute sécurité. Guillaume n'imaginait pas ne pas trouver le passage vers l'extérieur. Plus problématique serait la manière de fausser compagnie à ceux qui, comme lui, circuleraient ce soir entre les murs fortifiés. « *Quoique c'est encore dans la foule que l'on passe le mieux inaperçu* », se rassura-t-il. Et de ce qu'il en avait entendu, chaque séance accueillait nombre spectateurs.

***

La soirée ne l'avait pas déçu. La foule avait glissé tranquillement, dans une ambiance bon enfant. Elle s'était déversée dans la salle dite de *festoiement*. Ensuite, le choix était simple : le repas ou la visite commentée des lieux. L'une ou l'autre activité prenait une bonne heure. Ensuite, le regroupement s'effectuait sur le parvis d'un bâtiment extérieur pour assister au point d'orgue de la soirée : l'intronisation d'un nouveau Templier. En cours du déplacement vers la salle de cérémonie, il avait glissé en queue de file. À un croisement d'escaliers, il s'était esquivé par un passage voûté.

Le couloir débouchait sur un palier proposant un escalier montant et un autre descendant. Il avait opté pour le second. En quelques minutes il avait atteint le sous-sol. La fraîcheur s'accentuait. En poussant la pesante porte qui lui faisait barrage, il ne s'était pas attendu à ce qui allait suivre.

L'homme, assis à une table démesurée, était conforme à la description faite par Manon.

Guillaume ne s'était pas démonté. Prenant place d'autorité sur l'un des fauteuils, il avait allumé crânement une cigarette.

— Bonsoir monsieur Cariotti. Notre rencontre va m'éviter de perdre mon temps et d'avoir à m'éclipser en catimini.

***

21

Samedi 13 novembre

Le souvenir de l'épisode de la veille lui arracha un sourire satisfait. Son passage à Audreville lui avait permis de vérifier deux choses et de faire une découverte. Le tout en l'espace d'une soirée !

Tout d'abord, Cariotti n'avait pas paru surpris. S'il l'attendait, c'est qu'il le pistait. Le maître des lieux s'était bien gardé de lui expliquer comment il s'y prenait. Ensuite, il avait eu très vite le sentiment que l'ingénieur pouvait devenir un allié intéressant. Enfin, pour la découverte qu'il avait faite sur place, il savait qu'elle allait surprendre Manon, comme elle avait impressionné son hôte de la veille.

***

Le bus le déposa devant le Clos du Temple, quelques minutes avant l'ouverture.

Pendant que Manon et lui se croisaient sans se rencontrer à Audreville, Christine était restée cloîtrée dans son appartement sous la garde bienveillante de Maxime. Le majordome avait concocté à l'intention de l'équipe du matin une excuse pour justifier l'absence de Christine. Un douloureux événement familial, avait-il annoncé. Sans préciser de quelle famille il était question.

Puis, il s'était dévoué pour identifier le corps de Rivalmonte à la morgue de l'hôpital d'Épernay. Guillaume l'aurait embrassé. Il comprenait mieux le lien particulier qui l'unissait à sa jeune maîtresse. Il prit le relais du vieux serviteur. Le jeune homme se désolait de voir la jeune femme sombrer.

Ce samedi matin, il employa les grands moyens. Il se rua dans son appartement. Avant même qu'elle n'ouvrît les yeux, il tira les rideaux de la chambre et ouvrit la fenêtre. Le froid envahit la pièce.

— Allez, ouste ! On se lève ma belle. Tu passes à la salle de bain pendant qu'on te prépare le petit déjeuner. Dans une demi-heure maxi, tu es à la réception.

Sourd à ses protestations, il l'empoigna par un bras et l'extirpa du lit.

— Ta ! ta !ta ! ta ! Pas de jérémiades ! Je te répète : dans trente minutes, on descend tous les deux. Tu reprends le boulot.

Éberluée, elle se laissa emporter par le tourbillon. Quelques instants plus tard, dans son uniforme, les traits tirés, elle s'asseyait devant le généreux plateau préparé par le fidèle Maxime à la demande de Guillaume.

***

Au Clos du Temple, la tristesse du personnel le disputait à l'incertitude sur l'avenir du restaurant. Maxime avait réuni les deux équipes. Son refus d'en dire plus alimenta les rumeurs. Ce fut dans cette ébullition générale que Christine reprit sa place. Le chef de rang vint l'assurer de son soutien. Personne n'eut le cœur d'en rajouter.

En dépit du drame, le service avait continué de fonctionner. L'hôtellerie de luxe, comme le spectacle, ne peut s'offrir celui d'avoir des états d'âme.

La peine donnait de l'humanité à Christine. Elle prit son travail à bras-le-corps, se consacra à son équipe avec une attention inhabituelle, prêta à la clientèle un regard plus indulgent. Elle s'employa à se rendre disponible au moment du coup de feu. Le changement n'échappa à personne. Proximité, voix moins cassante, posture plus humble, le revirement était aussi incompréhensible qu'inattendu. Chose impensable dans cet univers sophistiqué, les habitués échangèrent des commentaires discrets avec les serveurs.

22

Dimanche 13 novembre
Les Mercuriales.

Guillaume claqua un baiser bruyant sur la joue de Manon. La veille, ils étaient convenus d'avancer d'une journée leurs retrouvailles au Domaine. Il dut s'avouer que son dynamisme, son caractère et ses yeux vert émeraude lui avaient manqué. Il entra dans le vif du sujet.

— Il faut qu'on parle !

— Oui. Moi aussi, j'ai du nouveau. Les évènements se sont précipités ces dernières heures. Qui commence ?

— Toi, si tu veux bien.

— Ça risque d'être long.

— J'ai bien peur que ce que j'ai à te raconter n'arrange rien.

— Va toujours !

— D'abord, ceci. Il faut que tu en prennes connaissance.

Manon tendit la lettre aux six feuillets remise par le notaire. Dans un silence de sépulcre, le jeune homme en prit connaissance. Manon, guettait sa réaction.

— Qu'est-ce que… ?

Il leva la tête, tourna et retourna les papiers dans ses doigts.

— Ça n'a aucun sens ! Bon Dieu ! Qui a pu subtiliser… ?

Il n'acheva pas sa phrase. À quoi bon ? Habitué aux aléas qui jalonnent la vie d'un chercheur, il savait combien certaines conjectures étaient stériles.

— Tu as contacté le notaire pour lui signaler ?

— Pas moyen depuis samedi soir. À chaque appel j'ai droit au répondeur.

— Du coup, à part la mention d'un nouveau souterrain, on ne sait rien de plus.

Il se tut, traversé par une idée subite.

— Non ! Ce n'est pas ainsi qu'on doit aborder le problème. La seule question qui vaille est : qui a intérêt à faire disparaître cette partie de la lettre ? Et la question subsidiaire est : comment s'y est-il pris ?

— Je suis complètement perdue. Tu crois pouvoir résoudre cet imbroglio ? demanda Manon découragée.

La question révélait l'importance qu'elle accordait désormais à son concours.

— Passe-moi l'enveloppe qui accompagnait la lettre.

Il l'ouvrit, la retourna, la secoua vers le sol. Puis afficha une mine d'incompréhension.

— Je devais l'ouvrir après la lecture de la lettre. Elle devait contenir des indications complémentaires.

— Ou des révélations, ou encore des éléments accusateurs. Bon, inutile de se lamenter, procédons par ordre.

Il examina les deux enveloppes.

— J'imagine que tu les as déjà auscultées sous toutes les coutures. Elles étaient cachetées ?

— Oui. Comment les a-t-on ouvertes sans les déchirer ?

— Un peu de vapeur, une lame assez fine et de la délicatesse, voilà qui suffit. Pour refermer, un peu de colle et ni vu ni connu.

Il partit soudain dans un de ces monologues où il excellait, sa marque de fabrique par laquelle il exprimait la confiance illimitée qu'il avait en ses capacités.

— Quel besoin ai-je de ces papiers ? On voudrait me faire faire machine arrière qu'on ne s'y prendrait pas autrement. On croit qu'il suffit de décacheter une enveloppe et de subtiliser un bout de papier pour me mettre dans l'impasse ? Au contraire, c'est le meilleur moyen de me mettre la puce à l'oreille.

Guillaume arpentait le salon, mains croisées dans le dos, le regard projeté au-delà d'une ligne qu'il était seul à distinguer. Il se tourna vers Manon, stupéfaite.

— Apprends que le mystère est pour moi une nécessité, le challenge qui me fait tenir debout. Je n'envisage jamais l'échec, je le méprise, je le hais. Il existe en moi des forces si insoupçonnées qu'à l'instant où tes espoirs sembleront réduits à néant, je trouverai la lueur qui éclairera les ténèbres.

Manon douta. Même si, au fond d'elle-même, elle brûlait de partager cette prodigieuse détermination, de croire en cette assurance démesurée, d'espérer en cette force. Le silence se fit, Guillaume prit place dans un fauteuil, l'air soudain plus grave.

— J'ai peut-être un début de réponse. Première chose, lors de ton séjour au château de Cariotti, as-tu mentionné ma présence aux Mercuriales ?

— Je n'ai pas eu à le faire. Grand-père l'en avait informé.

— Ah ! Sait-il cependant que j'ai vu le manuscrit ?

— Je lui ai dit que je venais d'en prendre connaissance. Mais rien sur le fait que tu l'avais consulté.

— Cela t'ennuierait d'aller le chercher ?

Lorsqu'elle revint de la cave, elle le trouva les deux poings contre les tempes, dans sa position favorite.

— Tu l'as examiné ? demanda-t-il.

— Oui, je l'ai même soumis aux ultraviolets.

— Les ultraviolets, la chimie, la panoplie complète de la science ne sont rien sans la touche humaine. L'attentat du 11 septembre aux USA en est la démonstration. La meilleure technologie du monde n'a pas su intercepter les communications orales échangées entre les terroristes.

Il plaça l'objet sous le champ lumineux d'une lampe.

— Je suis prêt à parier que ton grand-père et toi n'avez même pas procédé à cette vérification élémentaire. Approche. Que vois-tu ?

Sur le coin supérieur gauche, il désigna des signes.

— Mon Dieu !

— Eh oui ! Si la lumière noire révèle ce qui est invisible, a contrario elle ne détecte pas ce que voit l'œil.

— Mais je l'ai passé au microscope.

— Le microscope ne fait que grossir ce qui est en surface. C'est l'œil qui permet la vision en transparence grâce au rôle de diaphragme joué par l'iris. Ah mais ! Regarde plutôt ceci.

Le document, rendu translucide sous la lumière, laissait apparaître une zone grisée occupant les trois quarts de sa surface. Le dessin faisait penser à un morceau de tissu tressé.

— On pourrait pratiquer une incision pour voir ce truc.

— Tu n'y arriveras pas, l'objet est inaltérable. Il résiste au scalpel, au feu et même à l'acide. Je l'ai testé moi-même.

— Alors, rabattons-nous sur ce qui reste. Que dit l'inscription ?

— « *Soubz icelle pel, troveresz ouvrance desoubz l'autelle de ceist reliquiere. Voz deit acroper pour descovrer le vraye pasaige* » déchiffra-t-elle péniblement. Nous voilà bien avancés.

— Un mélange de roman et de vieux français semble-t-il.

Guillaume retranscrivit les mots sur un bout de papier.

— Allons au souterrain.

Suivi de la jeune femme, il se planta devant le reliquaire qui avait abrité le parchemin. Inconscient du temps qui s'écoulait, il se mit à arpenter la galerie à grands pas. Fidèle à sa méthode, il pensait à voix haute. Soucieuse de ne pas troubler sa réflexion, Manon se fit discrète.

— Approximativement, ça donne : *dessous cette peau, le parchemin je suppose, trouverez l'ouverture sous l'autel de ce reliquaire.* Vous… *deit acroper*, je ne vois pas… Ah ! Là c'est plus clair ! …pour découvrir le vrai passage. *Deit acroper… acroper* ? Accroupir ?

Il se baissa, faisant signe à Manon de l'imiter.

— Vois si tu trouves un dispositif bizarre sous les colonnes ou à proximité, ou carrément sous le monument.

Elle s'exécuta. Sans résultat. Sa mine frustrée en disait long. Cette fois, la capacité de déduction du professeur d'histoire semblait mise en échec. Il avait beau tourner et retourner la phrase, en triturer la construction, chercher à la décrypter mot à mot, il se heurtait à un mur. Manon voyait une grosse veine battre au milieu de son front. Il s'assit sur le sol cimenté, la tête rentrée dans les épaules, le dos voûté. Il se tut. Son corps oscilla d'avant en arrière. Manon se tint à l'écart. Ils restèrent ainsi, lui perdu dans ses réflexions, elle silencieuse dans une quasi-somnolence. Soudain, il se mit en mouvement, se déplia et secoua sa chevelure. Il se tourna dans sa direction.

— Quel crétin ! Je l'avais depuis le début ! Dire que j'ai failli passer à côté ! Ah ça, ton grand-père avait du génie !

Il s'approcha du reliquaire, introduisit une main à l'emplacement réservé au parchemin. Il fouilla quelques secondes. Son cri se répercuta avec une violence inouïe sur les murs et le plafond du souterrain.

***

23

À 14h15, Christine attrapa à la volée son fourre-tout de toile avant de rejoindre son 4X4 au garage. Elle déboucha sur la nationale et prit la direction de Courtisols. Juste avant l'entrée du village elle bifurqua vers le chemin des Mercuriales puis stoppa devant la grille. Il fallait qu'elle affronte Manon et les fantômes du passé.

Sous le choc de la récente et brutale découverte qu'elle venait de faire au bureau de son père, elle ne pouvait plus ignorer l'information qui éclairait sa vie sous un angle inattendu. La révélation lui avait valu un véritable examen de conscience. Elle devrait peut-être aussi parler à Guillaume, le seul à lui avoir manifesté de la compassion.

Elle avait quitté le Clos du Temple sur une impulsion, décidée à faire bouger les lignes de sa vie. Et voilà qu'elle restait vissée à son volant, la peur au ventre. Elle souhaita que la grande grille s'ouvrît, pour n'avoir d'autre alternative que celle d'entrer dans la propriété. Les hauts battants demeurèrent immobiles. Indécise, elle fouilla dans sa besace. La vue de la lettre lui fut douloureuse. Les circonstances où elle avait appris la stupéfiante nouvelle lui revinrent en mémoire.

***

Où avait-elle puisé la force de se traîner jusqu'au bureau de son père ? Peut-être dans le besoin de s'isoler en un endroit familier. Elle avait alors pris conscience de ce qu'elle n'y avait jamais mis les pieds, se contentant d'entrebâiller la porte lorsqu'elle avait quelque chose à lui dire ou lorsqu'elle venait le sortir de son antre.

Au début, elle s'était approchée avec retenue, de cette discrétion que l'on adopte lorsque l'on pénètre dans un sanctuaire. Puis elle s'était enhardie. Pour échouer derrière le bureau. Dans son champ de vision, un objet avait alors capté son attention. Posé sur une commode, un cadre. Elle l'avait reconnu. Son premier et dernier dessin de fête des Mères ! Elle l'avait composé lorsqu'elle avait six ans. L'année suivante, sa mère disparaissait de leur vie.

Son père l'avait conservé. Une façon de prolonger une période, une atmosphère, le temps d'un bonheur ? Ou volonté de refuser l'irréfutable réalité de la séparation ? Ou parce que la vie devait continuer pour sa fille ?

En le retournant, un détail l'avait interpellée. Le fond cartonné comportait une inscription : « *La vérité se trouve sous la surface des choses* ». Suivie d'une autre phrase : « *Pour ma Christine, un pan de vérité* ». La cartonnette qui composait l'armature arrière du cadre présentait une anomalie, visible au premier regard. Le coin supérieur gauche était décollé, le centre boursouflé ; comme si l'on y avait inséré quelque chose, sans chercher à fignoler le travail. C'est là qu'elle avait trouvé la lettre.

Elle s'était souvenue de la fascination de son père pour l'écrivain Edgar Allan Poe. Il s'était inspiré de sa célèbre nouvelle « la lettre volée ». Le document que tout le monde cherche, placé tellement en évidence qu'on n'y prête pas plus attention qu'à un objet d'usage courant. Il avait appliqué le même principe. Rivalmonte avait à ce point confiance dans l'intelligence de sa fille qu'il avait parié sur le fait que le cadre n'intéresserait qu'elle. Le calcul s'était avéré judicieux.

Entre larmes et colère, elle avait dû s'y prendre à deux reprises pour achever sa lecture.

***

Émergeant de son rêve éveillé, elle relut les mots de son père.

« *Mon ange,*

Ces mots ne seront pas ceux que tu attends, du moins pas ceux qu'un père prononce à l'intention de son enfant. Ils seront mon héritage, un lourd héritage, parce que la vie ne m'aura pas laissé le temps de tout te dire ; l'idée m'eût été insupportable de t'abandonner sans t'avoir éclairée sur certaines zones de mon existence. L'inscription au dos du cadre où j'ai dissimulé cette lettre pourrait servir de conclusion à ce qui va suivre. En effet, je le répète : "la vérité se trouve sous la surface des choses".

Il est désormais temps pour toi de découvrir l'autre versant de la vie de ton père. Tu auras le choix de me comprendre comme celui de me haïr. Je n'étais pas seulement un homme d'affaires accaparé par la réussite de son établissement. Je n'étais pas non plus uniquement ce collectionneur que tu as côtoyé, fasciné par l'histoire de l'Ordre du Temple. J'étais moi-même un Templier ; dans la hiérarchie de l'Ordre j'avais rang de chevalier.

Mon initiation a commencé quelques semaines après que je me suis retrouvé seul avec toi. Le temps aidant, j'avais fini par me persuader que moins tu en saurais, mieux cela serait. L'excuse du lâche, car ta vie comme la mienne, a subi deux bouleversements : le départ de ta mère il y a près de vingt ans et la brouille opposant la famille de Pahans à la nôtre. Deux faits qui ont conditionné mon existence et la tienne »…

La suite était l'effarante révélation dont elle peinait encore à se relever. Une double confession posthume par laquelle ses certitudes, ce qu'elle croyait être, avaient explosé.

***

Elle rangea l'enveloppe dans son sac. Si pénible dût-elle être, la confrontation directe avec l'autre devenait inévitable. La question était de savoir comment provoquer la rencontre. Les yeux rivés à l'horloge du tableau de bord elle réalisa que cela faisait trop longtemps qu'elle se morfondait à bord de son 4 × 4. Elle s'accorda deux minutes supplémentaires. Puis rebroussa chemin.

***

24

Une bouffée d'orgueil assaillit Guillaume. La fierté du tour de force accompli. Juste par la puissance de sa réflexion. Réussir là où tant d'autres s'étaient cassé les dents depuis des siècles. En étaient morts parfois. Atteindre ce qu'Hugo de Pahans avait mis une vie à trouver. Manon ne saisissait pas l'ampleur de l'événement. Parce qu'elle ne savait toujours pas de quoi il retournait. Le jeune homme estima que le droit d'être la première à emboîter le pas de son grand-père lui revenait.
— À toi l'honneur.
— Qu'est-ce qu'il faut faire ?
— Place ta main à l'intérieur du reliquaire.
Elle s'exécuta, intriguée.

— Pousse le petit panneau de bois et ouvre la cachette du parchemin. Bien, à présent, pose ta main à plat sur le panneau du fond et fais-le glisser vers la droite. Elle poussa un cri d'excitation.

— Par exemple ! Il y a une cache derrière. Je sens une sorte de poignée.

— Respire à fond, tu es à quelques secondes du quatrième souterrain.

— Quoi !?

Après quelques manipulations, elle sentit la poignée tourner. Aussitôt, l'une des deux stalles placées derrière l'autel se déroba pour révéler un passage.

— Mon Dieu !

Elle se précipita en sanglots dans les bras de Guillaume.

— Comment… comment est-ce que tu… ?

La stupeur bloquait les mots sur ses lèvres.

— Mais je n'ai rien fait, ma belle. Quand je te disais que ton grand-père était un génie, ce n'était pas juste pour te faire plaisir. Son génie est d'avoir compris que je me poserais les mêmes questions que lui.

Peu à peu, elle reprit son calme. Serrée contre le professeur, leurs bustes n'étaient séparés que par ses poings fermés plaqués contre sa poitrine. Un frisson le parcourut sans qu'il pût en préciser l'exacte nature. Orgueil, plaisir, trouble ?

— Asseyons-nous un peu, proposa-t-il.

— Tu n'es pas pressé de découvrir où ça va ?

— Tout autant que toi. Pourtant, il faut savoir prendre un peu de recul. Surtout qu'il me vient un certain nombre d'interrogations. T'ai-je déjà fait part de ma conviction selon laquelle lorsqu'une chose semble trop compliquée c'est parce qu'on n'y pense pas assez d'une manière simple ? Eh bien, jusqu'à présent, je crois qu'on s'est fourvoyés.

Le professeur d'histoire se mit enfin en marche, pénétrant dans un boyau à peine praticable. Il avançait avec précaution sur le sol inégal tout en tenant d'une poigne solide la main de sa compagne.

— Fourvoyés, à quel sujet ? s'étonna Manon.

— Le secret des Templiers. La question n'est peut-être pas de savoir *où* il se trouve, mais plutôt *pourquoi* tant de monde le cherche.

— Qu'est-ce que ça change ?

— La perspective, ma belle, la perspective. Voici ma première question : et s'il n'y avait pas de secret à protéger ?

— Oui, si l'on suppose qu'il s'agit d'une légende.

— Je le dis autrement : et s'il existait sans exister ?

— Je ne te suis pas.

— Suppose que le secret ou le trésor des Templiers ne soit pas un mythe, mais que leurs successeurs l'ont tout simplement égaré…

— Alors, je te repose la question : qu'est-ce que ça change ?

— Tout, si on suppose que seul l'Ordre est au courant. Masquer cette perte lui permet de conserver son influence sur une Église persuadée qu'il détient un moyen de pression sur elle. Ainsi, la course meurtrière se poursuit, mais c'est la motivation d'un des deux protagonistes qui a changé. Pour les Templiers la perte doit rester confidentielle. Ignorant cela, l'Église se bat toujours pour reprendre à son adversaire quelque chose qu'il n'a plus.

— On n'est pas plus avancés.

— Alors, voici l'autre question : le problème ne serait-il pas double pour nos amis Templiers ?

— À savoir ?

— C'est une chose d'égarer un secret. Et, plus grave encore, d'en ignorer la teneur. C'est là, à mon avis, qu'intervient Cariotti. Il compte que je trouve la réponse pour lui et ses frères de l'Ordre. D'où ma certitude que tant qu'on progressera on restera dans la partie.

— Bien, continuons alors d'avancer et faisons en sorte de ne pas sortir du jeu.

Manon dirigea le faisceau de sa lampe vers l'obscurité.

— Ça mène où, d'après toi ?

— Grosso modo vers le village.

— Courtisols ?

— Non, l'Épine… si mon sens de l'orientation est intact.

La galerie était percée en ligne droite. Ceux qui l'avaient réalisée n'avaient pas cherché à l'étayer plus que nécessaire. À son étroitesse et au manque de stabilité du sol s'ajoutait une déclivité importante. Guillaume redoubla d'attention, la main de Manon crispée sur son bras. Ils frissonnèrent en même temps. Un appel d'air s'était produit, leur glaçant la peau du visage.

— Oh, oh ! Qu'avons-nous là ?

Guillaume se figea, tendu vers l'origine du courant frais, humant l'air. Manon se pressa contre lui, le souffle désordonné. Il la rassura.

— Bon, la présence d'air signifie qu'il y a une issue pas loin.

Au même moment, elle lui comprima l'avant-bras avec violence. De sa main libre, elle montra un point vers l'avant. Un halo de lumière éclairait le sol, une vingtaine de pas plus loin. Là où naissait le faisceau lumineux, le boyau s'élargissait, dévoilant une zone éclairée, telle une clairière au centre d'une forêt. Il leur sembla que la surface était constituée d'un revêtement en dur. Ils progressèrent à pas mesurés, cherchant à repérer d'éventuelles chausse-trappes, scrutant les parois et le plafond, à l'affût d'un danger ou d'une attaque imprévus.

Guillaume fit signe à Manon de s'arrêter. Puis sauta une marche conséquente. Un curieux couinement accompagna son atterrissage. Il dirigea sa lampe sur l'entrée du boyau pour faciliter l'arrivée de sa coéquipière. Le bruit se reproduisit. Orientant sa lampe vers l'avant, il émit un long sifflement.

— Si je m'attendais !

***

25

L'Épine - Les Mercuriales.

Dix pas plus loin apparut une zone circulaire, délimitée par un muret d'une trentaine de centimètres de hauteur. Il évalua sa superficie à une centaine de mètres carrés. Ils se trouvaient dans une salle au plafond voûté et aux murs étranges. La roche alentour semblait générer sa propre clarté. Il avait lu quelque chose à propos des propriétés du calcin qui composait le sous-sol. Une réaction chimique due à sa conjugaison avec l'humidité et le gaz carbonique. La triple association provoquait une vitrification donnant à la roche son aspect luminescent sous l'effet d'un éclairage.

Sous ses pieds, une surface plane et lisse reproduisait le cadran d'une horloge, sans les aiguilles. En son centre, une sorte de plaque carrée, en métal poli, d'un mètre de côtés. Si parfaitement ajustée que nul interstice n'était perceptible.

Il enjamba le muret. Il n'eut pas le temps de poser le deuxième pied. Dans son dos retentit le son caractéristique d'un objet heurtant le sol. Manon poussa un cri en dirigeant le faisceau de sa lampe vers l'endroit où cela s'était produit. Rebroussant chemin, l'explication leur apparut. Une herse de bois, aux barreaux épais et serrés, barrait le passage. La seule force musculaire ne permettait pas de la relever. Aucun levier, nul treuil, nul dispositif ne permettait de la manœuvrer. La galerie qu'ils venaient d'emprunter était désormais condamnée ! Manon poussa un nouveau cri.

— Tu crois que c'est quelqu'un qui a déclenché ça ? ?

— Il faudrait que ce quelqu'un connaisse ce souterrain. On vient à peine de le découvrir.

— Sauf si on nous a suivis.

— Sans que toi ou moi n'ayons rien entendu ? Impossible.

Elle parut à moitié soulagée. La remarque suivante lui fit l'effet d'une douche froide.

— Je pencherais pour un déclenchement automatique. Souviens-toi, quand on franchit cette petite marche, ça a provoqué une sorte de chuintement.

Il sautilla à l'emplacement indiqué, dans l'espoir de provoquer quelque chose. En vain. Il franchit de nouveau le muret, au même endroit. Rien n'y fit, la herse resta abaissée.

— Bon ! lança-t-il en mettant dans sa voix le maximum de détachement. Il y a forcément une issue. Chaque chose en son temps. Voyons ce que nous avons là.

Il éclaira autour de lui. Manon qui l'avait imité, s'écria :

— Regarde. À gauche et à droite, c'est gigantesque !

Creusées à même la roche, juste en avant de la place ronde, quatre immenses niches de taille décroissante se faisaient face de part et d'autre.

— Des oratoires peut-être. Mais il y a plus intéressant.

Elle avait appris à le connaître. Il ne lançait jamais une phrase ou une réflexion sans raison. Elle pivota sur elle-même, cherchant à comprendre ce qu'il voulait dire. Elle leva les bras au ciel.

— Je sèche complètement. J'ai beau regarder, je ne vois rien que ces huit chapelles.

— Regarder n'est pas forcément voir, fit-il en désignant le haut des édifices.

Comment avait-elle manqué ça ? Chaque niche était surmontée d'une statue.

— Mercure ! Qu'est-ce que ça veut dire ?

— Ainsi, revoilà notre ami aux pieds ailés…

Il s'assit sur le sol et, comme chaque fois où l'histoire bégayait, emprisonna ses genoux entre ses bras, comprimant ses tempes de ses deux poings. Manon se posa sur l'une des deux pierres rondes posées de part et d'autre du cadran. Elle s'efforça de réfléchir comme il le lui avait enseigné. Attentive aux réactions de son compagnon, elle l'observa. Depuis quelques secondes il fixait les statues juchées au sommet de chaque oratoire. Chaque Mercure était placé de profil, un cran en dessous de celui de la niche précédente.

— On dirait qu'ils nous montrent du doigt, finit-elle par dire.

Guillaume rayonnait.

— Ouais. Je suis impatient de connaître ce que ça t'inspire.

— Mais je n'en sais rien, moi.

— Un petit effort.

— Tu promets de ne pas te moquer ? Donc, comme les oratoires sont de taille décroissante, la hauteur des statues suit leur mouvement en escalier. Par contre, au contraire des édifices, les statues ne se font pas face, elles sont de profil. Et je me dis que cette bizarrerie ne relève pas du hasard.

— Bon début.

— En poussant le raisonnement, je dirais que la direction indiquée par leur bras converge vers un point unique qui est…

Elle se porta à l'arrière de l'oratoire le plus éloigné et le plus haut sur sa gauche pour se placer dans l'axe des statues. Elle avança sur une ligne virtuelle, demandant à Guillaume de se positionner là où elle le souhaitait. Elle répéta la manœuvre en partant de l'oratoire le plus élevé situé sur sa droite. Elle positionna enfin son compagnon sur le point d'intersection imaginaire qu'elle venait de déterminer.

— …qui est ici, conclut-elle.

— Et ça t'apprend quoi ?

— Rien. Ça reste aussi clair que du jus de boudin. Là où tu te tiens, je ne vois rien de particulier. De quelque côté que je me tourne, je ne vois que la paroi, les niches et cette espèce de parking brillant.

Il se glissa derrière elle et enserra sa tête entre ses mains, l'orientant dans une direction précise.

— Qu'est-ce que tu fais ?

— Chut ! Je t'aide à voir au-delà de ton propre regard. Laisse-toi aller, oublie-moi, oublie tout ce qui t'entoure. Ne pense qu'à l'évidence.

— C'est donc que tu as déjà trouvé !

— Chut !

Ses mains diffusaient des ondes de chaleurs. Peu à peu elle sentit les points de blocage s'estomper, libérant sa capacité de concentration. Ses pensées se fluidifièrent, sa perception sensorielle fit place à une sensation plus intérieure. Soudain, elle entrevit une nouvelle voie. Posant ses mains à plat sur les doigts qui n'avaient pas desserré leur étreinte, elle ouvrit les yeux.

— Bien sûr, les bras des statues ne désignent pas un repère précis. Non, il faut lire ça comme une projection, le point de départ d'une direction. On tient notre fil d'Ariane, non ? Reste à voir où cela nous conduit.

Sa lampe éclaira l'autre côté de ce qu'elle venait de nommer parking. Au-delà, on distinguait une bande plus sombre, une allée perpendiculaire en pente montante, s'achevant quelques mètres plus loin au pied d'une paroi. Elle se dirigea jusqu'à l'extrémité du cercle, suivie de Guillaume.

Au moment de franchir le muret, elle se sentit tirée violemment vers l'arrière.

***

Sans le réflexe de son compagnon, elle eût été précipitée vers la mort. Elle avait battu des bras, entraînant son sauveur dans sa chute et s'affalant sur lui. Guillaume se dégagea puis se mit à ramper avec précautions. Devant lui, le faisceau de sa lampe découvrit un gouffre. D'une extrémité à l'autre de la salle, le vide occupait l'espace. Le précipice mesurait environ trois mètres de largeur. Il frappa le sol d'un poing rageur.

— Ça ne colle pas. Si ce piège existe, c'est pour protéger l'accès à l'autre bord. Et de l'autre côté, il n'y a qu'un mur.

Il fouilla le secteur à la recherche d'une réponse. À quelques centimètres devant lui, le vide. Sa lampe n'avait pas la puissance requise pour en déterminer la profondeur. Il recula de quelques pas. L'explication lui apparut. En s'accroupissant, il découvrit ce qui lui avait échappé. La place circulaire qu'ils venaient de quitter formait jusqu'à son extrémité un imperceptible faux plat. La bordure qui le délimitait ainsi que la surface de terre située de l'autre côté masquaient le piège. L'axe donné par les statues orientait le visiteur non averti vers ce passage obligé. Un trompe-l'œil savamment élaboré.

Manon le rejoignit. Il suivit du faisceau de sa lampe le chemin qui menait au précipice.

Il se tourna vers Manon.

— Tu te sens capable de poursuivre ?

— Qu'est-ce que tu proposes ?

— Réflagir[4] ! Réfléchir et agir, ajouta-t-il en rejoignant le centre de l'aire.

À plusieurs reprises, il fit l'aller-retour, la tête levée vers le plafond, les mains palpant les murs, passant en revue chaque détail de chaque chapelle. Au prix de contorsions périlleuses, il grimpa sur leur toit, vérifiant l'orientation des statues, étudiant la configuration des lieux. Déçu, il revint s'asseoir près de la jeune femme.

— On doit s'y prendre autrement, raisonna-t-il. Examiner l'ensemble, d'une manière globale. Se poser les bonnes questions. Pour commencer, à quoi te fait penser cette salle ?

— Une salle de réunion.

— Sois plus précise.

— Les niches suggèrent une salle du chapitre.

— Qui dit salle du chapitre, dit ordre religieux. Donc… ?

— ?

— Donc, peut-on imaginer un ordre religieux sans lieu de culte ?

— On a les chapelles…

— Non, non ! Ce ne sont pas des chapelles. Il n'y a ni autel ni tabernacle ni croix.

— Je ne vois pas.

---

[4] Néologisme créé par le Général de Corps d'Armée Dominique CHA-VANAT, ancien directeur de Polytechnique et cadre de G.I.A.T. Industrie (Note de l'auteur)

— Évalue la distance parcourue pour arriver ici et rappelle-toi, j'ai dit qu'on prenait grosso modo la direction de l'Épine…

— On serait sous la basilique. Une crypte ?

— Possible. Et j'ai une hypothèse. Ce piège est destiné à empêcher quiconque d'aller plus loin. Qu'a-t-on voulu interdire ?

Guillaume s'était immobilisé, le regard fixé sur une ligne indéfinie.

— Cherchons ce qui cloche dans le décor. Je récapitule. Une salle en forme de cercle, voûtée. Des murs lisses et brillants, un sol à l'identique, un muret. Huit oratoires disposés quatre par quatre de part et d'autre. Tous surmontés d'une statue de Mercure. Chaque statue désigne une même direction. Si on suit celle-ci, on arrive à quelques mètres du fond de la salle, dont on est séparé par un trou infranchissable. Ah tiens ! Voilà une chose sur laquelle on ne s'est pas arrêtés.

Il éclaira tour à tour le fronton des oratoires qui lui faisaient face, s'attardant sur chacun.

— Manon, j'ai besoin de tes yeux et de ton cerveau. Observe le haut des niches, juste au pied de chaque statue, sur le socle. Qu'est-ce que tu remarques ?

— **I, II, III** et **IIII**, lut-elle. Une suite numérique… Chaque édifice est numéroté.

Il répéta les inscriptions à haute voix. Puis éclaira les quatre autres niches situées en vis-à-vis.

— **H, O, R** et **A**. Là, ça forme un mot : **Hora**… Bon, et après ?

— C'est l'heure en latin évidemment, observa l'étudiante en histoire. **HORA, I, II, III, IIII**… **I, II, III, IIII, HORA**… Vraiment je ne vois pas.

Guillaume se perdit quelques instants dans ses pensées.

— Allez, on rentre.

— Comment on va remonter ?

— Si c'est ce à quoi je pense, on n'est pas sortis de l'auberge.

* * *

26

Manon leva un regard inquiet vers Guillaume.

— « *On n'est pas sortis de l'auberge* ». Si c'est avec ça que tu comptes me rassurer !

— Je crois qu'on touche à un truc énorme. Ceux qui doivent ou devaient protéger le secret ont tout prévu. Y compris la possibilité que des intrus parviennent jusqu'ici. Auquel cas ils ne devraient jamais pouvoir retrouver la surface. Alors, soit personne n'est allé aussi loin que nous, soit cet endroit est devenu leur tombe.

— Il y aurait des ossements.

— La fosse. Il n'y a pas d'autre explication. On tient combien de temps sans manger ?

— Alors, on est coincés ?

— L'adversaire compte sur notre abattement pour nous affaiblir. Sauf que ce que l'homme a fait un autre peut le défaire.

Ils revinrent à hauteur de la lourde herse de bois.

— Ceux qui ont imaginé ça ont prévu une issue pour eux, reprit Guillaume. Deux possibilités : soit le passage se trouve ici, soit il se situe de l'autre côté de la fosse. Il suffit de chercher.

— Ça aiderait si on comprenait ce qui provoque la fermeture de cette barrière ?

— Ça je l'ai trouvé.

Guillaume se mit à sautiller au pied de la marche.

— Regarde, juste sous nos pieds. Le sol bouge à la moindre pression. Je parie que ça met en branle au-dessus de nous un mécanisme, genre un système de poulies ou de contrepoids. En tout cas, je ne vois rien ici qui peut nous aider à remonter cette fichue herse.

— On pourrait essayer du côté des oratoires, proposa Manon.

Ils regagnèrent le centre de la zone circulaire. Guillaume se démena, passant d'un oratoire à l'autre. Il grimpa de nouveau sur chacun pour contrôler chaque statue. L'examen ne révéla ni issue ni dispositif destiné à évacuer les lieux.

— Je dois me concentrer davantage. La grande salle, les oratoires, les statues et les chiffres. Non ! Jamais quelqu'un ne se serait donné la peine d'édifier tout ça sans raison. Y'a pas à en sortir !

— Eh bien, si, il faut en sortir.

— T'en as de bonnes ! Qu'est-ce que tu crois que je fais depuis tout à l'heure ?

Il se remit à arpenter la zone.

— HORA... un deux, trois, quatre... Huit oratoires... deux fois quatre... Mercure... HORA... un, deux, trois, quatre...

— Y'a pas de HORA qui tienne, fût-elle la quatrième du nom, lança Manon avec humeur. Je suis lessivée. Parle-moi plutôt d'un bon chocolat chaud.

Guillaume se dressa brusquement.

— Répète voir !

— Quoi ?

— Ce que tu viens de dire.

— Ben, que je rêvais d'un bon choc...

— Non, avant.

— Que j'étais crevée.

— Encore avant.

— Que tu devrais faire une pause.

— Non, non. Juste après...

— Euh ! Après ? J'ai peut-être prononcé le mot HORA.

— Et... ?

Guillaume fit des moulinets avec ses mains pour l'inciter à continuer.

— Tu vas me dire, à la fin ?

Sans hésiter, il se dirigea en deux points précis de la surface. Aux deux emplacements, il se mit à genoux et scruta le sol. Lorsqu'il se releva, il exultait. Il se planta devant la jeune femme.

— Tu es la digne petite-fille de ton grand-père... Mon Dieu ! Ce n'est donc pas une légende...

— Mais de quoi tu parles ?

Il éluda la question.

— Je sais comment sortir de là...

27

Il dirigea la manœuvre. Il plaça Manon sur l'un des deux emplacements qu'il venait de repérer.

— Ne bouge pas d'ici, ordonna-t-il en gagnant l'autre point. Tu te rends compte que la seule vraie anomalie, toi et moi on a le nez dessus depuis le début. Et on n'y a même pas prêté attention !

Lorsqu'il se positionna sur l'endroit choisi, un grincement métallique se produisit. À quelques pas d'eux, au milieu de la place circulaire, la plaque de métal poli se déroba, découvrant une volée de marches taillées dans la roche. Ils se retrouvèrent deux mètres plus bas. Au-dessus de leurs têtes, le dispositif se remit en place. Un système complexe de poulies devait servir de rappel.

Sur leur gauche, une galerie partait selon un axe correspondant à l'entrée de la salle. Sur leur droite, une seconde voie s'offrait à eux. Ils se concertèrent à voix basse. Le bon sens et la fatigue leur disaient d'en rester là. La curiosité l'emporta. Le déplacement fut court, en forme de ligne courbe. Un tunnel contournait le piège par la droite. Ils débouchèrent au pied du mur. Sur leur gauche, en léger retrait, une grille rudimentaire aux barreaux épais apparut dans le faisceau de leurs lampes.

— Même pas fermée ! s'exclama Manon.

— Tu vois, c'est toujours le même principe : à quoi servent les bretelles quand on a une ceinture ?

Ils progressèrent sur quelques mètres. Ils se heurtèrent à une porte de bois massif, cette fois-ci verrouillée. Sans clef, sans outil pour en forcer la serrure, l'obstacle était infranchissable.

— On devrait rentrer maintenant, décida Guillaume.

Ils repassèrent de l'autre côté du gouffre. Au-dessus d'eux, la trappe métallique était repositionnée. Ils comprirent qu'elle n'était pas nécessaire pour revenir à la surface. Devant eux, l'autre boyau remontait, longeant approximativement celui par lequel ils avaient accédé à la salle souterraine. Régulièrement, quelques volées de marches rattrapaient le dénivelé. Au bout d'une centaine de pas, une anfractuosité habilement masquée par un saillant de roche les ramena à la galerie principale qui menait au logis. Ils y découvrirent un système de contrepoids. Guillaume avait vu juste.

***

Ils débouchèrent hors d'haleine derrière l'autel reliquaire.

— Comment as-tu su pour contourner le gouffre ? demanda Manon.

— C'est toi qui m'as mis sur la voie. Tu as dit : « *y'a pas de HORA qui tienne, fût-elle la quatrième du nom* ».

— Explique.

— Tu as remarqué que la place circulaire représentait une horloge sans aiguilles. En me penchant, j'ai noté que les points où les aiguilles virtuelles marquent quatre heures n'étaient pas solidaires du sol. D'où mon idée de nous y placer et de voir ce qui se passait.

— Et de quoi parlais-tu tout à l'heure en disant : ce n'est donc pas une légende ?

— Les lettres et les chiffres romains gravés sur les chapelles. On a : quarta et hora, autrement dit, la quatrième heure.

— Jusque-là, ça va.

— La contraction de ces deux mots donne Quartora.

— Qu'est-ce que cela devrait me dire ?

Manon perçut chez Guillaume une émotion mêlée de crainte.

— Tu n'as jamais entendu parler de la Quartora ?

— Pas le moins du monde. À voir ta tête, ça semble plutôt inquiétant.

Ils avaient rejoint le salon.

— La Quartora — on l'appelait aussi le Nouvel Ordre du Temple — a toujours voulu mettre Rome et la Papauté à genoux. Le nombre de ses membres, ses ramifications, son influence, ses crimes... rien n'a jamais pu être établi. On a même voulu faire croire qu'on avait créé ce mythe pour lui imputer certains faits historiques inqualifiables. Ou pour détourner l'attention d'actes commis par les dirigeants du monde, voire certaines autorités spirituelles.

— Nous y revoilà. La théorie du complot. Mais cette Quartora, si tant est qu'elle ait existé, quelle est son origine ?

— Le parchemin de Chinon, ça te parle ?

— Bien sûr. En 1308 une commission spéciale apostolique dite *ad inquirendum*, a réalisé une nouvelle audition des Templiers. Le parchemin de Chinon en est le procès-verbal original. Il comporte la preuve d'un deal proposé par le Pape à Jacques de Molay, le dernier Maître de l'Ordre. En contrepartie d'une absolution secrète, de l'annulation de l'excommunication, de la réintégration dans l'Église et de l'accès aux sacrements, l'Ordre s'engageait à faire repentance, à fusionner avec les Hospitaliers et à remettre son trésor et ses secrets à l'Église.

— C'est tout à fait cela.

— Le rapport avec cette Quartora ?

— On s'accorde à dire qu'elle est la réponse à la proposition papale. Un noyau dur, dont Jacques de Molay, rejeta le deal. Ses membres dénoncèrent un Pape aux ordres du roi de France. Persuadés que l'un et l'autre finiraient par les trahir, ils entrèrent en clandestinité et créèrent le Nouvel Ordre du Temple.

— La Quartora, donc.

— Oui, c'est son acte de naissance. Des manuscrits y font d'ailleurs allusion. Entre autres, les minutes d'un célèbre procès qui se tiendrait environ un siècle plus tard.

— Quel procès ?

— Celui d'un grand soldat qui finira sur le bûcher comme Jacques de Molay. Une figure à la fois légendaire et inquiétante de notre Histoire : Gilles de Rais. Maréchal de France, frère d'armes de Jeanne d'Arc.

— Je connais son histoire, un pair du royaume plus célèbre pour sa vie de débauche que pour ses prouesses militaires. Enlèvements et meurtres d'enfants, tortures, sacrifices, messes noires...

— Gilles de Rais, seigneur de Tiffauges, plus connu sous le nom de Barbe Bleue[5], fut en son temps commandeur de la Quartora.

— Barbe Bleue. J'ignorais ce détail. Mais pourquoi ce nom de Quartora ? À quelle quatrième heure fait-elle référence ?

---

[5] Authentique (note de l'auteur)

— La Quatrième Heure est dans la culture médiévale l'autre appellation de l'Apocalypse.

Guillaume alluma une cigarette.

— Les exégètes partagent notre histoire en quatre périodes. La Première Heure définit la création du monde et l'apparition de l'être humain. Elle prend fin il y a un peu plus de trois mille ans avec les premières formes de l'écriture. La Deuxième Heure correspond aux grands choix de civilisation. Pêle-mêle on y trouve les premiers pas de la science, de l'architecture et des arts, l'émergence des religions et des textes sacrés, les échanges philosophiques et commerciaux, la naissance des États et le développement des empires. Cette période s'achève à la mort du Christ et marque le début de la Troisième Heure. Celle-ci est l'ère des contradictions, celle où le monde oscille entre émerveillement et incompréhension, intelligence et crétinerie, beauté et laideur, alternant périodes de guerre et périodes de paix… bref, l'humanité dans son manichéisme. On ignore si cette phase est toujours active ou si l'on est entré dans le cycle suivant.

— La Quatrième Heure.

— Selon l'Apocalypse de Jean l'Évangéliste, celle du jugement dernier. Il y annonce la Jérusalem nouvelle et l'arrivée d'un Être Ultime, détenteur du pouvoir absolu et éternel. La victoire finale de l'homme sur la bête, l'avènement du fils de l'homme. La Quartora s'est juré de mener son champion, le Commandeur du Nouvel Ordre, à la suprématie finale.

— On nage en pleine parano !

— La Quartora n'est pas une fable. Ose prétendre le contraire, ose me dire qu'ici même, sous nos pieds, tu n'as pas vu la preuve de son existence. Alors oui, je parie sur le fait que la confrérie est toujours active. Pour être complet, rappelle-toi que ses fondateurs étaient des compagnons du Temple.

— Qu'est-ce que ça nous dit ?

— Entre eux, les Templiers se nommaient frères. La tradition a été perpétuée au sein de la Quartora.

— Et…?

— Associe le mot frère au mot Apocalypse. Ça donne quoi ?

–… ?

— Je vois. Tu n'as jamais entendu parler des Frères de l'Apocalypse ; c'est le bras armé de la Quartora. Gilles de Rais les mentionne dans son carnet de route.

— Un carnet de route à présent. Document certainement hypothétique...

— Y a qu'à demander.

— Quoi ?

— Musée du château d'Anne de Bretagne, Nantes, Loire Atlantique. Bibliothèque, rayon histoire médiévale, histoire secrète du pays nantais. C'est fou comme nos ancêtres étaient cachottiers.

— Tu vas me dire que tu as lu ce carnet.

— Tu n'y penses pas. Personne ne l'a jamais vu depuis Gilles de Rais. Cependant, au château nantais, les archives familiales du compagnon de Jeanne d'Arc sont claires : elles mentionnent à diverses reprises un livre noir dont ne se séparait jamais le seigneur de Tiffauges.

— Des preuves indirectes. Je me disais bien...

— C'est ce que j'ai cru jusqu'à ce que je déniche un autre document, incontestable celui-là. Les minutes du procès en sorcellerie de Gilles de Rais, conservées aux archives départementales à Nantes, relatent un fait curieux. Le 25 octobre 1440, veille de sa mort, le condamné tenta une dernière manœuvre pour obtenir sa grâce. Il dévoila le lieu où il dissimulait le précieux ouvrage. À Tiffauges, dans la crypte de la chapelle castrale de son château. À l'abri d'un reliquaire enchâssé au centre du maître-autel. On trouva bien l'autel, mais pas le reliquaire.

— Donc, exit le fameux livre noir.

— C'est là qu'apparaît un nouveau protagoniste, un jeune prêtre italien de vingt-deux ans, Francisco Prelati. Ecclésiastique dépravé, il était le confident et le compagnon d'orgies de Gilles de Rais. Un fait est avéré : il a fui le château au moment de l'arrestation de son protecteur.

— De là à supposer qu'il a emporté avec lui le livre noir, c'est un peu léger.

— J'ai la preuve que non.

***

Les yeux arrondis, Manon dévisagea Guillaume.

— Francisco Prelati et Arturo Boroldani étaient contemporains. Ils se sont même rencontrés.

Elle se leva, furieuse.

— À quel jeu joues-tu ? s'emporta-t-elle.

— Je ne vois pas de quoi tu parles.

— Tu comptais me le dire quand pour Boroldani ?

— Quoi, Boroldani ?

— Je n'ai jamais cité son nom devant toi !

Il se fendit d'un sourire tranquille. Tira sur sa cigarette, content de son effet.

— Rien ne t'échappe…

— Pourquoi ne m'as-tu rien dit ?

— Parce que jusqu'ici, je n'ai pas eu l'impression que l'histoire de Cariotti t'a convaincue.

— Mais toi, tu n'étais pas censé être au courant pour le savant italien.

— Boroldani et son opuscule. Les révélations de Cariotti m'ont bien affranchi sur cet aspect de l'histoire.

Le visage de Manon s'éclaira soudain.

— C'était donc ça mon séjour à Audreville ? Le moyen pour Cariotti de t'approcher.

— Ma réputation et ma venue aux Mercuriales avec la bénédiction d'Hugo ont dû le rassurer.

— Cariotti n'a jamais parlé d'une rencontre entre Prelati et Boroldani…

— Normal. Comme beaucoup, il ignorait même l'existence de l'ecclésiastique.

— Tandis que toi…

— Moi ? J'ai eu très vite l'intuition d'une coexistence entre le savant et le prêtre. Il me restait à vérifier si un événement avait pu les rapprocher.

— C'était le cas ?

— Oui.

— Comment as-tu eu confirmation ?

— Tu te souviens de ton séjour au château de Cariotti ?

— Deux fois plutôt qu'une.

— J'y ai passé quelques heures, lança Guillaume, avec un regard amusé.

— Où ?

— À Audreville, pardi !

— Tu te moques de moi ? Quand et comment y es-tu entré ?

— Ce week-end et par la porte principale.

— Pas possible, j'y étais.

— Tu en es repartie vendredi. Moi, j'y suis arrivé le lendemain.

— Tu devais aller à Châlons...

— Je t'aurais menti ? sourit Guillaume en tendant à Manon une liasse de feuilles.

Elle examina les papiers.

— Est-ce que c'est ce que je crois ?

— Oui, quelques traductions de Boroldani que m'a confiées Cariotti.

— Je n'ai toujours pas vu la couleur de l'original.

— Il compte nous le montrer quand il sera assuré de notre collaboration. Alors, qu'en dis-tu ?

— Incroyable ! Ça parle d'une rencontre à Audreville avec son grand-oncle, un prêtre. Qui lui aurait confié un livre secret. Ce prêtre, ça pourrait être n'importe qui... pourquoi Prelati ?

— Parce que j'en ai la preuve. Grâce au récit de ton séjour chez Cariotti.

— Qu'as-tu découvert ?

— « *Propter regem et legem...*

–*... ad tuam illuminationem.* » C'est la devise du château.

— Écris-la.

Pendant que la jeune femme s'exécutait, Guillaume poursuivit :

— Jacques de Molay, Gilles de Rais, Boroldani, morts sur le bûcher. La Champagne-Ardenne, la Vendée : deux régions autour desquelles gravitent les protagonistes et les faits. Jacques de Molay et Gilles de Rais, Grands Maîtres du Temple. Gilles de Rais et Prelati, complices de débauches. Prelati à Audreville. Trop de coïncidences finissent par former une certitude.

— Pour Prelati, ça reste à démontrer.

— Regarde ce que tu as écrit.

— Pas besoin, je connais la phrase.

— Regarde bien...

Il savait quelque chose.

— Tiens, inscris l'une après l'autre la première lettre de chaque mot.

Elle n'eut pas à le faire, la vérité lui sauta aux yeux.

— Mon Dieu ! **P. R.E. L.A. T.I.**

— La voilà ta preuve.

— Le château appartenait à Prelati !

— Tu penses bien que j'ai fouiné dans les archives. Le château est passé dans les mains de sa famille au début du XVème siècle. L'acte de propriété existe.

— Pourtant, de là à relier Prelati et Boroldani... il y a loin...

— Ces mêmes archives indiquent que Fabrizio Prelati, le frère du prêtre, était marié à Alba Boroldani, la grand-tante du savant, côté paternel. Ce qui faisait de ce dernier le grand-oncle par alliance d'Arturo Boroldani. On y relate même une rencontre entre les deux hommes, dans la nuit du 15 au 16 mars 1444, soit deux ans jour pour jour avant la mort de Prelati sur le bûcher.

Manon dévisagea soudain Guillaume.

— Eh ! Mais j'y pense, le livre dont tu parles serait...

— ...le carnet de route de Gilles de Rais.

Guillaume lança son mégot dans l'âtre puis quitta son fauteuil.

— Va falloir que je vérifie certaines infos auprès du professeur de Puygirard. Et puis je lui dois un compte-rendu, c'est quand même lui qui me paie.

— Et là-bas, quand est-ce qu'on y retourne ?

Manon jeta un regard vers l'arrière.

— Je veux dire... en bas, dans la grande salle...

— C'est aussi pour ça que je dois voir le de Puygirard. J'ai bien peur qu'on ait mis en branle des événements qui nous dépassent. Qui sait si ça ne va pas réveiller toutes sortes d'illuminés et de psychopathes ? La Quartora, rien de pire ne pouvait nous tomber dessus.

— Alors on a affaire à des vrais fanatiques ?

— Un beau merdier, non ?

***

28

Manon le garda à manger. Il se prêta de bonne grâce au jeu des questions-réponses. Seule ombre au tableau, sa réticence à parler de sa famille. Il évoqua brièvement une vieille tante, un médecin sans intérêt. Au dessert, elle lança une proposition.

— Je dois aller à Châlons en fin d'après-midi. Tu m'accompagnes ? Cela me prendra une petite heure, maxi. On pourrait ensuite dîner quelque part et parler enfin de l'intervention des ULM.

— Tu te sens capable ?

— Pas que ça me réjouisse, mais on ne va pas éviter le sujet indéfiniment.

Elle se leva. L'heure était aux travaux de l'étable. Guillaume l'imita.

— Pendant que tu t'occupes des animaux, je vais faire un tour. À la sortie du troisième souterrain. Effectuer quelques relevés topographiques. Je dois me faire une idée précise des lieux.

— Qu'est-ce que ça t'apportera ?

— Peut-être rien, mais comprends ceci : chaque société secrète attache une importance obsessionnelle aux nombres parfaits, aux formules ésotériques ou aux figures géométriques. Les Templiers n'échappent pas à cette règle. Et comme je ne crois pas aux seules vertus du hasard…

— Ce que je sais, c'est que grand-père est mort pour un parchemin. Et qu'on n'a pas le commencement d'une explication. Alors, fais comme tu le sens, mais je t'en prie, trouve-nous un début de piste.

Elle avait posé ses mains sur ses épaules. Bien que fugitif, l'éclair de dureté n'avait pas échappé à Guillaume. Ses pouces effleurèrent ses joues.

***

Tandis qu'elle s'éloignait vers la métairie, il franchit la grille du domaine et prit la bifurcation de gauche qui, deux cents mètres plus loin, montait au pré et à la casemate. Un frisson le parcourut à la vue de la carcasse de voiture calcinée. De son emplacement, il repéra sur sa droite, quelque huit cents mètres plus bas, les Mercuriales. À une distance équivalente, face à lui se dressaient les tours de Notre-Dame de l'Épine. Après quelques relevés et prises de notes, il s'éloigna.

Il entendit, avant de les voir, les ultralégers motorisés. Il en compta deux, un mono et un biplace. Tout en descendant le pré, il jetait régulièrement un regard en arrière pour suivre leurs évolutions. Il les vit fondre sur lui, en rase-mottes. « *Pas vrai ! Ça ne va pas recommencer !* »

Affolé, il s'aplatit sur l'herbe. Déjà les ULM faisaient demi-tour. Il se redressa. Malheureusement, il entama sa course à contresens, vers le sommet. L'air glacé s'engouffra dans sa gorge avec l'effet d'une lame de rasoir. Lorsque les deux appareils arrivèrent à son niveau, il parvint encore à se plaquer au sol. Les roues passèrent au ras de sa tête. Il reprit sa course. Enfoncé dans sa parka, il avait l'impression de progresser au ralenti.

Une troisième fois les aéronefs revinrent à la charge. À bout de souffle, les muscles tétanisés, ses jambes refusèrent soudain de répondre aux ordres de son cerveau. Il s'écroula, les poumons en feu. Des larmes de colère et d'impuissance emplirent ses yeux. Les appareils tournoyèrent quelques secondes au-dessus de lui avant de se poser au pied de la butte.

Il vit deux de ses trois poursuivants se porter à sa hauteur. « *Les chasseurs et le gibier* », songea-t-il avec amertume. Il frotta ses paupières pour en chasser les larmes glacées. Il dut se rendre à l'évidence : la lutte allait s'achever sur cette pente. À moins d'un improbable miracle. Il ne croyait pas aux miracles.

En arrière des deux chasseurs, une forme imprécise se matérialisa. L'apparition portait une cape informe et ample, à large capuchon. Celui-ci tombait en un large pli jusqu'à la ligne des épaules. La silhouette fantomatique ordonna d'un geste bref à ses deux sbires de se placer de chaque côté du jeune homme.

Dominé, incapable de retrouver ses forces, Guillaume attendit. L'inquiétant personnage s'approcha à pas tranquilles. Il s'accroupit à venir frôler sa tête. Des lunettes de soleil et un foulard masquaient ses traits. L'étrange visiteur le regarda un long moment, se releva puis fit demi-tour, comme à regret. Sans avoir prononcé un mot. Les ULM prirent leur envol, laissant Guillaume ahuri. Retrouvant son souffle et ses esprits, il s'étendit sur le dos. Lorsqu'il estima tout danger écarté, il se leva, le corps agité de spasmes que le seul froid ne suffisait pas à expliquer. En frottant ses jambes, il aperçut à quelques centimètres de ses pieds une feuille de papier maintenue au sol par une pierre.

Ce qu'il lut lui glaça le sang : « *N'allez pas à Châlons avec la demoiselle ce soir. Sinon, quelqu'un de votre entourage en fera les frais* ». La menace l'ébranla. Pas tant les représailles annoncées que ce qu'elle révélait. Quelqu'un savait en temps réel ce que Manon et lui disaient, où ils allaient, ce qu'ils faisaient ou préparaient.

Encore ankylosé, il prit le chemin du retour, jetant des regards anxieux derrière son épaule, guettant les bruits suspects, frissonnant lorsque l'ombre d'un oiseau passait.

29

L'Épine - Le Clos du Temple

La chaleur de sa chambre et une douche brûlante accomplirent leur œuvre réparatrice. Affalé sur son lit, il laissa dériver ses pensées, essayant de se persuader qu'il sortait d'un sale rêve. Malheureusement, quelques vilaines courbatures le rappelèrent à la réalité… ainsi que les coups légers frappés à sa porte.

— Tu es là ? fit la voix de Christine.

Lorsqu'elle apparut dans l'embrasure, ce fut un choc. Il la dévisagea comme s'il ne l'avait jamais rencontrée jusqu'alors. Vêtue d'une robe légère aux tons vert pâle désemprisonnant les épaules, elle dégageait une aura très sensuelle. Le large ruban rose à la taille soulignait la sveltesse de la ligne tandis que les escarpins achevaient d'exalter une grâce que le jeune homme n'aurait jamais imaginée. Sa coiffure caracolait en une cascade de boucles anglaises. L'absence de maquillage lui révéla un regard aux yeux noisette d'une étonnante gravité. Il n'avait pas réalisé à quel point elle pouvait être jolie. Cette Christine avait sa préférence, de loin.

— Hé ! Rassure-moi, c'est qui les deux autres nanas que je croise depuis plusieurs jours ? Je finis par m'y perdre à la longue.

— Moque-toi, répondit-elle gauchement.

— Certainement pas ! Je suis réellement surpris et… impressionné.

Elle sentit la chaleur empourprer ses pommettes.

— En quel honneur cette métamorphose ?

— Je pensais… j'ai mis ma… panoplie au rancart. Elle me rappelle trop que papa la détestait.

— Je suis certain qu'il apprécierait ta décision. Le gothique n'est pas non plus ma tasse de thé. Quoique… par certains aspects, cet accoutrement te va mieux que l'uniforme d'hôtesse.

— Tu te moques encore !

— Ça va peut-être me manquer, finalement. Plus sérieusement, je te trouve… ravissante.

Guillaume la contempla. D'un geste délicat, il posa sa main gauche sur la hanche de la jeune femme tandis que de l'autre il lui saisissait le poignet droit. Il la fit tourner à plusieurs reprises sur elle-même, à la manière d'un danseur de salon.

— Elle rit ! Ah ! Que c'est charmant ! Assieds-toi et raconte.

— Avec la disparition de papa, j'ai tout à coup réalisé qu'il était temps pour moi de passer à autre chose. Le Clos du Temple doit continuer à vivre et devenir ma principale préoccupation. Je lui dois bien ça.

— Bienvenue dans le monde des adultes.

— Ouais ! Ça ne me rassure pas plus que ça ! Mais comme il faut bien commencer par quelque chose, donne-moi ton avis. Est-ce que tu penses que mon apparence n'est pas trop sophistiquée ?

— Dans le monde où tu évolues… professionnellement parlant, c'est un excellent premier pas.

— Sérieux ?

— Je ne l'ai jamais été autant. Et tu prévoyais quelque chose de particulier pour t'habiller aussi gracieusement ?

— Je compte révéler ma véritable identité à l'équipe du soir. J'ai pensé que ce serait bien de le faire avant le coup de feu du dîner. Et je pourrais faire de même demain matin avec les autres…

Elle marqua une hésitation.

— …et j'aurais besoin de ton aide.

— Pour ?

— J'appréhende leur réaction et avec toi à mes côtés…

— Et si je ne peux pas venir ?

— C'est le cas ?

— Je le crains.

Elle se mordit les lèvres.

— Désolé, je me suis engagé pour la fin d'après-midi et la soirée.

— Je ne te demande pas avec qui.

— Excuse-moi d'avoir une existence en dehors de ces murs.

— Je m'en doutais. *Elle*, c'est plus important. Normal après tout, c'est *elle* qui t'emploie.

Piqué au vif, Guillaume s'emporta.

— Tu es injuste. On me paye pour un boulot et je ne suis pas disponible sur un claquement de doigt. Oui, j'ai des priorités. Tant pis si elles ne s'appellent pas Christine de Rivalmonte.

La colère emporta soudain ses mots au-delà de ce qu'il eût voulu.

— Allez, je vais te faciliter les choses. Demain, je me trouve un autre logement. Ce soir, à mon retour, j'espère trouver ta facture à la réception.

Elle se tassa sous la violence de la riposte. Avant que Guillaume eût réalisé l'excès de ses propos, elle avait déserté la chambre.

***

Châlons-en-Champagne — Place de la République

Après quelques minutes de marche, Guillaume s'était posé, frigorifié, sous la terrasse couverte et chauffée d'une brasserie. Les écouteurs de son dictaphone vissés aux oreilles, il se concentra sur les notes qu'il y avait enregistrées. De temps à autre il griffonnait sur un bout de papier récupéré au bar. Dans l'attente de sa commande, il se mit à observer les va-et-vient. Il n'arrivait pas à évacuer le malaise provoqué par l'attaque des ULM. La mise en garde donnait à l'aventure une tournure inquiétante et plus personnelle.

Et puis, il avait un autre problème sur les bras, dont il portait l'entière responsabilité. La récente altercation avec Christine avait laissé des traces. Elle ne méritait pas ça, il avait un peu vite oublié ce qu'il lui devait. S'il ne rentrait pas trop tard, il filerait s'excuser. Il se demandait encore laquelle des deux anecdotes de la journée le perturbait le plus lorsque Manon fit son apparition.

Il lui décocha un clin d'œil tandis qu'elle approchait de son pas énergique. Ils passèrent une heure à table, décidés à prendre du bon temps. En dehors de leur parcours universitaire, ils s'étaient trouvé des points d'intérêt communs. En particulier, les vieux films et les antiquaires. Elle avait éclaté de rire quand il avait eu ce mot sur le fait que la nostalgie devait être inscrite dans leurs gênes.

Ils se souriaient ; la bouteille vide n'était peut-être pas étrangère à cette belle entente. Les joues de Manon et son nez mutin s'étaient colorés, ses yeux opales brillaient un peu trop. Dans un élan irréfléchi, elle avait posé sa main sur son bras. Il avait frissonné, se laissant embarquer dans ce confortable instant.

Une soudaine et violente crispation de doigts le sortit de son rêve. Par-dessus son épaule, Manon fixait quelque chose dehors.

— Ne te retourne pas tout de suite. Est-ce que tu crois au hasard ?

— Pas vraiment. Que se passe-t-il ?

— Dehors… le doyen Puygirard… prêt à entrer ici.

— Quel est le problème ?

— Il est accompagné… de Pierre Cariotti. Qu'est-ce qu'on fait ?

— Ils t'ont vue ?

— Je ne crois pas. Enfin, pas encore.

— Alors, allons les saluer.

— Comme ça ?

— Tu as une meilleure idée ?

Guillaume scruta l'entrée quelques instants.

— Un bon point pour nous. Ils restent dans la salle principale.

— Super. Comme ça on n'a plus qu'à filer à l'anglaise.

— Tu n'y penses pas. Au contraire, jouons franc-jeu. Quoi de plus normal à ce que nous passions une soirée ensemble ? Après tout, je travaille pour toi, avec la bénédiction du professeur, non ? Si quelqu'un doit être surpris, autant que ce soit eux.

— T'en as de bonnes. On leur dit quoi ?

Guillaume se dirigea vers Siméon de Puygirard. Celui-ci se leva pour saluer Manon.

— Mademoiselle de Pahans ! Quelle heureuse surprise ! Et avec vous, Guillaume. Cher ami, fit-il à l'adresse de son compagnon de table, puis-je vous présenter l'une de mes étudiantes, la petite-fille de ce cher Hugo. Et voici mon assistant, le professeur Guillaume Montalbach.

En lui serrant la main, Cariotti fronça les sourcils en direction de la jeune femme. Le message était clair : « *on ne se connaît pas* ».

— Mademoiselle. Je connaissais votre grand-père depuis de nombreuses années. Je vous prie de bien vouloir accepter mes condoléances.

Le tout prononcé sur un ton de profonde consternation.

— Monsieur Montalbach, c'est un réel plaisir de faire votre connaissance, poursuivit Cariotti. Votre réputation vous précède et, sans la caution du doyen Puygirard, j'aurais scrupule à croire ce qui se dit à votre endroit.

Guillaume inclina la tête. Les banalités d'usage échangées, il glissa son bras sous celui de Manon avant de prendre congé.

— Que crois-tu qu'ils ont pensé de notre présence ?

— Au pire qu'on est des conspirateurs, au mieux qu'on est amoureux.

Cela lui valut une tape sur l'épaule.

— Je comprends mieux pourquoi tu m'as prise par le bras.

— On fait ce qu'on peut… et je te signale que tu ne l'as pas lâché depuis.

Ce qu'elle fit aussitôt, tandis qu'ils pénétraient dans un snack-bar. Ils reprirent l'inventaire de leurs points de convergence, se découvrant quelques connaissances communes, des mêmes lieux fréquentés par l'un et l'autre, des points de vue partagés. Leur nouvelle complicité ne suffit cependant pas à faire céder les dernières barrières. À plusieurs reprises, il nota chez elle de l'embarras. Au moment de régler l'addition, l'expression de gêne refit son apparition.

— Bon, décide-toi, lança-t-il.

— Que je me décide à quoi ?

— Quelque chose te tracasse.

— Je ne sais pas comment te dire ça. Voilà… je me disais que ce serait mieux si tu revenais sur ta décision.

Elle s'enhardit.

— C'est n'importe quoi. Ta décision de ne pas rester le soir aux Mercuriales, c'est n'importe quoi. Ça serait tellement plus simple si tu n'avais pas à repartir *là-bas*. Et puis, *elle* n'a pas besoin de toi.

— Ça t'ennuie tant que ça de désigner les gens et les choses par leur nom ? *Là-bas*, ça s'appelle Le Clos du Temple. *Elle*, son prénom c'est Christine.

Elle éluda le reproche.

— Rien ne t'empêche de loger chez moi.

— Trente minutes à peine de marche, ce n'est pas la mort.

— Oui, mais ça me rassurerait de ne plus être seule au domaine.

— En fait, c'est ça qui te pose problème. T'as la trouille. Remarque, ça se comprend. Mais, ce ne serait pas convenable.

— On a quand même passé l'âge pour ce genre de considérations.

Elle le poussa doucement vers la sortie et reprit son bras. La nuit glaciale les serra l'un contre l'autre. Ils achevèrent la soirée dans un bistrot de quartier, à quelques pas de l'endroit où la voiture était garée. Cette fois, ce fut lui qui mit le sujet sur la table.

— Les ULM, qu'est-ce que ça t'inspire ?

— Je n'y comprends rien de rien. Qui étaient ces gens ? Qu'est-ce qu'ils voulaient ? Et le cadavre ? Et pourquoi sont-ils revenus l'enlever, pourquoi l'incendie de la voiture ?

— Avec ça, il y a un problème qui me tarabuste : est-ce que nous sommes arrivés au mauvais moment ou bien était-ce calculé ? Je penche pour la deuxième option parce que notre présence n'a pas semblé les inquiéter. On aurait voulu nous laisser un message qu'on ne s'y serait pas pris autrement.

— Alors quelqu'un nous suivrait, quelqu'un qui sait en temps réel ce qu'on dit, ce qu'on fait, où on va ?

— C'est une possibilité. Dans ce cas, de nous deux, il est vraisemblable que c'est moi qui ai hérité d'un mouchard.

— Pourquoi pas moi ?

— Parce que jusqu'à mon arrivée, il ne s'est jamais rien produit aux Mercuriales. Ma présence a dû être l'élément déclencheur. Ce qui pose la question suivante : qui ? Qui dans mon entourage est assez proche de moi pour me coller un traceur aux fesses ?

— Tu as une idée ?

— Procédons par élimination. Ce n'est pas François de Rivalmonte. On peut l'écarter. Les incidents avec les ULM sont postérieurs à son décès.

Manon sursauta.

— Les incidents ? Mais il n'y a eu qu'un… Mon Dieu ! Ça a recommencé ? Quand ?

— Cet après-midi, quand je faisais mes relevés topos.

— Et c'est maintenant que tu m'en parles !

— Je ne voulais pas gâcher notre sortie.

Il relata l'épisode et la mise en garde tout en en minimisant l'impact.

— Reprenons la liste, enchaîna-t-il. Qui ai-je côtoyé depuis mon arrivée ? Christine. Avec son boulot et la mort de son père, elle a d'autres chats à fouetter que de s'occuper de ce que je fais aux Mercuriales. D'ailleurs, elle est persuadée que j'effectue des recherches sur l'histoire de la Commanderie.

— À ne pas éliminer jusqu'à preuve du contraire.

— À ne pas éliminer, d'accord. Il nous reste Maxime, le vieux serviteur de la famille. Au bas mot, il doit frôler les quatre-vingts ans. Ce qui, sans le dédouaner, relève de l'improbable.

— Il y a aussi mon nouvel associé, Armand Thibaudeau.

— Rafraîchis-moi la mémoire.

Elle exposa les conditions dans lesquelles le métayer l'avait rejointe. L'homme méritait que l'on gardât un œil vigilant lui.

— On n'a pas fait le tour de tout le monde, ajouta-t-elle.

— À qui penses-tu ?

— On devrait ajouter de Puygirard à la liste.

La remarque était pertinente.

— Notre rencontre de toute à l'heure n'est peut-être pas si fortuite que ça. Sans parler du fait que Cariotti l'accompagnait. Tu as trouvé ça normal qu'il me fasse signe de ne pas le reconnaître et qu'il te salue comme si vous faisiez connaissance ?

Guillaume baissa la voix.

— Deux de plus sur notre liste. Je crois qu'on n'a oublié personne. Première chose : nous devons vérifier l'existence ou non du mouchard. J'ai un pote à Reims qui pourra contrôler nos ordinateurs et nos portables. Ça ne lui prendra pas longtemps.

Il poursuivit sur le même le ton.

— J'ai autre chose pour toi. Quand j'étais près de l'homme au tatouage, j'ai récupéré un bout de papier dans sa main. Je veux bien te le montrer, mais promets-moi de ne pas hurler. Il est taché de sang.

Elle mit sa main devant sa bouche, horrifiée.

— « *All. Men.* — *L'ép.* — *Cassegrain* — *méf. Angus* ». Est-ce que cela te dit quelque chose ?

Elle relut le document sans y toucher.

— Les trois premiers mots semblent être en anglais et se traduiraient donc par « tous les hommes ». La suite est moins claire.

— Je pense que tu fais erreur. Ça ne peut pas être « tous les hommes ». Les deux mots « *All.* » et « *Men.* » commencent par une majuscule et se terminent par un point.

— L'abréviation d'un nom propre, un lieu peut-être ?

— Autre détail : notre victime avait un tatouage à la base du cou. J'ai reconnu immédiatement le blason des Vendéens royalistes. De plus, il m'a dit ça avant de mourir : « *l'Épine, vendez* ». Mais je ne vois ni pourquoi ni à qui il faudrait vendre l'Épine.

Manon répéta plusieurs fois les mots.

— Ah mais, phonétiquement ça donne tout autre chose ! s'exclama-t-elle soudain.

Elle fouilla dans son sac à la recherche de quoi écrire. Elle gribouilla quelques mots sur une feuille qu'elle tendit à Guillaume. « *Ne parle pas.* » Elle reprit le papier, y ajouta quelque chose et l'enfouit dans une poche de son manteau. Elle se leva et jeta un billet sur le comptoir. Sans attendre la monnaie, tirant le jeune homme par la manche, elle gagna la voiture. Guillaume, intrigué par le brusque revirement se tourna vers elle.

— Tu peux me dire… ?

Elle se contenta d'un énigmatique :

— Dix minutes. Donne-moi dix minutes.

Un pli soucieux barrait son front. À l'Épine, elle se gara sur le bas-côté, les phares braqués sur le panneau d'entrée. Il contempla le panneau avec ahurissement.

L'ÉPINE
Commune jumelée
avec L'ÉPINE (Vendée)

30

L'Épine.

Manon le déposa devant le Clos du Temple. Encore sous le choc, il fit un crochet par la loge du gardien de nuit. Aucune facture ne l'y attendait. Il accueillit avec soulagement le fait que Christine ne l'ait pas pris au mot. Il y vit le signe que la jeune femme acceptait peut-être de passer l'éponge sur sa muflerie. Dans sa chambre, il déposa sur le lit le bout de papier griffonné par Manon ainsi que le message ensanglanté du tatoué avant de se glisser dans une tenue plus décontractée. Malgré l'heure tardive, il se dirigea vers l'appartement de Christine pour s'excuser.

— Christine ?

Derrière la porte, il perçut des murmures. Il appela de nouveau, un peu plus fort.

— Je sais que tu es là. Tu m'ouvres ?

Aucune réaction. Peut-être boudait-elle ? La mort dans l'âme à l'idée qu'elle refusât de lui ouvrir, il hésitait entre reporter l'explication à plus tard et forcer un peu les événements. Il avança jusqu'au piano. Il fit une nouvelle tentative.

— On peut parler au moins ?

Seul le son de la télé lui fit écho. Il passa la tête dans l'entrebâillement de la porte communiquant avec la chambre. Il poussa jusqu'à la kitchenette. Personne ! Songeur, il rebroussa chemin avec l'idée de revenir à la charge aux premières heures le lendemain.

Alors qu'il s'asseyait sur le lit, son sang ne fit qu'un tour. Les deux feuilles, celle de Manon et le billet ensanglanté, avaient disparu. Il se revoyait les poser sur la couverture puis y jeter un coup d'œil avant de fermer la porte à clef. Elles n'étaient pas tombées ; par acquit de conscience, il refit le tour de ses poches. Désemparé, il s'installa à la table bureau. Il écarquilla les yeux.

Face à lui, scotchée sur son ordinateur, une feuille de papier le narguait. Dans sa précipitation à rejoindre Christine, il était passé à côté. Il déchiffra les mots dactylographiés : « *Nous tenons toujours parole. Quelqu'un devait en faire les frais* ». La dernière ligne ne laissait aucun doute sur le sens du message : 48.980 N / 4°51 E. Les coordonnées de la casemate, à la sortie du souterrain, coordonnées qu'il avait relevées avant la dernière attaque des ULM !

Christine avait été la cible des représailles annoncées. On lui disait où la trouver. Guillaume comprit le message : « *on peut t'atteindre n'importe où, n'importe quand, à travers n'importe qui* ». Mais Christine était-elle en danger ? Blessée ? Pire peut-être… Le cœur dévasté, il composa le numéro des Mercuriales, avec l'espoir d'y atteindre Manon avant qu'elle ne fût couchée.

— Manon ! J'ai besoin de toi. Non, pas au téléphone. Rapplique. Dans cinq minutes devant la basilique.

Nerveux comme jamais, il trépignait dans l'air glacé. Lorsqu'elle arriva, il ouvrit la portière à la volée sans lui laisser le temps d'immobiliser son véhicule.

— Demi-tour. Fonce !

— Tu vas m'expliquer ?

— Pas le temps, tourne à gauche.

— Mais c'est vers le Domaine ! Ne me dis pas…

— À droite maintenant.

Elle n'eut pas besoin d'explication.

— Le souterrain, c'est ça ?

— Stop !

Il n'attendit pas l'arrêt complet pour jaillir de la voiture. Traversant le chemin, il courut jusqu'au tertre dont l'ombre se détachait sur fond de lune. Il disparut dans l'abri.

— Christine ! Christine ! Tu m'entends ? Oh, Bon Dieu ! Manon, vite !

Lorsque Manon pénétra à son tour, il était assis à terre, une forme enserrée dans ses bras.

— Est-ce qu'elle… ?

Elle n'osa préciser sa pensée.

— Je crois qu'elle est simplement droguée… ou endormie. Elle est en légère hypothermie… ça devrait aller. Aide-moi à la porter à la voiture, on file chez toi.

Bien qu'elle détestât cette idée, Manon n'opposa aucune objection. Avant de reprendre le volant, elle saisit les mains de Christine pour essayer, tant bien que mal, de les réchauffer.

À la Commanderie, ils l'étendirent sur le canapé du séjour, près du foyer. Guillaume la couvrit d'une couverture de laine piquée et lui tapota les joues. Assise près d'elle, Manon frictionna ses membres avec douceur pour ramener sa température à un niveau acceptable.

Ils envisagèrent d'appeler le docteur Garmelin. Jugeant que l'état de santé de Christine n'était pas alarmant, Guillaume se ravisa, préférant attendre qu'elle reprenne ses esprits. Il profita de ce répit pour relater les derniers développements à Manon. L'enlèvement de Christine, l'intrusion dans sa chambre, le vol des deux papiers, tout indiquait que quelqu'un se tenait dans leur ombre.

Guillaume, la tête entre les mains, réfléchit longuement. Il se remémora le message du tatoué. Grâce à Manon, il lui sembla avoir accompli le premier vrai grand pas.

— L'Épine en Vendée, le patelin jumelé avec notre L'Épine ! Et non « *l'Épine, vendez* »… Chapeau !

— C'est grâce au tatouage de la victime.

— Et à ce qu'il m'a dit avant de mourir. J'aurais dû t'en parler plus tôt.

— Sans doute, mais est-ce que ça va te servir ?

— J'espère bien ! L'Épine, la Vendée, deux noms qui donnent à cette histoire un éclairage nouveau. Reste à découvrir ce qui peut bien relier les Templiers à ce département. Et à comprendre ce que vient y faire notre tatoué. Ensuite, il faudra qu'on décode son message. À qui est-il adressé, de quoi parle-t-il ?

Manon arrangea un coussin sous la nuque de sa cousine. Elle repéra le frémissement des paupières. Puis essuya quelques gouttes de sueur qui perlaient sur son front. Christine reprenait des couleurs ; des frissons désormais réguliers animaient son corps. Elle se redressa avec d'infinies précautions. L'incompréhension vira à la contrariété à la vue de Manon. Guillaume sentit monter la tension.

— Christine, comment tu te sens ? fit-il.

Même si elle ne présentait ni traumatisme ni traces de mauvais traitement, l'impact émotionnel ne devait pas être négligé. Christine examina l'endroit.

— Qu'est-ce que je fais là… avec *elle* ?

Manon s'esquiva vers la cuisine pour en ressortir avec une cafetière chaude et quelques gâteaux secs. Guillaume la remercia d'un regard reconnaissant.

— Avant de t'expliquer ce que tu fais ici, dis-nous d'abord de quoi tu te souviens.

Christine tendit la main vers la tasse que Manon lui proposait. Elle suspendit son geste, prise d'une idée soudaine.

— Où est mon blouson ?

— Sur tes pieds, fit sa cousine en le lui remontant au niveau du buste.

— Merci.

C'était déjà ça, leur premier échange direct. L'héritière du Clos du Temple fouilla les poches du vêtement avant d'en extraire une enveloppe. Elle s'adressa à Guillaume.

— Cela fait partie des choses dont tu me demandes de me souvenir. Je l'ai vu la mettre dans mon blouson. Il m'a même dit que c'était pour toi.

— Qui ça, il ?

Guillaume se ravisa.

— Et puis, non ! Une chose après l'autre. Voyons plutôt ça.

« *Cessez immédiatement vos investigations. Sang et larmes pour ceux qui réveillent les démons du passé. À bon entendeur…* » Il avait lu à haute voix. La confusion se lisait sur le visage de Manon. L'effroi sur celui de Christine. D'instinct, elles se rapprochèrent du jeune homme. Il les fit s'asseoir côte à côte.

— Bon, avant de prendre une décision, revenons à ma question : de quoi te rappelles-tu ?

— En début de service, vers dix-neuf heures, dix-neuf heures trente, j'ai reçu un texto.

— De qui ?

— De toi. Tu voulais qu'on se retrouve au salon privé de papa. J'ai pensé que ton rendez-vous chez *elle* avait été annulé.

Le sous-entendu visait Manon. Ce n'était pas le moment.

— J'ai compris trop tard que tu n'étais pas l'auteur du message. Je ne sais pas comment il a fait, toujours est-il que mon ravisseur m'attendait au salon. Je ne l'avais jamais vu. Il était armé. Même pas eu le temps de lui demander quoi que ce soit. Il m'a immédiatement planté une seringue dans le bras. Je n'ai que trois souvenirs à peu près clairs. Premièrement, il m'a dit qu'il m'avait injecté un produit indolore et sans danger. Juste de quoi me paralyser, sans que je perde conscience.

— Je connais ça. Un paralysant neuromusculaire. Continue.

— Ensuite, il y a eu cette enveloppe. Je l'entends encore prononcer ton nom avant de la glisser dans ma poche. Je me rappelle aussi qu'il a téléphoné à un complice. Il est arrivé aussitôt et ils m'ont portée jusqu'à une voiture garée dans notre cour.

— Autre chose ?

— C'est vague. Je ne voyais rien parce qu'il faisait déjà nuit et les vitres de la voiture étaient teintées. Et puis je commençais à être dans le coton, poursuivit Christine. C'est vraiment tout ce qui me revient. Je n'ai refait surface qu'ici. Tu crois que cela va te servir ?

— C'est maigre. Sur ton assaillant ou son comparse, pas le plus petit indice ? La voix par exemple ?

— Le premier, celui qui m'attendait au salon, murmurait plus qu'il ne parlait. Pendant le trajet il a continué à voix basse. L'autre, je l'ai à peine vu et je ne l'ai pas entendu parler.

— Une idée de la taille de l'homme à la seringue ?

— Difficile à dire. Un mètre soixante-dix, peut-être un peu plus.

— La corpulence ?

— Je ne sais pas.

En la pressant de la sorte, Guillaume escomptait bien éveiller en elle le souvenir d'un élément insolite, une anomalie comportementale, un parfum, une démarche particulière…

— Un tic ?

— Pas remarqué.

Guillaume se mordit les lèvres. Impensable de continuer à naviguer dans ce flou sans mettre une image sur celui ou ceux qui manipulaient les événements. Ses pensées se télescopaient, vertigineuses et désordonnées. Il était à l'affût du détail qui apporterait une cohérence à cette cascade d'incidents.

— Une bague, une boucle d'oreille, un bijou caractéristique ?

— Non plus. C'est désespérant.

Christine regarda longuement ses deux compagnons. Elle poussa un soupir fataliste puis se rallongea sur le divan.

31

L'Épine - Le Clos du Temple

Les obsèques de François de Rivalmonte avaient eu lieu le lundi à Courtisols en présence d'un aréopage impressionnant de personnalités. Sur l'insistance de Guillaume, Christine avait fini par accepter la présence de Manon. Au moment des condo-léances, elle avait serré sa cousine dans ses bras.

Le lendemain, elle plongeait à corps perdu dans le travail. Elle avait trouvé le courage de dévoiler à ses équipes sa filia-tion. Passés les premiers instants d'étonnement, chacun avait repris le collier, soulagé de conserver son emploi. Tout en re-prenant sa place dans l'équipe de matinée, Christine avait déci-dé de consacrer chaque seconde partie de journée à la gestion de l'établissement.

De son côté, Guillaume s'était partagé entre le Clos du Temple et les Mercuriales. Chaque soir, Christine et lui dînaient au salon privé, sous le regard compréhensif de Maxime. Ils se lançaient alors dans des discussions interminables. Quand la fatigue avait raison d'eux, Christine regagnait son appartement. Conscient qu'elle n'avait pas totalement absorbé le double choc du deuil et de l'enlèvement, soucieux de ne pas la brusquer, Guillaume se calquait sur son rythme.

***

Mercredi 16 novembre
L'Épine - Les Mercuriales

Guillaume trouva Manon absorbée dans la lecture du car-net d'Hugo. Elle le lui tendit. Croquis, plans, photographies, extraits ou photocopies de documents y étaient insérés au fil des pages.

— Je me disais que depuis ton arrivée on avait négligé ça. Dieu sait pourtant combien d'heures d'investigations ça représente. La quête de grand-père sur les Templiers se résume à ça et au contenu de son coffre.

Guillaume se mordit les lèvres.

— Mon Dieu ! La pièce souterraine, je n'y pensais plus. Nous devrions y faire un saut.

Au refuge d'Hugo, Manon ouvrit le coffre de sapin. Il était aménagé avec soin : un compartiment pour les dossiers et les chemises, un autre pour les calepins, un autre pour les photos. Tout y était étiqueté, daté, répertorié.

— Il y en a pour des journées de lecture ! Accorde-moi une petite heure, tu veux bien ? Là, j'ai l'impression que ça part dans tous les sens. Et j'ai l'intention de dégager une ligne directrice avant de m'y coller.

***

Elle le retrouva dans sa posture préférée, assis à même le sol, les jambes enserrées dans ses bras, les yeux fixés au plafond.

— En voilà une manière de s'activer !

— En voilà une façon d'interrompre une méditation !

— Hou là ! Ce n'est pas le bon moment…

— Désolé.

— Quel est le problème ?

— Le syndrome du cruciverbiste.

— Explique.

— Quand tu bloques trop longtemps sur un mot croisé, le mieux c'est de faire un break. Ça permet à la matière grise de recharger ses accus. Tu vois, à focaliser sur le parchemin et les souterrains, j'ai perdu le fil conducteur.

— Tente une approche différente.

— Tu en as une sous la main ?

— Peut-être bien. On a le message du tatoué ou encore le jumelage entre les deux communes de l'Épine, la Marnaise et la Vendéenne.

— Qu'est-ce que ça t'inspire ?

— J'ai déjà lu une théorie selon laquelle les Templiers, pour soustraire leur trésor à Philippe le Bel, l'auraient évacué dans l'Ouest de la France. La Vendée pourrait être une piste…

— Je connais ça aussi. On parle de douze chariots chargés d'or partis la veille de leur arrestation. Ils auraient fait halte à l'Épinay. L'Épinay… se pourrait-il que ce soit l'ancienne appellation de l'Épine ?

— Ou que tu aies mal interprété les mots de notre moribond…

— Possible, sa voix était faible. N'empêche, le village appartient à l'île de Noirmoutier, précisément en Vendée. Comme par hasard, elle dépend d'un territoire nommé Pays de Retz.

— Pourquoi par hasard ?

— Gille de Rais était le seigneur de Retz. Une coïncidence de plus.

— Mais très anachronique.

Guillaume sauta sur ses pieds.

— D'accord, il y a plus de cent ans d'écart entre la fuite des Templiers et l'existence de Gilles de Rais. Ce que je veux dire c'est que le seigneur de Retz était démesurément riche. Qui dit qu'il n'a pas mis, à un siècle de distance, la main sur le contenu des chariots ? Après tout il a été Grand Maître du Temple. Et l'Épinay ou l'Épine sont des noms prédestinés.

— Comment cela ?

— Chaque village de France portant ce nom possède à proximité une commanderie. Coïncidence encore ?

— C'est un peu tiré par les cheveux.

— Faute de grives…

**

32

De retour au Clos du Temple, Guillaume mit à jour ses notes puis attendit l'appel de Christine pour le dîner. À vingt heures, elle ne s'était pas manifestée. Son portable était sur répondeur. Il lui adressa des textos. En vain. À vingt heures quinze, il sollicita Maxime.

— Mademoiselle de Rivalmonte est partie à Châlons, lui apprit celui-ci.

— Elle rentre pour manger ? Elle vous a demandé d'annuler le repas ?

— Mademoiselle ne m'a pas donné d'ordres en ce sens.

— Je vais donc l'attendre. J'ai encore une bonne heure devant moi. Dites, Maxime, ça ne lui ressemble pas d'être en retard. Encore moins de ne pas prévenir.

— Monsieur connaît bien mademoiselle.

— C'est que ce retard et ce silence m'inquiètent un peu. Mademoiselle de Rivalmonte n'a rien dit ou fait de particulier avant de partir ?

— Si je puis me permettre, mademoiselle n'a pas l'habitude de me mettre dans la confidence.

***

À vingt et une heures, après un nouvel échec pour contacter Christine, il appela Manon. Il lui annonça qu'il partait à Châlons à sa recherche.

— C'est stupide, elle va finir par rentrer.

— Aucun signe de vie, ce n'est pas normal.

— Peut-être que son portable n'a plus de batterie.

— Non, non. Elle aurait trouvé un moyen de me prévenir

— Mais elle n'a pas de comptes à te rendre.

— Ce n'est pas ce que je dis. Ce que je dis, c'est qu'elle n'est pas du genre à se décommander sans m'avertir.

— Châlons c'est grand, tu ne la trouveras pas.

— J'ai mon idée.

— Je t'accompagne.

— Oh que non !

— Oh que si !

— J'aimerais bien voir ça.

— Obligé. Tu n'as pas de voiture et il n'y a plus de bus.

***

Sur le trajet, les deux jeunes gens discutèrent de la meilleure façon d'entamer leur recherche.

— Savais-tu que Christine appartenait à un mouvement gothique ? fit Guillaume.

— Ce petit bout de femme, une gothique ? Et tu penses qu'elle a rejoint sa communauté ? C'est plutôt mince.

— Ce que je sais c'est que ses membres sont de Châlons. Mais où les trouver ?

— J'ai peut-être une idée.

Derrière l'hôtel de ville, une place en particulier attire la convoitise des ombres de la nuit. Ouverte à toutes les aubaines et à tous les trafics, la Place du marché aux fleurs autorise chaque nuit toute forme de turpitudes. C'est à proximité de cet endroit peu reluisant que Manon décida de garer sa voiture. Avec l'idée préconçue que s'il était un lieu de rendez-vous où pouvaient se réunir des marginaux — à ses yeux, les membres d'une communauté gothique en faisaient partie — c'était bien là.

Faute de point de départ, Guillaume ne fit aucune objection. Un rapide tour de l'endroit les ramena à la réalité. Nullement désappointée par ce premier coup d'arrêt, Manon proposa une autre approche.

— On devrait trouver quelque chose sur le Net. Allons dans un cybercafé.

Son idée était simple : taper dans un moteur de recherche la requête « mouvement gothique + Châlons-en-Champagne » ou une formule approchant. En évitant tout ce qui faisait référence à l'architecture ou à l'art gothique. Désespérés, ils découvrirent des dizaines de pages traitant du sujet. Elle suggéra un nouvel angle d'attaque. Les forums et les « chats » communautaires. Là encore, la tâche se révéla complexe. La plupart du temps, il fallait être parrainé pour accéder aux forums ou aux salons de « chat ». Quand une simple inscription suffisait, ils n'étaient pas au bout de leur peine. Quand bien même Christine eût fréquenté ces lieux d'échanges virtuels, ils ne connaissaient ni son pseudo ni son login, encore moins la communauté gothique qu'elle fréquentait.

À minuit moins le quart, la mort dans l'âme, ils capitulè-
rent.

— Il doit bien y avoir un moyen ! On ne disparaît pas
comme ça !

***

Vers une heure du matin, après une halte prolongée dans
un bar de nuit, ils regagnèrent la voiture. Au moment où Manon introduisait la clé dans le contact, un poing martela sa vitre.
Elle poussa un cri de frayeur. Guillaume évalua la situation.

— Entrouvre la vitre. C'est juste un clochard. Il n'a pas l'air
agressif.

— M'sieur, dame, on a besoin de votre aide. C'est rapport à
une jeune. Malade… ou camée. On la connaît pas trop par chez
nous. A dû atterrir ici y'a quoi… ?

Le clochard se retourna.

— Ho, la Pouilleuse. Ça fait combien d'temps qu'elle crèche
dans la rue la p'tite ?

Dans la lumière des phares, une forme se détacha.

— Quelle importance ? Il y a urgence, Monsieur. Malade,
blessée, ivre ou droguée, il faut absolument faire quelque chose.

— Où est-elle ?

— À quelques pas, de l'autre côté de la mairie. Elle est très
mal en point.

Guillaume tendit son portable à Manon.

— Appelle les secours. Verrouille quand même les por-
tières.

Elle sortit une bombe lacrymogène de son sac puis composa
le numéro d'urgence. Il leva un pouce vers le plafond en guise
d'approbation. Il observa les deux compagnons de galère.
L'homme paraissait fatigué, sans âge, crasseux et en médiocre
condition physique. Il éprouvait quelques difficultés à suivre le
rythme de sa comparse. Celle-ci donnait au contraire une tout
autre impression. Sale bien sûr, mais dotée d'un dynamisme
étonnant. D'âge moyen — trente, trente-cinq ans — elle exprimait une vitalité peu commune. Guillaume avait été étonné par
son élocution.

Manon en relative sécurité, les secours sur le point d'être alertés, le mendiant malingre distancé, il ne craignait pas de mauvaise surprise. La clocharde s'agenouilla près d'une forme.

— C'est là, fit-elle. Mon Dieu, je crois que c'est trop tard.

La victime sortait à peine de l'adolescence. Guillaume croisa le regard larmoyant de la mendiante.

— On venait juste de la trouver. On a entendu des gémissements de derrière cette poubelle collective, alors on l'a dégagée.

Elle réalisa la portée de sa phrase.

— Mon Dieu ! On aurait mieux fait de ne pas…

— La déplacer ? Pensez-vous que cela ait de l'importance désormais ?

Guillaume entreprit de sonder les environs immédiats du vide-ordures public. Il ne mit pas longtemps à trouver l'explication du drame. Il étouffa un juron en ramassant la seringue et le garrot.

— Regardez, cette gosse n'a pas survécu à son dernier shoot.

— C'est-y pas malheureux de voir ça !

L'autre clochard les avait rejoints, mais, comme sa compagne, se tenait à distance. En se penchant, Guillaume repéra un objet sous la poubelle. Il dut prendre sur lui pour masquer sa surprise. La danseuse classique ! La peinture au pastel aperçue dans la chambre de Christine.

— A-t-elle dit quelque chose avant que vous nous appeliez ?

— Je n'ai rien entendu, répondit la femme.

Sa voix était harmonieuse. Loin des clichés qui donnent des S.D.F. l'image d'êtres agressifs et grossiers. Les deux traîne-misère persistant à se tenir à l'écart, il put s'emparer du cadre. Au bout de la rue, des gyrophares percèrent la nuit. Manon les précédait. Guillaume l'attira à part.

— Dès qu'on en a fini avec eux, on se tire. Crois-moi ou pas, j'ai trouvé un truc en rapport avec Christine

— On ne peut pas y aller tout de suite ?

— Les flics vont vouloir m'entendre et je veux témoigner pour ces deux-là. Deux vagabonds, un cadavre, j'ose à peine imaginer les conclusions qu'ils vont en tirer. Et puis, cette femme, elle m'intéresse. J'ai comme l'intuition qu'elle n'est pas ce qu'elle prétend être.

Un peu plus loin un policier lui fit signe d'approcher.

— Attends-moi. Et si tu la vois partir, ne la perds pas de vue.

Il confirma les propos des mendiants. Autour d'eux, quelques noctambules s'arrêtaient. « *Décidément, la mort, fût-elle celle d'un pauvre hère, fascine toujours autant.* »

Manon fut entendue en tant que témoin indirect. Lorsque les deux clochards furent libérés, l'homme s'éloigna. Immobile sur le trottoir, la femme semblait hésiter. Manon démarra et se porta à sa hauteur. Guillaume l'invita à monter. Elle examina les jeunes gens, dégagea son sac d'un coup d'épaule, puis prit place à l'arrière.

Manon roula quelques centaines de mètres jusqu'à une place de parking. Guillaume détailla leur passagère à la lumière du plafonnier. Il distingua un soupçon de moquerie dans son regard. Quelque chose le chagrinait, un détail, une anomalie qu'il ne parvenait pas déterminer.

— Je sais ce qui ne va pas, dit-il finalement.. Votre visage, vos mains, vos ongles sont sales.

— Les sans-abri ne fréquentent pas les salons de beauté.

— Pourtant, vos cheveux ne sont ni en désordre ni crasseux. Vous ne sentez pas mauvais non plus.

— On a les bains publics.

— Suis-je bête ! Tout le monde sait qu'on sort cradingue de la douche.

L'argument fit mouche. Elle ne répondit pas. Guillaume insista.

— Je pourrais aussi évoquer votre manière de vous exprimer ou encore…

La passagère l'interrompit d'un geste de la main. L'index posé à la verticale sur ses lèvres était explicite.

— Passez-moi de quoi écrire, fit-elle à voix basse en se penchant vers Manon.

Manon fouilla dans son sac et lui tendit un stylo et un mini bloc-notes. Elle y griffonna quelques mots puis plaça le calepin sous la lumière du plafonnier. « *Retirez votre médaille le plus délicatement possible et donnez-la-moi.* »

— Ah ça ! Mais… ?

Un froncement de sourcils lui rappela l'impératif de silence. Elle posa la médaille sur la paume de sa main et leur montra la croix rouge incrustée au dos de celle-ci. Elle reprit le bloc-notes. « *Une épingle, un couteau, un objet pointu.* » Guillaume tendit son canif de poche. Elle glissa la pointe de la lame sur un bord de la croix et pesa. Celle-ci se déclipsa, libérant un minuscule logement ; à l'intérieur, elle désigna un composant électronique. Elle arracha le mini circuit intégré et le jeta par la vitre sous les regards stupéfaits de ses hôtes.

— Comme ça on est débarrassés.

— Un émetteur ! s'exclama Guillaume. Au moins, cela nous renseigne sur la façon dont nous étions pistés. Comment saviez-vous ?

— Mais je n'en savais rien avant ce soir. On m'a informée, c'est tout.

— Qui ça, on ?

Portant la main à son oreille gauche, la passagère en retira un écouteur, sous les yeux ébahis de ses compagnons. Manon revint à la charge.

— Qui vous parle dans cette oreillette ?

— Ne me le demandez pas. Ceux qui m'envoient ont découvert que votre médaille avait été trafiquée ; ils ont décidé d'intercepter les informations à leur profit. Le truc dans votre médaille servait à la fois de GPS et de micro.

— OK, on était à la fois écoutés et géolocalisés. Savez-vous qui a placé ce gadget dans la médaille de Manon ? À part son grand-père et moi, personne ne l'a approchée.

Manon écarquilla soudain les yeux.

— Pierre Cariotti ! Mais comment aurait-il pu me coller ce machin ? Peut-être quand je me suis endormie chez lui ?

— Non, pensez à un autre ami de votre grand-père.

Manon ouvrit grand la bouche.

— Le professeur de Puygirard ! Ah, je comprends mieux. Le coup du collier cassé, la réparation à ses frais.

Elle relata l'incident de la brasserie de l'Apostrophe à Reims.

— Guillaume, rappelle-toi, tu disais que les ennuis ont commencé dès ton arrivée aux Mercuriales.

— Ce jour-là, je t'ai rapporté ta médaille de la part du professeur.

Manon se tourna vers la clocharde.

— J'y pense, les autres vont être au courant pour le mouchard.

— C'est le but recherché. Sa perte va les forcer à sortir du bois.

— Pas sûr. Ils auront toujours un doute. Est-ce que l'émetteur a été découvert, est-il tombé en rade, est-ce que j'ai perdu mon collier ? D'ailleurs, je ne saisis pas bien l'intérêt du professeur de Puygirard. Les infos, il les avait par grand-père puis par Guillaume.

— En piratant ton collier, il prenait un temps d'avance sur tout le monde, intervint Guillaume.

Manon jeta un regard vers leur passagère.

— Donc, vous n'êtes pas clocharde… Et les policiers eux, ils n'ont rien vu ?

— Vous êtes observatrice, Mademoiselle de Pahans. Presque autant que monsieur Montalbach.

Elle éclata d'un rire franc, satisfaite de la double bombe qu'elle venait de lâcher. Rompu aux coups de théâtre, Guillaume lui sourit en retour, histoire de montrer qu'il n'était pas impressionné.

— Pourriez-vous me dire d'où vous connaissez notre identité ?

— Allons, Monsieur Montalbach, donnez-moi un aperçu de vos talents. Par exemple en répondant vous-même à votre propre question…

— Ma foi… journaliste… ou flic, je ne vois que ça. Plutôt flic. Vous devez être des leurs, sinon comment expliquer qu'ils ne vous ont pas embarqués vous et votre pote au commissariat ? C'est bien ça, vous avez eu l'info sur nous par vos collègues ?

— Perdu.

Elle lui tendit un carton. Il examina le document.

— Allyx Menils. Quelle surprise ! Manon, tu sais qui nous avons invité à monter ?

— Non. Qui êtes-vous, Allyx Menils ?

— Je suis journaliste au journal l'Union-l'Ardennais.

— Un reporter travesti en clochard ! Je veux bien me pendre si vous n'êtes pas sur une enquête. Mais ça ne satisfait pas ma curiosité. Comment nous connaissez-vous et que nous voulez-vous ?

— Une connaissance commune… m'a chargée de vous conduire jusqu'à elle.

— Vous m'intriguez, Madame Menils, s'exclama Guillaume. De qui parlez-vous ?

— Pas madame, mademoiselle. Allyx, si cela peut simplifier nos rapports. Pour vous répondre, je vois qu'un pan important de la vie de Christine de Rivalmonte vous est inconnu.

Le cri jaillit simultanément des lèvres des jeunes gens.

— Christine !

Manon laissa exploser son soulagement.

— Où est-elle ? Est-ce qu'elle va bien ?

— Christine se porte à merveille. Elle vous attend, mais je dois vous prévenir, ce que vous allez apprendre d'elle risque d'être violent, surtout pour vous Manon.

Allyx marqua une pause.

— Bon, il est un bientôt deux heures. Deux heures de route ne vous effraient pas ?

Guillaume retrouva enfin sa voix.

— Si c'est pour nous dire ce que vous nous voulez et comment vous saviez qu'on serait ici, juste à l'endroit où nous nous sommes garés ce soir, je suis partant.

— Un nom pour commencer, un mot qui devrait vous apporter un début de réponse : les Templiers.

Un silence pesant plomba l'habitacle.

Allyx Menils venait de marquer un point.

***

33

— Tout d'abord, avez-vous récupéré le pastel ? fit Allyx à l'adresse de Guillaume.

— Vous saviez qu'il se trouvait là ?

— C'est moi qui l'y ai placé.

— C'est quoi cette histoire de pastel ? Je suis larguée, se plaignit Manon.

— Cette peinture provient de la chambre de Christine. C'est elle qui me l'a confiée pour m'identifier auprès de Guillaume.

— Qu'avez-vous à voir avec elle ?

— Je devais vous attendre près de votre voiture et vous convaincre de m'accompagner auprès d'elle. C'est ce que je fai-

sais quand mon collègue m'a alertée au sujet de la jeune droguée.

— Le prétexte idéal pour entrer en contact avec nous.

— Un hasard malheureux, je vous assure. Dix secondes
pour glisser le cadre sous la poubelle, trente de plus pour vous
rejoindre. Encore trente pour vous guider jusqu'à la victime.
Restait à vous diriger vers le bon endroit.

— Vous auriez pu le garder sur vous.

— Pas commode de se promener avec.

— J'ai du mal à comprendre pourquoi la police ne vous a
pas plus ennuyée.

— Je me suis fait connaître tout de suite. Je leur ai expliqué
mon infiltration chez les S. D.F. pour les besoins d'un reportage.
Pour ne pas me griller, ils ont joué le jeu.

— Parce que votre enquête ce n'est pas du flan ?

— Elle est tout ce qu'il y a de plus réel.

— Et donc, le rapport avec Christine ?

— Elle et moi nous nous connaissons depuis près de trois
ans. Ça remonte à un séminaire de ma rédaction au Clos du
Temple. C'est par hasard que j'ai découvert son goût pour le
mouvement gothique. J'ai moi aussi fréquenté ce milieu. Cela
nous a rapprochées.

— Mais Manon et moi, dites-nous ce qu'on vient faire là-
dedans.

— Ceux qui m'envoient suivaient Hugo de Pahans depuis
longtemps. Ils prennent ses recherches très au sérieux. Ils ont
collé un *spy*, un espion dans son ordinateur. Les choses se sont
compliquées avec son décès. En piratant ensuite l'ordi. de Manon, ils ont constaté qu'elle n'y avait rien enregistré.

— C'est juste. Grand-père insistait pour qu'on utilise mon
PC comme sauvegarde, mais je n'ai jamais pris le temps de le
faire. Depuis, on a rattrapé le coup avec Guillaume. Il me trans-
fère systématiquement ses propres données.

Guillaume tombait de haut.

— Pigé. Je suis celui par qui la connexion a été rétablie.

— C'est tout à fait ça. Et le fait que vous ayez pris pension
au Clos du Temple a facilité les choses.

— Comment cela ?

— Lorsque vous partez aux Mercuriales vous laissez votre
PC dans votre chambre. Y insérer un mouchard fut un jeu
d'enfant.

L'obscurité évita à Guillaume de laisser paraître son embarras. Il changea de sujet.

— Les Templiers… Pourquoi cet intérêt, pour le compte de qui ?

— Certaines révélations ne m'appartiennent pas. Vous entendrez tout cela de la bouche de Christine.

Les propos d'Allyx Menils soulevaient des questions perturbantes.

— Un peu moins de deux heures de trajet, dites-vous ? Ça tombe bien, je n'ai pas du tout sommeil

***

34

Valdenoy — Villa des Breuils

Ils pressèrent Allyx de questions. Elle s'amusait de leur impatience, les renvoyant aux prochaines retrouvailles avec Christine.

— On va où comme ça ? s'impatienta Guillaume.

— Eh bien, là encore, je ne vais pas pouvoir répondre.

— Quel est le prétexte cette fois ?

— Eh bien, tout simplement qu'on est arrivés chez notre hôte.

— Où sommes-nous ?

— Au hameau de Valdenoy, du côté de Villers-Cotterêts.

La voiture garée, ils découvrirent derrière le portail de métal plein un parc aux allées balisées de lucioles et aux fontaines chuchotant leurs jeux d'eau. Au bout du parc une vaste demeure s'éclaira. Manon ne tenait plus en place.

— C'est quoi ? Un manoir, un castel ?

— Une réplique des villas romaines comme il en existait en Vénétie au XVIème siècle. Ah ! Voici notre amie.

— Christine habite ici ? C'est quand même pas à elle tout ça !

— C'est bien pour cela que j'ai parlé d'un hôte, pas d'une hôtesse.

Christine leur sourit. Manon la serra contre elle. Guillaume se contenta de hocher la tête.

— Entrez, je vous ai préparé du café. Je suppose que vous avez hâte d'en savoir plus. À moins que la fatigue…

— Tu veux rire ! Regarde-les, ils ont l'air de vouloir filer au lit ?

Le rire un peu rauque d'Allyx résonna dans la demeure. Elle fit un quart de tour en direction d'une porte qui venait de grincer.

— Hé ! Bonsoir ! lança-t-elle d'un ton enjoué. Mes amis, voici notre hôte. Pierre, puis-je vous présenter… Manon, ça ne va pas ?

Guillaume eut juste le temps d'empêcher la jeune femme de chuter. Le nouvel arrivant se précipita.

— Mon Dieu, je suis tellement confus, s'excusa-t-il en s'agenouillant près d'elle.

Guillaume le reconnut.

— Monsieur Cariotti, gardez vos regrets pour plus tard. Aidez-moi plutôt à l'allonger sur ce canapé. Et vous, Allyx, allez chercher un verre d'eau.

Manon ouvrit enfin les yeux et sursauta à la vision du visage penché sur elle. Elle chercha Guillaume du regard. D'un signe discret, il la rassura. Il se tourna vers ses hôtes.

— Vous avez intérêt à avoir une bonne explication.

La réponse vint de Christine.

— Pierre et moi avons toutes les raisons du monde d'être ici…

— Pierre ? Tiens donc !

— Pierre est à la fois le propriétaire de cette maison et… mon oncle. Ma mère, née Cariotti, est sa sœur.

La révélation laissa les deux jeunes gens pantois. Dans son coin, Allyx s'amusait de l'effet produit. Pierre Cariotti se fit rassurant.

— Si je peux me permettre à présent. Bienvenue chez moi, et encore une fois, veuillez accepter mes excuses, mademoiselle de Pahans. Je suis seul responsable. Christine et mademoiselle Menils ne faisaient qu'obéir à mes directives.

Manon se redressa sur le canapé.

— Vos directives ! Qui êtes-vous pour parler ainsi ?

— Votre allié, n'en doutez pas.

— Et vous allez nous expliquer qu'il n'y a pas de manigances de votre part et …

Elle s'interrompit. D'une pièce voisine, une horloge venait de sonner. Le carillon annonçait quatre heures du matin. L'index sur les lèvres, elle intima à tous de faire silence. L'horloge égrena de nouveau ses quatre coups.

— Je la reconnais ! Je ne me trompe pas n'est-ce pas ?

— Aucun risque, mademoiselle. Il s'agit bien de la même.

L'incompréhension marquait les visages de Christine et Allyx. Guillaume avait, lui aussi, l'impression d'être exclu.

— Si quelqu'un avait la gentillesse de m'expliquer, intervint-il.

— En entendant l'horloge, tu as sans doute remarqué quelque chose de particulier, répondit Manon.

— Elle a un timbre assez pourri.

— C'est à cette particularité que je l'ai reconnue. Je l'ai entendue quelque part ailleurs, et ce quelque part, c'est au château d'Audreville.

— En même temps, elle ne doit pas être unique, objecta Guillaume.

— Ça m'étonnerait qu'elles aient toutes le même défaut. Chaque quart d'heure, demi-heure et heure, la note s'achève sur un vibrato harmonieux. Sauf quand l'aiguille indique quatre heures. Là, les oreilles en prennent pour leur grade.

Manon se tourna vers Cariotti.

— J'aimerais la voir.

L'ingénieur acquiesça et invita tout le monde à lui emboîter le pas.

Il désigna une pendule de cheminée. L'objet en régule, haut d'une cinquantaine de centimètres, représentait une silhouette grossière. On reconnaissait néanmoins l'archange Michel terrassant le dragon. Son écu portait en son centre le cadran de la pendule, protégé par un verre bombé. Les aiguilles de laiton doré couraient sur un fond vert foncé. En s'attachant aux détails, on distinguait à l'arrière-plan des zébrures aux formes anarchiques. L'ouvrage se révélait être une véritable horreur artistique.

— Monsieur Cariotti, je voudrais que vous la remettiez sur quatre heures, demanda Manon.

Il ouvrit le hublot et fit reculer la petite aiguille à l'emplacement requis. À la quatrième sonnerie, l'anomalie devint flagrante. La dernière note s'acheva dans un crissement de verre brisé.

— Monsieur Cariotti, ce n'est pas un hasard si cette pendule vous accompagne dans vos déplacements. Il y a forcément un sens à tout ça, poursuivit Manon.

— Les choses qu'on donne à voir ne sont pas toujours ce qu'elles paraissent être. Mais je vous en prie, veuillez poursuivre.

— Par exemple, reconnaissez que cette pendule est une monstruosité artistique.

— Accordé.

— Si ce n'est pour sa beauté, a-t-elle une valeur particulière ? Marchande peut-être ?

— Pas vraiment.

— Affective ?

— Encore moins.

— Ni belle, ni chère, ni personnelle… reste une explication.

— Je suis tout ouïe.

— Cette pendule représente quelque chose de capital pour vous… peut-être bien un secret…

— Réjouissez-vous, monsieur Montalbach, sourit Cariotti en lançant un regard à Guillaume. L'élève fait honneur au maître. Même s'il reste beaucoup de vides à combler.

— Éclairez-moi sur l'origine de cet objet, rétorqua l'assistant de Puygirard. Je me fais fort de vous dire ce qu'il a dans le ventre.

— Il vous suffit de savoir qu'il est lié à Boroldani. Mais à voir vos mines, je suggère que nous en reparlions plus tard. Pour l'heure, considérez-vous ici comme chez vous. Christine va vous conduire à vos chambres.

***

35

Vendredi 18 novembre
Valdenoy - Villa des Breuils(Aisne)

Guillaume s'éveilla, le cerveau embrumé comme au lendemain d'une cuite monumentale. Sa montre marquait huit heures vingt. Pas surprenant qu'il se sente vasouillard ! Même pas cinq heures de sommeil ! D'un coup d'œil il fit le tour de la pièce. Une quinzaine de mètres carrés, des murs lisses couleur ivoire, un mobilier sommaire. Une fenêtre sur la gauche du lit donnait sur un volet de bois peint. Le fonctionnel l'emportait sur le tape-à-l'œil. Il avisa un renfoncement, dissimulé par un mat de perroquet auquel pendait une robe de chambre. Le réduit abritait un cabinet de toilette. Il se rafraîchit le visage, arrangea sa tignasse d'un tour de main et ignora le rasoir. Après un tour d'horizon machinal, il sortit. Les dimensions réelles de la demeure lui sautèrent soudain aux yeux. Le couloir devait mesurer une trentaine de mètres. Côté gauche, il compta huit fenêtres ouvrant sur un jardin d'agrément. Côté droit, huit portes. Lui-même venait de l'avant-dernière.

— Hello, bien dormi ?

Engoncée dans une sortie de bain trop grande, affichant un sourire reposé, Allyx Menils se frictionnait les cheveux. Débarrassée de ses oripeaux et de la crasse de la veille, elle arborait une trentaine alerte, agréable à contempler. Il lui adressa un sourire enjoué.

— Bon, je vous rejoins dans un quart d'heure, lança-t-elle en faisant demi-tour. Pierre nous attend dans la même pièce qu'hier. La porte face à vous, puis vous traversez la salle aux bustes.

Le mot salle était inapproprié. Ladite salle ressemblait davantage à un vaste corridor. Les bustes étaient disposés de part et d'autre, à hauteur respectable, dans la pénombre. La fatigue aidant, pas étonnant qu'il ne les ait pas remarqués cette nuit. Quelques fenêtres à vasistas laissaient passer le jour. En les contemplant, sa gaieté s'envola subitement. Il vérifia une nouvelle fois les plaquettes qui identifiaient les personnages avant de se ruer vers la salle où l'attendaient déjà Cariotti, Christine et Manon.

— J'aimerais bien qu'on m'explique, grogna-t-il.

Christine le reprit de volée.

— Nous allons bien, je te remercie de nous le demander.

Le rappel à l'ordre avait mis l'accent sur son manque de sang-froid. Cariotti avait compris. Christine peut-être pas. Manon pas du tout.

— Manon, tu as vu ?

— Elle a vu quoi ? demanda Christine.

— La pièce d'à côté.

— La salle aux bustes ? Qu'a-t-elle de si remarquable ? Pierre ?

— C'est simple, ma chérie. Certains objets du vestibule ont bouleversé notre ami. Ces bustes qui vous ont… ému, commençons par les énumérer : Jacques de Molay, Gilles de Rais, Jeanne d'Arc.

Manon se tortilla sur le sofa.

— Guillaume, ces trois noms, tu me les as cités l'autre après-midi.

Il lança un regard suspicieux en direction de Cariotti.

— Grâce au mouchard, vous suiviez nos discussions, mais de là à réunir ces sculptures dans un délai aussi…

L'historien s'interrompit, assommé par ce qu'il entrevoyait.

— Bien sûr que c'est possible. Le temps, vous l'aviez…

Cariotti hocha la tête.

— …Vous l'avez lu… insista Guillaume.

L'autre s'inclina avec un sourire.

— Je ne l'ai pas encore publié.

— Je fréquente le même cercle que votre doyen.

Manon se rappela à leur souvenir en toussotant.

— C'est un essai sur lequel je planche, expliqua-t-il. À l'époque ce devait être ma thèse de doctorat. Je l'avais intitulée : *Les Templiers, de Dieu à Diable, de la foi à l'effroi*. Le sujet suscitait de telles controverses que, lorsqu'il en a vu l'ébauche, mon directeur de mémoire, le doyen de Puygirard, n'a pas validé mon projet. Mais il m'a encouragé à le poursuivre, à titre personnel. Cependant, Monsieur Cariotti, quel intérêt trouvez-vous à ces bustes ?

— Votre essai m'a enthousiasmé, votre angle d'approche est audacieux et vos hypothèses plausibles.

— Ce n'est pas l'avis de tout le monde.

— En son temps, Galilée n'avait pas non plus la faveur générale.

— Je ne suis pas Galilée.

— Je vous l'accorde. Mais, à votre façon, vous êtes un visionnaire. Mademoiselle de Pahans, savez-vous ce qui me séduit chez ce jeune homme ? C'est sa façon d'appréhender le monde en scientifique tout en l'observant avec une âme d'enfant.

— Vous esquivez ma question. Pourquoi ces bustes ?

— Je vous l'ai dit, vos hypothèses me plaisent. Chaque personnage est en connexion, acteur ou témoin, avec le secret du Temple. Ils alimentent ma réflexion. Ils sont aussi le trait d'union entre vous et moi. J'ai toujours pensé notre rencontre inévitable.

Manon coupa l'échange.

— Jacques de Molay, Gilles de Rais d'accord, mais Jeanne d'Arc ?

— D'abord, elle a fréquenté Gilles de Rais, répondit Guillaume. Ensuite, quelle révélation extraordinaire détint cette paysanne illettrée pour réussir à approcher le futur Charles VII ? Par quel prodige obtint-elle de lever une armée en vue de chasser l'anglais ? De quel mystérieux pouvoir disposa-t-elle pour qu'on la laissât mener en personne le dauphin de France au sacre de Reims ? Enfin, de quel fabuleux secret ce dernier voulut-il être l'unique détenteur, au point de ne pas lever le petit doigt pour la sauver du bûcher ?

Guillaume lança un regard à Christine et à Allyx qui les avait rejoints, avant de revenir à Cariotti. L'homme l'intriguait.

— Monsieur Cariotti, finit-il par dire, je vais sortir sur cette magnifique terrasse que j'aperçois là, le temps de savourer ma première cigarette de la journée. Que voulez-vous, à chacun son truc. Moi, avant de prendre une décision importante, j'ai besoin de m'aérer les neurones.

***

Guillaume tira sur sa cigarette. Il n'avait aucune idée de ce qu'il allait dire ni de ce qu'il fallait décider ; son prétexte de prendre l'air n'était qu'un sursis. Il arpentait la terrasse à pas lents, mimant une extrême concentration, histoire de ne pas révéler son désarroi à ceux qui, de l'intérieur, l'observaient avec impatience. Il s'imposa de descendre la volée de marches au bout la terrasse, feignant un intérêt soudain pour le décor et la perspective. S'arrachant au cadre apaisant, il se dirigea vers la porte d'entrée en soufflant sur ses doigts. Pour se rassurer, il se rappela que l'urgence lui avait toujours réussi. Il souffla à nouveau vigoureusement sur ses doigts.

Le hurlement déchira l'atmosphère.

***

Il se rua dans la salle de séjour. Allyx et Christine entouraient Manon, effondrée dans un fauteuil. La journaliste désigna le quotidien l'Union-l'Ardennais, ouvert à la rubrique régionale. C'était une édition en date du mardi précédent. Un titre et une photographie le renseignèrent.

CHÂLONS-EN-CHAMPAGNE
Meurtre d'un notaire

Suivait un long article. L'avoué, dont l'étude occupait l'aile nord de son hôtel particulier, avait été découvert sans vie par sa secrétaire, la veille à neuf heures du matin. Selon le légiste, le meurtre pouvait remonter au samedi précédent, en soirée ou au cours de la nuit. Le notaire gisait dans le bureau privé adjacent à l'étude, la gorge tranchée.

— Ce n'est pas lui ! Ce n'est pas lui ! hoquetait Manon qui s'était agrippée à Guillaume. Maître Renautrot… celui qui m'a reçue samedi soir… il n'a rien à voir avec lui. Ce n'est pas la même personne. Et… et tu as vu ce qui est marqué ?

Elle pointa le paragraphe précisant l'endroit de la découverte macabre. Guillaume comprit. Le cadavre du vrai Maître Renautrot baignait dans son sang à quelques mètres de Manon lors de son passage à l'étude. L'assassin s'était substitué à sa victime. Elle s'était trouvée en présence du tueur. Il expliqua la situation au petit groupe. Ainsi que la disparition d'une partie des documents d'Hugo de Pahans destinés à sa petite-fille. On imaginait désormais sans peine qui s'en était emparé.

Cariotti avait suivi la scène avec intérêt.

— Parfait, finit-il par lâcher. Nous voici donc de retour à l'affaire pour laquelle je souhaitais vous rencontrer. Et maintenant cher monsieur Montalbach, si vous nous faisiez part de votre opinion ?

— Et maintenant cher monsieur Cariotti, répliqua Guillaume du tac au tac, si nous mettions cartes sur tables ?

— Je vous écoute.

— Commençons par votre rapport avec le professeur de Puygirard.

— Nous avions un ami commun, Hugo de Pahans, puis une passion partagée pour le Moyen-âge et l'Ordre du Temple, enfin les recherches que nous menons chacun de notre côté depuis près de trente ans.

— Là, ça ne colle pas. Vous ne pouvez pas prétendre être amis, partager une même passion et, dans le même temps, effectuer des recherches — ce sont vos mots — chacun de votre côté.

— Je ne crois pas avoir affirmé que Siméon de Puygirard fût mon ami.

— C'est pourtant l'impression… l'autre soir au restaurant…

— Ne vous laissez pas abuser par les apparences. Sachez que j'ai souvent mis Hugo en garde sur l'excès de confiance qu'il manifestait envers Siméon de Puygirard.

— Pourquoi aurait-il dû se méfier ?

— J'affirme que de Puygirard est l'homme qui, depuis trois décennies, observe avec un intérêt suspect ce qui se déroule aux Mercuriales.

— C'est commode. Vous vous donnez le beau rôle et nous devrions vous faire confiance plutôt qu'au professeur de Puygirard.

Dédaignant de répondre directement, Pierre Cariotti invita chacun à rejoindre la table qui trônait dans le salon.

***

36

Le maître des lieux regarda tour à tour Manon et Allyx, puis Guillaume et Christine.

— C'est le moment d'évoquer la Custodia Christi. Il me semble que de vous quatre, seuls Christine et monsieur Montalbach soient dans la confidence.

Guillaume tressaillit. Avec cette remarque, Cariotti changeait de statut. Il affirmait son rang de grand initié de l'Ordre du Temple.

— Par ailleurs, il devient nécessaire d'éclairer mademoiselle de Pahans sur le rôle réel de monsieur Montalbach ainsi que toi, Christine, sur celui de ton père.

Un silence interdit accueillit sa remarque.

— La Custodia Christi, reprit-il, La Garde du Christ est une organisation occulte au sein même de l'Ordre du Temple. Sa mission consiste à retrouver le secret perdu des Templiers et à en éloigner ceux qui l'approcheraient de trop près. Ses membres, appelés les Tacites, servent alors de leurres.

— Vous avez bien dit le secret perdu ?

— Vous avez bien entendu monsieur Montalbach. Cela fait des siècles que nous sommes à sa recherche. Et cela fait autant de temps que nos adversaires essaient de nous prendre quelque chose que nous ne possédons plus.

Guillaume se rengorgea.

— Tu vois Manon, mon hypothèse tenait.

— Un peu partout dans le monde, des bruits commencent à circuler selon lesquels les Templiers n'auraient plus aucun moyen de pression. Si la rumeur était avérée, l'Ordre serait affaibli et cela relancerait une nouvelle course meurtrière. D'où cette agitation soudaine autour des Mercuriales.

Manon leva une main.

— Vous avez dit que je dois apprendre quelque chose sur Guillaume.

Christine l'imita.

— Et moi sur mon père.

Cariotti se donna quelques secondes avant de répondre.

— Tu dois savoir une chose, Christine. Ton père appartenait à l'Ordre du Temple. Il n'était pas un frère comme les autres. Il était le coordonnateur de terrain de La Garde du Christ. Pour faire simple, dès qu'une piste était levée, il avait pour mission d'en évaluer la portée et, le cas échéant, de demander à Frater Magnus la mise en place d'un leurre.

— Frater Magnus, intervint Guillaume à l'intention des autres, est l'appellation du chef de La Garde du Christ.

Un silence stupéfait envahit la pièce. Cariotti reprit la parole.

— Évidemment, vous saviez déjà tout cela, monsieur Montalbach.

Guillaume sentit son sang se glacer.

— À votre tour, monsieur Montalbach, enchaîna leur hôte. Il serait peut-être temps de… comment disiez-vous… de jouer cartes sur table. Mademoiselle de Pahans par exemple brûle de connaître votre véritable rôle.

Manon s'agita. Le jeune homme invita Cariotti à poursuivre.

— Monsieur Montalbach a atterri aux Mercuriales pour vous assister votre grand-père et vous, mademoiselle, dans la résolution de l'énigme. Ce n'était qu'un prétexte. La vérité à présent : il est intervenu lui aussi en qualité de membre de la Custodia Christi, en tant que Tacite.

Manon bondit de son fauteuil.

— Guillaume, dis-moi qu'il ment.

— Désolé, Manon, c'est la vérité.

Christine s'approcha de son oncle.

— Tu étais au courant ?

— Pour ton père, je l'ai appris très récemment. Concernant monsieur Montalbach, depuis le début.

— Alors, ça veut dire que toi aussi tu es un Templier.

— Pas de la même mouvance que Puygirard et ton père.

— Tu insinues que papa et toi étiez adversaires ?

— Oui.

— Et qu'il était du mauvais côté ?

— À son insu, il était aux ordres d'une organisation rivale. Selon nos informations, ton père avait découvert ces derniers jours la trahison du doyen de Puygirard.

— Et ton hypothèse est qu'on l'aurait éliminé.

— C'est vraisemblable.

— Guillaume aussi travaille pour de Puygirard.

— Oui, mais il ignore que le doyen détourne ses découvertes au profit de cette confrérie concurrente.

L'intéressé se leva d'un bond.

— Selon vous, je travaillerais pour l'ennemi ?

— Les manigances de Puygirard, notamment l'affaire du collier trafiqué de mademoiselle de Pahans, sont édifiantes. Je le répète, Siméon de Puygirard nous a noyautés au plus haut niveau.

— Il serait aux ordres de qui ?

— Nous ne l'avons pas encore établi. Trouver le commanditaire c'est trouver l'adversaire. En attendant, notre priorité demeure la découverte du Grand Secret avant les autres.

Allyx, sur la réserve depuis le début, sortit de son mutisme.

— Quels fantastiques pouvoirs représente ce secret pour exciter de telles convoitises ?

— C'est ce que nous espérons apprendre de l'héritage de Boroldani.

— Qui est ce monsieur ?

— Un savant italien du XVème siècle, une sorte de génie. Il aurait été le dernier dépositaire du Grand Secret. Il aurait laissé trois artefacts qui réunis, seraient capables de prodiges.

— En quoi consistent-ils ?

— Un mystérieux bijou conservé par le Vatican, un parchemin aux propriétés inouïes, trouvé par le grand-père de mademoiselle de Pahans. Le dernier échappe toujours à nos recherches. Nous ignorons ce qu'il est.

Il y eut un instant de flottement dont profita Guillaume.

— Que vient faire votre horloge dans ce contexte ?

— Je compte sur vous pour nous le dire.

Cariotti s'empara du journal et orienta la conversation sur un autre sujet.

— Mademoiselle de Pahans, il serait intéressant que vous reveniez sur votre rencontre chez le notaire.

Manon fit le récit de son rendez-vous avec le pseudo maître Renautrot. Elle relata l'épisode de la lettre laissée par son grand-père et son escamotage puis sortit l'enveloppe de son sac à main. Christine et Allyx se rapprochèrent de Cariotti lorsque celui-ci déplia les feuillets. Un long moment d'émotion succéda à la lecture.

L'ingénieur brisa le silence. Il interpella Christine.

— Il est temps de clarifier certaines choses. Tu devrais exposer à nos amis ce que tu m'as appris à ton sujet.

Sa nièce parla longuement. Des trois jeunes gens, Manon fut la plus atteinte. Un coup de tonnerre venait d'emporter un pan entier de sa vie, chamboulant quelque vingt années de certitudes. Le secret de Christine ! La lettre de François de Rivalmonte à sa fille et son insoutenable aveu. Son propre père et la mère de Christine ! Christine, non pas sa cousine, sa demi-sœur ! Son cerveau frôlait la surchauffe.

D'abord sa rencontre avec un assassin, maintenant cette révélation. Assommée par la masse d'informations qu'elle ne parvenait pas à ordonner, elle se précipita vers la porte.

La voix de Cariotti retentit.

— Mademoiselle de Pahans. Jusqu'où seriez-vous disposée à fuir pour ne pas entendre l'autre vérité concernant le décès de votre grand-père ?

Elle chancela. Guillaume se précipita vers elle.

— À quel jeu jouez-vous ? Vous ne croyez pas qu'elle a eu sa dose pour aujourd'hui ?

Cariotti tourna la tête vers Allyx.

— Allez-y. Par la même occasion, vous expliquerez à nos amis votre propre rôle.

— Entendu, acquiesça la journaliste. Ces derniers jours, sous couvert de reportage, je devais entrer en contact avec un SDF à Châlons.

— Le clochard qui vous accompagnait quand vous avez découvert la junkie ?

Allyx acquiesça.

— Qu'est-ce qu'il avait à voir avec notre affaire ?

— Il y a été impliqué indirectement. C'est par lui que j'ai appris le meurtre d'un enquêteur privé employé par Pierre. Mon informateur le connaissait pour lui avoir servi d'indic en différentes occasions. Il m'a signalé la victime comme liée aux décès suspects de l'Épine et de Châlons et m'a informée que la justice cherchait à en savoir plus.

Guillaume réfléchit à toute allure.

— J'aimerais comprendre en quoi nous sommes concernés. Que pouvez-vous nous dire sur votre enquêteur, monsieur Cariotti ? Et d'abord, quel était l'objet de son enquête ?

— Il s'appelait Serge Nicolleau. Quant à sa mission, elle concernait mademoiselle Mesnils.

La journaliste le contempla, bouche bée. Il devança ses protestations. À ses côtés, Christine semblait nerveuse.

— Ne vous méprenez pas, Allyx. L'idée est de Christine. Elle m'a raconté le drame de votre enfance. La disparition de votre maman, votre père, sa maladie, son amnésie, les blancs de votre vie que vous désespérez de combler...

Allyx se leva, désemparée.

— Retrouver mon enfance... vous savez Pierre, je n'y crois plus depuis longtemps... par contre, j'en connais une qui va m'entendre ! ajouta-t-elle en fixant son amie.

— Ne soyez pas trop dure. Vous savez combien elle vous adore. Rien ne m'obligeait à la prendre au mot.

Sentant que l'on s'éloignait de l'essentiel, Guillaume abrégea l'échange.

— Votre détective, qu'a-t-il trouvé ?

— Tout ce que je sais, c'est que son enquête l'a conduit en Vendée. Il m'a laissé entendre qu'il avait découvert quelque chose en rapport à la fois avec la famille d'Allyx et l'affaire qui nous occupe.

— Mais encore ?

— Je n'en sais pas davantage. Il a été tué par arme à feu. Son cadavre a été découvert samedi dernier.

Guillaume sentit un tressaillement le parcourir.

— Où ?

Allyx apporta la réponse.

— Au fond d'un puits, sur un terrain militaire près de Suippes.

— Bon Dieu ! Comment tu sais ça ?

Le tutoiement était venu comme ça. Après tout, cette distance entre elle et lui l'agaçait, un obstacle qu'il fallait enjamber à chaque fois. La journaliste saisit la perche.

— Tu te doutes bien que j'ai des antennes un peu partout.

Il la reprit à la volée, un rien sarcastique.

— Si je comprends bien, voilà un type dont tu sembles avoir jusqu'ici ignoré l'existence, mais dont tu sais qu'il est mort…

— Et je maintiens. Il n'y a eu que deux victimes de meurtre ce week-end dans la région. Le notaire et le cadavre de Suippes. Pas difficile de conclure.

— Quelque chose d'autre qu'on devrait savoir ?

— Un détail, en effet. Un signe particulier, fit-elle.

Guillaume sentit la bile brûler sa gorge. Manon s'accrocha à lui.

— Il portait un tatouage, précisa la journaliste.

— Un cœur vendéen dans le cou, compléta Guillaume.

Ce fut au tour d'Allyx de le considérer avec curiosité.

— Comment sais-tu ?

Guillaume écarta doucement Manon.

— Monsieur Cariotti, quelles sont les probabilités que l'on fasse le lien avec vous ?

— Aucune. Je suis toujours resté en retrait. Y compris pour le règlement des prestations de Nicolleau.

— Je ne vais pas tourner autour du pot. Votre détective, Manon et moi on l'a rencontré. En fait, il est mort sous nos yeux. Abattu… de plusieurs balles dans la poitrine. Monsieur Cariotti, je ne sais pas vraiment dans quel bourbier on nage…

— Bienvenue à bord, soupira l'ingénieur. Si nous passions à table, à présent ?

***

37

Le repas se déroula dans une ambiance tranquille. L'amabilité de Pierre Cariotti et ses talents de conteur y contribuèrent. Après le dessert, tandis que Christine apportait le café, il réclama le silence.

— Monsieur Montalbach, dans la salle aux bustes, vous n'avez pas manqué de repérer celui de Gilles de Rais… Vous n'avez pas manqué non plus de faire le lien avec ma propriété des Ardennes.

— En effet, Boroldani, Prelati et le carnet noir de Gilles de Rais ont pour point commun votre château d'Audreville.

— Holà… mollo ! implora Christine. Voilà des gens et une histoire dont je ne sais rien.

Cariotti se fendit d'une explication.

— D'un côté, Gilles de Rais, seigneur vendéen, connétable de France et compagnon d'armes de Jeanne d'Arc. Adepte du satanisme et des messes noires, mort sur le bûcher après avoir enlevé, torturé et sacrifié nombre d'enfants.

— Sympa la famille.

L'ingénieur ignora le sarcasme.

— De l'autre, poursuivit-il, Francesco Prelati, l'ecclésiastique dépravé, l'âme damnée de Gilles de Rais, était le grand-oncle de Boroldani. Quant au carnet noir, il s'agit du livre secret du seigneur de Rais, celui où il aurait consigné toutes ses turpitudes ainsi que l'explication du secret des Templiers dont il fut Grand Maître. Ce document est le trait d'union entre Boroldani et Prelati, la raison de leur rencontre à Audreville. Il fait de Boroldani le dernier détenteur supposé de l'Ordre du Temple. Ainsi le connétable trouve place dans le schéma. Ainsi que l'horloge.

Guillaume se montra tout à coup intéressé.

— Racontez-nous ça.

— Je l'ai trouvée dans l'atelier secret d'Agnani.

Cariotti exposa rapidement à ses convives l'histoire de sa villa italienne et de sa découverte, avant de reprendre ses explications.

— Bien que son descriptif figure à l'inventaire des biens de la famille de Gilles de Rais, on n'a jamais trouvé trace de cette horloge. Jusqu'à ma découverte. De là à supposer que Prelati l'a escamotée avec le livre noir de son maître. Je suppose que ce n'est pas le fait du hasard.

— Ça fait belle lurette que chez moi ce mot n'a plus de sens, fit Guillaume.

— Alors, il serait temps que vous examiniez l'horloge, suggéra l'ingénieur.

Tandis que Christine proposait à nouveau du café, il disparut quelques instants dans la pièce mitoyenne, d'où il revint avec l'objet.

— Vous voici, cher monsieur Montalbach, dans les mêmes conditions que moi, il y a quelques mois, lorsque j'ai découvert cette œuvre… pour le moins singulière. À vous de jouer.

— Un défi, vous me comblez.

Guillaume examina l'objet, sans y toucher. Il se lança dans son exercice favori.

— Voyons ça. Les serruriers fabriquaient des mécanismes à combinaison, les menuisiers des tiroirs secrets, des ouvertures en trompe-l'œil, les architectes des moulures amovibles, des cheminées à double entrée, des portes dérobées…

Il tournait sur lui-même, les poings sur les tempes, abîmé dans une réflexion frénétique.

— Comment s'y prenaient les horlogers, ces artistes de l'infiniment petit ? Certainement pas besoin de gratter à la surface des choses… plutôt chercher à fleur de mécanisme, là où la perfection s'empare du détail, jusque dans le non visible. Et tiens ! En parlant de perfection, qu'est-ce que c'est que cette sonnerie qui insulte les tympans, précisément au moment de… ?

Il se recula, incrédule.

— La Quartora… Nous y voilà.

Cariotti ne broncha pas. Guillaume nota le détachement avec lequel il recevait les informations. Il s'expliqua à l'intention des autres.

— Pour faire court, la Quartora est une confrérie de fanatiques se réclamant des Templiers. Manon et moi sommes depuis peu sur leur trace. Quartora signifie « *quatrième heure* », l'autre nom de l'Apocalypse. À voir le peu d'étonnement de monsieur Cariotti, je déduis qu'elle ne lui est pas inconnue.

La réponse tomba, laconique.

— C'est un fait.

— Nous sommes en présence d'une pendule qui fait référence à la Quartora. Juste pour le cas où vous me soupçonneriez de paranoïa, notez cela : qui de plus symbolique que l'archange Michel pourrait symboliser les Templiers, les moines soldats ? Le seul être à la fois biblique et militaire, appartenant conjointement aux religions juive, chrétienne et musulmane. Le personnage central du livre de l'Apocalypse de Saint-Jean.

— Rien de bien nouveau monsieur Montalbach. Quartora, Frères de l'Apocalypse, quel que soit son nom, cette confrérie agit au service d'une congrégation religieuse hérétique.

Guillaume ravala sa salive.

— Monsieur Cariotti, je suppose que vous parlez de la Fraternité Eucharistique[6].

Manon leva à nouveau la main.

— La Fraternité Eucharistique ? Je commence à m'y perdre dans ce fouillis.

— D'un côté on a la Fraternité Eucharistique, le vaisseau amiral de la Quartora. C'est une congrégation catholique traditionaliste. Adeptes du rite religieux d'avant le Concile Vatican II, son évêque et ses membres ont été excommuniés par Paul VI. Son chef de file cherche à déstabiliser l'autorité papale. En faisant main basse sur le secret du Temple, il entend démontrer les supposés mensonges séculaires de l'Église puis en prendre le contrôle.

Guillaume revint à la pendule.

───────────────

[6] Pour des raisons évidentes, le nom de cette congrégation a été modifié. Fondée en 1970 et basée en Suisse dans le canton du Valais, elle s'est opposée au Concile Vatican II et à ses réformes. Entrée en schisme avec Rome en 1975, son évêque et ses membres furent excommuniés par le Pape Paul VI en 1988. L'emblème de la Fraternité est le cœur vendéen (Note de l'auteur)

— Face à la Fraternité, il n'y aurait donc que vous, Monsieur Cariotti... et nous. Car vous êtes dans le camp de Rome, n'est-ce pas ?

Allyx toussota.

— Guillaume, l'horloge, tu as une idée ?

— Ça crève les yeux. De tout temps, nul facteur d'horloge n'a jamais fabriqué quoi que ce fût d'imparfait. Question de réputation. Ce qui signifie que derrière cette sonnerie foireuse, il y a une intention précise. Manon, place les aiguilles sur quatre heures.

Le carillon retentit pour finir dans son drôle de crissement. Tous attendirent. Le manège s'éternisa jusqu'à ce que Guillaume n'y tînt plus.

— Hé ! Vous espérez quoi ? Le moment où le gentil Génie surgit de sa lampe ?

Il les gratifia d'un regard affligé.

— OK. Manon, regarde juste sous la pointe de la petite aiguille. Ce sera à peine visible, mais tu devrais trouver quelque chose.

Manon colla son front au cadran.

— J'aperçois ... oui c'est ça, c'est bombé... un renflement... Regarde, Guillaume, qu'est-ce que tu en dis ?

— Rien. Christine et Allyx, regardez à votre tour, que voyez-vous ?

— On dirait bien une boursouflure.

Cariotti suivait les opérations avec intérêt.

— Manon, déplace l'aiguille de quelques millimètres vers le bas.

Sur le cadran, plus trace du bouton !

— C'est bien ce que je pensais. Effectue la manœuvre inverse.

L'excroissance fit sa réapparition.

— Regardez les filles comme c'est ingénieux. En fait, lorsque la tête de l'aiguille se positionne sur le chiffre quatre, un opercule de nacre blanche à peine détectable se déplace pour libérer le petit bouton que voici.

Il manipula l'aiguille à plusieurs reprises.

— Ça, c'est balèze. L'auteur de ce truc a dû penser que ce n'est pas tous les jours qu'on colle son nez sur un cadran. Et puis tenez, dès que l'aiguille se situe sur la minute avant ou

après quatre heures, tout retrouve sa position. Ni vu ni connu !
Je continue ?

Cariotti, impressionné par la démonstration, acquiesça.

— Manon, remets la petite aiguille sur quatre heures. Bien.
À présent, exerce une pression sur la pointe.

Avant que le premier coup retentisse, le fond métallique de
l'horloge qui supportait les aiguilles vibra légèrement. Le cri de
surprise de Manon les fit reculer. Une phosphorescence vert
pâle éclaira peu à peu les curieuses stries qui sillonnaient le cadran. Lorsque la lueur eût recouvert la surface du fond, elle révéla un dessin ciselé dans le métal. Impossible d'échapper au
malaise provoqué par l'apparition du motif. Cela représentait
un rivage maritime sous la tempête. Trois formes rocheuses bat-
tues par des flots déchaînés. Un travail d'orfèvre pour un résultat lugubre. À se demander ce qu'avait cherché à illustrer le
créateur.

Soudain, le fond s'effaça de quelques millimètres, libérant
un petit compartiment. Chacun s'immobilisa, le nez à quelques
centimètres de l'horloge, dans l'attente d'un autre prodige.
Guillaume referma le hublot. Tout rentra dans l'ordre. Il n'y
avait qu'en position ouverte que le phénomène opérait. Il refit
la manipulation. La cavité ne recelait aucun contenu. Manon se
redressa, désabusée.

— Tout ça pour rien, alors ! Désolée les amis, mais
j'abandonne. On perd notre temps.

Elle quitta la salle en claquant la porte, sourde aux protestations. Guillaume qui n'avait pas quitté l'objet des yeux montra quelque chose au fond de la cavité. Une inscription en relief
inversé.

— Et ça, ça parle à quelqu'un ?

Il eut droit à un silence impuissant.

— **V.R.S.**, qu'est-ce que ces lettres ont à nous raconter ?

Guillaume lança un regard déçu. Il effleura les lettres du
bout des doigts.

— Édifiant, reconnut Cariotti.

— Mais pas concluant.

— Plus que vous ne l'imaginez.

Le chimiste se leva pour rejoindre un buffet.

— Grâce à vous, nous venons d'accomplir un pas de géant.

Il revint, la paume de la main grande ouverte.

— Cette clef fait aussi partie de l'héritage Boroldani.

Il n'échappa à personne que l'extrémité de l'objet avait la forme en creux et la dimension des lettres tout juste révélées.

— À vous l'honneur, Monsieur Montalbach.

Lorsque la clef fut mise en contact avec la gravure inversée, l'archange pivota sur son socle. Fichée dans une nervure à ses dimensions, une bague s'offrait à leur vision. Une bague portant en relief une colombe et en incrustation intérieure une phrase : *Boroldanus haec petrae revelator fuit.*

Ils se regardèrent. Personne ne comprenait.

***

38

La soirée commençait à peine et Guillaume ne parvenait pas à se défaire de sa frustration.

À dix-neuf heures trente, il déclina l'invitation à dîner pour se réfugier dans une pizzeria. De retour à sa chambre, il passa la demi-heure suivante à se prélasser dans un fauteuil, une bière à portée de main. Il s'allongea ensuite à la recherche d'un peu de repos. Une heure plus tard, il abandonna. Il n'avait même pas son ordinateur !

Il finit par se lever. Une image récurrente le taraudait. Allyx Menils ! Il devait bien le reconnaître, la journaliste possédait une folle séduction. Il tenta de penser à autre chose. Rien à faire ! Le regard sombre et profond, les lèvres ourlées auxquelles s'accrochaient quelques trop rares sourires, la silhouette raffinée et harmonieuse revenaient encore et toujours à la charge. Le rêve éveillé accapara son esprit jusqu'à vingt-trois heures. Quelqu'un pouvait lever ses interrogations !

Au téléphone, le ton enjoué de Christine lui fit un bien fou.

— Tu as le temps ? demanda-t-il.

— Là tout de suite, au téléphone ? Ou tu préfères qu'on se voie ?

— Pas nécessaire, juste besoin d'une info. Au sujet d'Allyx.

À l'autre bout, une courte hésitation.

— Vas-y.

— Tu sais si elle a quelqu'un ?

— Tu veux dire, dans sa vie ?

— Ouais.

— Je ne sais pas trop. Pas le genre à se fixer, sentimentalement parlant… rapport à son métier… enfin… jusqu'à très récemment.

— Ah oui ? Tu veux dire, une histoire plus sérieuse que d'habitude ?

Un nouveau silence prolongé.

— T'es toujours là ? C'est qui ?

Il eut l'impression qu'à l'autre bout Christine retenait sa respiration.

— Gros balourd !

— Hé ! Ça veut dire quoi ?

Il contempla le combiné, médusé. Elle avait raccroché sans autre forme de procès. Trois coups résonnèrent à sa porte. Allyx se tenait sur le seuil.

— Excuse, c'était ouvert.

— Quand on parle du loup…

— Tiens donc ! Et à quel propos ?

Il tenta de faire diversion.

— Qu'est-ce qui t'amène ?

— En passant dans le couloir, je t'ai entendu. Tu devrais parler moins fort… ou fermer ta porte. Alors, comme ça tu parlais de moi… je peux savoir avec qui ?

Elle avança de quelques pas.

— C'était Christine au téléphone…

— À qui tu posais des questions bien indiscrètes…

L'ironie était perceptible. Il ne savait plus comment se dépêtrer de cette situation. Elle continua de parler.

— Non, je ne fréquente personne actuellement. Eh oui, il y a quelqu'un dans mon entourage qui pourrait bien me donner l'envie de me poser. Ta curiosité est satisfaite ?

Elle avait parlé sans détour, en évitant son regard. Puis changea de sujet.

— Finalement, je crois que je ne regrette pas de te connaître. En dépit de ton côté matamore et de ton humour à cent balles, c'est vrai qu'on passe de bons moments en ta compagnie.

Guillaume retrouva son aplomb.

— C'est gentil, ça. Alors comme ça, tu m'aimes bien ?

Les yeux de la journaliste lancèrent des éclairs. Elle enchaîna d'une toute petite voix.

— Ne fais pas ça !

— Qu'est-ce que je ne dois pas faire ?

— Tu vois, c'est ce que je déteste. Quand tu joues les séducteurs à la petite semaine.

— Ça te contrarie tant que ça ?

— Je t'en prie…

— Comment suis-je censé interpréter ça ? Si quelque chose te déplaît chez moi, il suffit de le dire.

Allyx s'empara de son regard.

— Je ne nie pas que tu m'impressionnes. Mais de là à être séduite, il y a un monde. Chez moi, ça passe par un tout autre processus.

— Genre ?

— Genre la confiance. Guillaume Montalbach, tu es gentil, mais d'une telle complexité ! Difficile de savoir à quoi m'en tenir avec toi.

Elle se tut, consciente de s'être livrée au-delà de ce qu'elle aurait dû. Il prit un air grave.

— Laisse-moi juste te poser une question : c'est quoi ton bonheur ?

— Comment ça ?

— Réponds juste à ma question : c'est quoi ton bonheur ?

La jeune femme se mordit les lèvres.

— Mon bonheur ? Comment te dire ? Ce que je sais, c'est que rien ni personne n'est près de me l'apporter. Mon bonheur, vois-tu, commencerait par le fait de retrouver un souvenir d'enfance.

Il se pencha vers elle.

— Raconte-moi.

— Excuse-moi ?

— Je te demande de me raconter ce souvenir.

— Ne compte pas sur moi pour étaler ma vie privée…

— Je t'en prie, je suis sérieux là.

La journaliste rougit violemment. L'attitude du jeune homme la rassura. Elle se lança.

— C'était il y a longtemps. Je n'arrive pas à me souvenir si maman était encore de ce monde ; papa est tombé malade trop tôt pour pouvoir me raconter cette période. Je ne suis pas certaine, mais il me semble que j'ai vécu cette expérience plusieurs fois dans ma jeunesse.

Allyx observa une pause, une dernière réticence à l'idée de se livrer.

— Je l'ai toujours située en hiver, reprit-elle. Mes souvenirs y associent sapins et illuminations de Noël. Il y a une cabane en pierre perchée en haut d'une grande dune, une seule porte et un volet bleu marine. En contrebas, j'aperçois la petite plage. Pas de sable, plutôt des gros graviers. En face, c'est l'océan. Je sais que c'est l'océan parce que les vagues ne sont jamais les mêmes. Les rochers plats sont couverts de goémon et d'algues vertes ressemblant à de la laitue. Et puis, il y a cet énorme et long rocher — je crois qu'il est gris et rose — perpendiculaire à l'océan. À marée haute, son flanc gauche baigne dans l'eau tandis que l'autre bord, côté plage, est toujours au sec. Pour moi, c'est un mystère. Mais le plus grand mystère, celui qui me hante c'est la couleur de l'eau, certains soirs. Avec mon père, on y court au soleil couchant. On se réfugie dans la cabane. La cabane et son odeur ! Celle de l'iode mêlé à celle du goudron des casiers de pêche. Je n'ai jamais rien retrouvé de pareil. Plus vaguement, je vois un vieux pêcheur qui nous attend, debout, à l'extrémité du rocher. Et l'image de papa, accoudé à l'unique fenêtre et moi collée contre lui, debout sur une chaise en osier. On guette l'instant où le soleil touchera la mer, dans l'espoir d'assister au prodige. Un flash de quelques secondes, d'un vert intense, comme un arc-en-ciel au bout de l'horizon. Le vieux pêcheur dit que ce phénomène n'est perceptible que de ce côté de l'océan. Il prétend qu'à condition d'avoir le cœur pur on pourrait l'apercevoir deux fois dans sa vie. La première, il donne le pouvoir de lire clair dans les âmes. La seconde, il promet un amour merveilleux. Mais moi, je suis sûre de l'avoir observé bien plus souvent que deux fois.

Allyx reprit sa respiration puis montra son front.

— Tu sais, de mon enfance tout s'est effacé. Sauf ce merveilleux effet visuel qui reste imprimé là. Et tant pis si ce n'est qu'une jolie légende.

Il ne l'avait pas interrompue. La nostalgie dévorait son visage. Il crut y discerner quelque chose comme une larme.

— Quel âge avais-tu ?

— Cinq, six ans, peut-être sept. Difficile de me rappeler. Pareil pour l'endroit : où était-ce ? Impossible de le savoir.

— Tu n'as jamais demandé à ton père ?

— Il a été victime d'une rupture d'anévrisme quelques années plus tard. Depuis, il souffre d'amnésie lacunaire. Autre-

ment dit, il n'a aucun souvenir antérieur à son attaque céré-
brale.

— Dont ceux liés à ton enfance…
— C'est désolant, mais c'est comme ça.
— Tu ne parles pas de ta mère…

Allyx éluda la question.

— Tu me demandes quel serait mon bonheur ? Ah ! Juste
goûter une nouvelle fois à ces odeurs, retrouver mon enfance,
contempler la lumière de tous les possibles.

— La formule est jolie.
— C'était l'expression de mon père. Vois comme les choses
sont mal faites ! Se souvenir des mots, mais pas de l'endroit où
ils ont été prononcés…

Allyx eut un petit rire désabusé et s'essuya les yeux avant
de poursuivre.

— Il s'extasiait sans se lasser des couchers de soleil sur
l'océan. Selon lui, tant de merveilles ne pouvaient que bonifier
les cœurs. Alors, tout devenait possible. Bien sûr, le spectacle
n'était pas au rendez-vous chaque soir, mais je l'entends encore
murmurer : « *regarde, la lumière de tous les possibles* ». Alors oui,
si je devais croire un jour au bonheur ce serait parce que, juste
une fois dans ma vie, quelqu'un aura réussi à retrouver pour
moi l'emplacement exact de la plage et à me montrer cette lumière. Autant croire aux miracles.

— Je te l'offre ce miracle.
— Hein ?
— Je dis, je te l'offre ce miracle.
— Ne plaisante pas avec ça, je t'en prie.
— La lumière de tous les possibles, considère qu'elle est à
toi.

Quelques fractions de seconde s'écoulèrent, silencieuses.
Allyx fixa Guillaume. Le jeune homme soutint son regard, im-
passible. Il prit doucement ses mains entre les siennes.

— Je te promets.

Émue, elle recula d'un pas, les yeux écarquillés, mains sur
la bouche. Silencieuse, elle retira la chaînette de son cou puis en
détacha son médaillon qu'elle posa dans la paume de Guillaume.

— Dans un de ses rares moments lucides, mon père m'a dit
que ce médaillon à charnière appartenait à ma mère. Ça, c'est la

partie supérieure. L'autre, la face dorsale, elle la portait lors-qu'elle a disparu.

Recouvrant ses esprits elle secoua sa chevelure comme pour se débarrasser d'une idée douloureuse.

— Et maintenant, on fait quoi ?

Si jamais elle avait oublié le sens de l'expression « douche froide », Guillaume se chargea en quelques mots de lui rafraî-chir la mémoire.

— Si ça ne t'ennuie pas, je suis vanné. Bonne nuit.

Il la poussa vers la porte. Lorsqu'il prit conscience de sa maladresse, elle était déjà loin. Quelle formule Christine avait-elle employée un peu plus tôt ? Gros balourd !

***
39

Dimanche 20 novembre

À 9H00, tous se retrouvèrent au petit-déjeuner.

— **V.R.S.**, murmura Manon à qui Christine venait de rela-ter en aparté leur trouvaille de la veille. **V.R.S.** : *Vade Retro Sa-tanas…*

Christine se tourna vers elle.

— Qu'est-ce que ça signifie ?

— *Arrière Satan*. Jésus aurait prononcé cette phrase lors de scène de la tentation dans le désert.

— Est-ce que ça nous aide ?

— C'est aussi l'abréviation inscrite sur ma médaille, énonça Manon d'une voix plus forte.

Guillaume bondit.

— Répète ça !

— Je pensais que tu le savais… quand ton doyen t'a chargé de me la rapporter après la réparation.

— Elle était dans un boîtier.

— Oui, mais plus tard, quand Allyx a ôté le mouchard…

Guillaume montra des signes d'irritation.

— Elle a fait ça à la lumière d'un plafonnier ! Et toi, tu au-rais pu réagir quand j'ai demandé hier soir si quelqu'un con-naissait ce sigle.

Christine prit la défense de sa demi-sœur.

— Manon avait déjà quitté la salle à ce moment.

Guillaume s'adoucit. Il demanda à examiner la médaille.

— Laisse-moi regarder ça… ah, mais sapristi ! Ça, ce n'est pas banal.

Il sortit son téléphone.

— Bonjour mon Père, fit-il. Vous pourriez vérifier une chose ?

Tout en parlant, il décrivit la médaille à son correspondant.

— J'ai devant moi une médaille de Saint-Benoît assez curieuse. Figurez-vous qu'il est vêtu de blanc et qu'il a un livre fermé sous le bras… Oui, fermé… De mes souvenirs du caté, ce n'est pas comme ça qu'on le présente. Ah, ça, c'est génial ! Vous pouvez me confirmer ça ? Dans cinq minutes, ça me va.

Il raccrocha puis se tourna vers ses compagnons.

— C'était le Père Prieur de l'abbaye de Hautvillers, près de Reims. Un expert en phaléristique.

Il se fendit d'une petite explication de texte.

— La phaléristique, à l'instar de la symbologie qui étudie et interprète les signes, est une science secondaire de l'Histoire consistant à étudier les ordres et les médailles. Selon le Père Prieur, la médaille de Manon est pour le moins insolite.

— Qu'a-t-elle de particulier ? intervint Cariotti.

— Dans la tradition, Saint-Benoît est vêtu d'une bure noire et tient un livre ouvert. Or, sur ta médaille, c'est exactement l'inverse. Le vêtement est sombre et le livre est fermé.

Son portable l'interrompit. Au fur et à mesure de la conversation, son visage s'éclaira.

— C'est vrai ? Vous parlez d'un coup de pot… Sanctus Benedictus, oui c'est ça… **V.R.S.** sur la face opposée… exact. Avec une croix de Templier. Vous êtes sûr ? Donc, le lien avec la Vendée… Je leur dis.

Il se passa les mains sur le visage.

— Donc, selon le moine, **V.R.S.** ne signifie pas *Vade Retro Satanas*. On a négligé un point essentiel. En latin médiéval, la lettre **U** se transcrit **V**. Du coup, cette abréviation, associée au Saint Benoît atypique, est une devise ésotérique utilisée exclusivement par les Templiers de Vendée. Elle signifie *Unus Regi Serviam*…

— *Je servirai un seul roi*, traduisit Manon en écho. Ainsi, la théorie des douze chariots de l'Ordre du Temple dissimulés en Vendée n'est plus si farfelue !

Elle expliqua à Christine l'hypothèse du transfert de l'or des Templiers dans le département de l'ouest de la France, appelé alors Bas-Poitou.

— Toujours d'après le spécialiste en médailles, la règle religieuse édictée par Saint Benoît a servi de base à celle de l'Ordre du Temple.

Christine grimaça.

— Saint Benoît, l'Ordre du Temple, l'horloge de Pierre qui a appartenu à Gilles de Rais, ce sigle **V.R.S.,** Prelati… je veux bien admettre le lien avec la Vendée... Pour autant, en quoi ça nous avance ?

— Reste notre Nicolleau et son tatouage, intervint Allyx en sortant son téléphone.

***

En début de soirée, son contact la rappela. Elle laissa parler son interlocuteur sans l'interrompre. Lorsqu'elle raccrocha, son visage traduisait la perplexité.

— C'était mon contact à la Crime. Il m'informe que noter fameux Nicolleau, est surnommé le Vendéen, parce qu'il est natif d'un hameau de là-bas, la Petite Sauzaie. Sa mère y habite toujours.

Toute la nuit, ils tentèrent de décortiquer chaque détail, chaque fait, chaque hypothèse afin de débusquer la petite étincelle qui leur donnerait un début de piste. Des tas de questions auxquelles s'étaient heurtés leurs cerveaux exténués.

40

Mercredi 23 novembre

Ils se retrouvèrent une nouvelle fois au petit-déjeuner. L'enthousiasme en moins, les mines désabusées, l'amertume pesante. Allyx tenta bien de regonfler tout son monde. Elle développa les arguments les plus improbables, pointa mille et une petites choses, à première vue insignifiantes. Elle acheva son intervention comme une guerrière, en martelant les mots.

— Rien n'est jamais définitif tant qu'on n'a pas épuisé chaque scénario, exploré chaque piste, écarté chaque invraisemblance, disséqué chacune de nos erreurs, analysé les raisons de notre échec.

Du Guillaume dans le texte. Il accusa le coup. La leçon lui était directement adressée.

— Et toi, tu ferais mieux ? lança-t-il avec hargne.

Elle se porta à sa hauteur et lui plaqua la main sur la bouche.

— Écoute-moi bien, Guillaume Montalbach. Je ne sais rien de plus que toi. J'ai juste besoin que tu te secoues. Parce que si toi tu n'y arrives pas, qui d'entre nous sera assez costaud pour le faire ?

— Mais…

— Je vais te dire : je n'aime pas ton côté sûr de toi, je n'aime pas cet orgueil qui te pousse à toujours accaparer le devant de la scène, je n'aime pas qui tu es parfois…

— Ce n'est pas le sujet.

— En partie si, car si tu n'avais pas ces défauts nous ne serions pas arrivés aussi loin.

— Pour ce que ça nous a apporté.

— Bon sang ! Ne reste pas sur ce coup d'arrêt. Penche-toi plutôt sur ce que vous avez découvert.

— Allyx, intervint Manon. Nous n'avons strictement rien trouvé.

— Faux. Ce que vous n'avez pas, c'est le fil conducteur qui relie tous les éléments. Mais ces éléments eux, ils sont bien réels. Puisqu'ils existent, ça signifie que...

Guillaume se planta devant Manon, coupant la parole à Allyx.

— On n'a pas encore déterminé de quoi il retourne exactement, mais on peut déjà mettre en parallèle...

— ...La Vendée...

— ...et les Mercuriales...

— ...et les souterrains...

— ...et le symbole **V.R.S**.

— ...et Saint-Benoît...

— ...et Gilles de Rais

— ...et la médaille de Manon...

— ...et Nicolleau...

— ...et la Petite Sauzaie...

Cariotti s'approcha de Christine dont les regards couraient alternativement de Guillaume à Manon, comme si elle suivait les échanges d'un match de tennis.

— Ils font ça souvent ?

— Quoi ?

— Cette manie de jongler avec les phrases de l'autre ?

— Tu as remarqué ? C'est fortiche, non ? C'est leur terrain de jeu...

— ?

— L'Histoire. Lui, il a un doctorat, elle c'est une universitaire.

Allyx pouffa.

— Temps mort ! Dites donc les amis, quand on parle de mettre les choses en parallèle, vous ne faites pas semblant.

— On l'a déjà fait, se désespéra Manon. On a tout mis bout à bout, comparé nos idées, pointé les points communs... zéro sur toute la ligne... La Vendée n'a peut-être rien à voir avec tout ça.

Guillaume rebondit sur la réflexion de la jeune femme.

— Ou tout à cacher. Bien sûr ! Le but était de faire oublier la présence des Templiers là-bas.

Face à l'incompréhension collective, Guillaume s'enhardit.

— Ça explique pourquoi on n'a jamais retrouvé leur héritage. Il aurait bien pu être confié à Gilles de Rais. Manon, ça confirme la théorie que tu as évoquée.

— Les chariots ?

— Oui, le convoi de douze chariots d'or et de cinquante chevaux parti de Paris vers l'Ouest, sous l'escorte des chevaliers du Temple, la veille de leur arrestation.

Cariotti se mêla à l'échange.

— Ce n'est pas exactement ça. On mentionne une fuite vers la Normandie pour gagner l'Angleterre. Pas la Vendée.

— Comme si les Templiers n'étaient pas passés maîtres dans l'art de la diversion. Vous nous l'avez assez seriné. Si Philippe le Bel n'a jamais mis la main sur le magot... alors la question mérite d'être posée.

— Ça ne prouve pas la présence du trésor du Temple en Vendée.

— C'est vrai, mais ça pourrait expliquer l'origine jamais élucidée de fortune considérable de Gilles de Rais estimée à cent cinquante millions de nos euros[7]. Alors, je propose une hypothèse pas plus idiote que les autres : si en définitive la Vendée était un sanctuaire ? Si le voyage dans les Ardennes de Francisco Prelati, le confident du seigneur de Rais, avait eu pour but de léguer à son neveu Boroldani tout ou partie du secret ?

— La rencontre au château d'Audreville... l'idée tient la route, enchérit Manon.

Guillaume traversa la pièce et se planta soudain devant Allyx. Sans un mot, il serra longuement ses mains dans les siennes. Puis s'éloigna de quelques pas tout en levant ses deux pouces vers le plafond, sans la quitter du regard. Manon poussa Christine du coude.

— Dis-moi si je me trompe. C'est la première fois qu'il la touche ?

— Oui et c'est la première fois qu'il ne la chambre pas.

— Comme c'est la première fois qu'il reste sans voix...

— Championne quand même !

Allyx et Guillaume, toujours vissés l'un à l'autre par le regard demandèrent d'une même voix.

— Championne de quoi ?

L'hilarité fut générale. Allyx baissa la tête, les joues cramoisies. Guillaume prétexta l'envie d'une cigarette pour s'esquiver sur la terrasse.

---

[7] Authentique (note de l'auteur)

41

Castel Gandolfo

Le cardinal Protecteur des Archives Secrètes[8] tendit le dos. Il appréhendait la réaction du Souverain Pontife auquel il avait réclamé ce rendez-vous en urgence. Les deux hommes s'étaient retrouvés au bastidon de la Villa Cybo.

— Rassurez-moi mon fils, fit le Pape. Y a-t-il la plus infime possibilité que vous commettiez une erreur ?

— Je souhaiterais me tromper, Très Saint-Père.

— Alors, cela annonce peut-être un désastre. Répétez-moi ce que vous m'avez dit hier soir.

— *Geberius Mercurii gemmam invenivit, Boroldanus haec petrae revelator fuit*[9]. Cette phrase exceptionnelle pour la raison que vous savez, est désormais connue d'une personne non autorisée. Très Saint-Père, le doute n'est pas permis.

— *Geberius Mercurii gemmam invenivit, Boroldanus haec petrae revelator fuit.* Doux Jésus ! Le code d'authentification…

Geber, l'homme qui au XIIIème siècle passa pour un charlatan pour avoir affirmé qu'il avait découvert la pierre de Mercure. Puis Boroldani, cet autre touche-à-tout de génie que, deux siècles plus tard, l'on s'acharna à jeter aux oubliettes de l'histoire. Et ces mots qui sonnaient comme une menace. La phrase initiatique du savant italien. Dernier dépositaire présumé du Grand Secret, Boroldani était réputé avoir gravé cette inscription sur deux des trois objets constituant le Tercodyx.

Le premier artefact, propriété des Archives Secrètes du Vatican, était un objet unique, récupéré dans l'un de ses ateliers, lors de la saisie de ses biens. Il constituait le premier fragment du code : *Geberius Mercurii gemmam invenivit.* Le deuxième arte-

---

[8] *Le Cardinal Protecteur des Archives Secrètes* est le conservateur de tous les actes et documents concernant le gouvernement et l'activité pastorale du Pontife romain et des organismes du Saint-Siège. Il est également bibliothécaire de la Sainte Église romaine (Note de l'auteur)

[9] *Geberius Mercurii gemmam invenivit…* : Geber découvrit la pierre de Mercure, Boroldani la révéla (Traduction de l'auteur)

fact — on en ignorait la nature et la localisation — comportait la partie finale : « *Boroldanus haec paetra revelator fuit* ». On savait désormais qui détenait le troisième, un parchemin aux propriétés inouïes. On l'avait localisé en France, en terre champenoise. La légende prétendait que la réunion des trois objets produirait une réaction qui, selon l'usage qu'on en ferait, ouvrirait des siècles de paix ou sèmerait la destruction. Une guerre sans merci se déroulait pour trouver la partie manquante et en prendre le contrôle.

— Mais il n'y a que vous et moi-même à connaître l'existence et le sens de cette phrase... Doux Jésus ! ... si quelqu'un d'autre la connaît...

Le Protecteur des Archives Secrètes acheva la pensée du pontife.

— Très Saint-Père, en citant cette phrase connue de nous seuls... quelqu'un se révèle à nous et menace ouvertement l'Église.

— Des menaces ? Quelles menaces ? C'est impossible, pas sous mon pontificat.

Le Prélat tendit une enveloppe. Le pontife eut un haut-le-corps.

— Le sceau de la Fraternité Eucharistique ! s'écria-t-il en apercevant le cachet de cire.

— Très Saint-Père, voici ceux qui vous attaquent. La Fraternité est en en passe de reconstituer le Tercodyx.

— Seigneur Jésus ! Mais que réclame la Fraternité ? N'avons-nous pas suffisamment œuvré pour le rapprochement de nos deux communautés ? Le Vatican a déjà accepté le principe d'une reconnaissance partielle. Nous sommes sur la voie d'une réconciliation fraternelle. Je ne comprends pas. Que veut-elle de plus ?

— Que Votre Sainteté prenne connaissance du présent courrier.

Le Pape déplia d'une main fébrile la feuille à en-tête de la Fraternité. Il sursauta dès les premières lignes.

« *Très Saint-Père,*
la présente n'est pas un avertissement. Recevez-la comme vous recevriez un ordre. Nul refus de votre part n'est admissible. Aucune discussion n'est recevable »...

Tremblant d'indignation, il froissa la missive avec rage.

— Comment, on me somme d'obéir, on m'ordonne ! Je n'en lirai pas davantage. On ne s'adresse pas de la sorte au chef de l'Église catholique, apostolique et romaine.

— Je conjure Votre Sainteté…

— Pas un mot. Brûlez-moi immédiatement cette… ce… ce torchon. Et ne me parlez plus de cela.

Il jeta la boule de papier aux pieds de son collaborateur. Ce dernier ne bougea pas d'une semelle. Il triturait sa bague d'améthyste sans quitter du regard la lettre.

— Qu'attendez-vous ? Débarrassez-moi de cette horreur.

Sa voix s'était radoucie. Comme si son geste avait écarté le danger. Intrigué par le silence obstiné du cardinal, il le tança.

— Allons, mon fils, n'accordez pas à ces balivernes plus d'importance qu'elles n'en méritent. Juste ciel ! Rome ne se laissera jamais dicter sa conduite. Le Pape reçoit ses ordres d'en haut et… ah ! Voilà qui est mieux.

Il s'était interrompu à la vue du Protecteur des Archives Secrètes ramassant le papier chiffonné. Celui-ci entreprit de le défroisser, sous l'œil réprobateur du Saint-Père. Il reprit la lecture, en martelant chaque mot.

« *Très Saint-Père,*
la présente n'est pas un avertissement. Recevez-la comme vous… »

— Cela suffit, je ne veux rien entendre.

— …« *comme vous recevriez un ordre. Nul refus de votre part n'est admissible. Aucune discussion n'est recevable…* »

— Êtes-vous devenu fou ?

— Votre Sainteté a mille fois raison. Je ne saurais vous en infliger davantage.

Le cardinal tourna les talons puis, sans rien ajouter, déclencha l'interphone qui reliait la pièce aux gardes suisses.

— Faites entrer nos visiteurs.

Le Pape fit mouvement vers la porte dans l'intention d'annuler l'ordre. Le Protecteur des Archives Secrètes s'interposa de toute sa carrure.

— Pardonnez-moi, Votre Sainteté. Les personnages qui se présentent de façon si peu protocolaire sont… mes invités. Avant qu'ils n'arrivent jusqu'à nous, je vous prie de ne pas m'interrompre.

Il s'exprimait avec une autorité inhabituelle. Le pontife capitula.

— Lorsque j'ai pris connaissance du courrier, j'ai tout de suite évalué la gravité de la situation. L'Église allait vivre des heures douloureuses, connaître des défections. Je prévoyais les vengeances, les trahisons et l'opprobre dont elle aurait à souffrir. J'ai donc pris l'initiative de cette rencontre.

Le prélat s'effaça devant les nouveaux arrivants. Le Pape se raidit.

— Qu'est-ce que cela veut dire ? Vous, Père Angus ! Et qui vous accompagne ?

La question était superflue. Il avait reconnu le chef de la Fraternité Eucharistique. Ce dernier portait à son index le premier artefact, l'anneau du Pêcheur.

Il lança un regard douloureux au Protecteur des Archives Secrètes.

— Ainsi, vous êtes des leurs…

**

Le chef de l'Église était au bord du gouffre. Le Cardinal Protecteur des Archives Secrètes s'était allié au chef de la Fraternité Eucharistique et lui avait remis l'anneau de Saint Pierre.

L'anneau de Saint Pierre, bague d'un métal indéterminé, connu sous le nom d'Anneau du Pêcheur ! Elle était le don de Jésus à l'apôtre Pierre avant son arrestation au jardin de Gethsémani. Elle portait en incrustation la représentation d'un homme tirant son filet de pêche et la première partie de la phrase code gravée par Boroldani : « *Geberius Mercurii gemmam invenivit* ». Depuis sa découverte par Geber et sa reconstitution par Boroldani, on avait fini par comprendre que l'anneau de Saint Pierre était le premier des trois artefacts composant le Tercodyx, l'objet prodigieux qui donnait accès au Grand Secret. Seuls le Pape et le Cardinal Protecteur des Archives Secrètes étaient dans la confidence.

La visite du chef de la congrégation traditionaliste venait de modifier la donne. Le Pontife était anéanti. D'autant qu'un troisième personnage qu'il aurait voulu oublier était présent. Père Angus, son ancien confesseur du temps de son Cardinalat. Homme d'influence au Vatican, le moine avait favorisé par un lobbying actif son accession au trône pontifical. Une fois élu, le

successeur de Pierre avait commis l'erreur de ne pas le mainte-
nir dans sa fonction. Père Angus avait rompu ses vœux tout en
conservant l'habit monacal. Il réapparaissait à présent aux côtés
de celui qui avait juré de placer la communauté catholique sous
sa coupe.

La réalité lui apparut dans toute sa cruauté : pour favoriser
l'entreprise de l'évêque excommunié, le religieux défroqué
avait commandité le vol de la précieuse relique. Le Protecteur
des Archives Secrètes, seul dignitaire à y avoir accès, en avait
été l'exécuteur. À présent, on lui imposait un ultimatum : on lui
donnait quinze jours pour préparer l'opinion publique à
l'annonce de sa démission. De sa décision dépendrait que le secret fût divulgué ou non.

Pour enfoncer le clou, Père Angus avait soufflé que rien ne
l'obligeait à respecter le secret de la confession. Il n'avait pas été
son confesseur pour rien et ne s'était pas privé de le lui rappeler.

***
42

Vendredi 2 décembre

Guillaume s'était éclipsé une dizaine de jours. Il n'avait
appelé ni les Mercuriales ni le Clos du Temple, n'avait répondu
à aucun appel de Manon ni à ceux de Christine, pas plus qu'aux
textos de cette dernière. Il avait mis son absence à profit pour
consulter les ressources documentaires et le site intranet de son
département d'histoire.

La veille, il avait rendu compte au professeur de Puygirard
de l'avancée de ses recherches et de la possibilité d'une piste
vendéenne. Avec une double préoccupation à l'esprit : conten-
ter la curiosité de son patron pour justifier la poursuite de ses
recherches aux Mercuriales et rester assez vague pour ne pas
éveiller sa suspicion. Cela lui avait valu un interminable repas
en tête-à-tête avec son supérieur. Il estima avoir été précis et
convaincant.

Le doyen avait réglé l'addition. Sa manière de vous faire
connaître sa satisfaction. Restait à le convaincre de le laisser

partir sur la côte atlantique. À sa grande surprise, le doyen l'y avait encouragé.

***

La Petite Sauzaie — Commune de Brétignolles-sur-Mer (Vendée)

Il prit le chemin de la Vendée, par voie ferrée. De Puygirard lui avait accordé une semaine pour tenter de mettre en corrélation les évènements d'ici et l'histoire de ce département de l'Ouest.

Après une étape à Nantes, il emprunta la navette SNCF pour arriver un peu avant 14H00 en gare de Saint Gilles-Croix-de-Vie. Il se trouva juste à l'ouverture de l'agence de location pour y récupérer le véhicule de location. Il rejoignit un gîte rural proche de Brétignolles-sur-Mer. Il prévoyait de rendre visite en premier lieu à la gendarmerie locale. Ses recherches sur la présence des Templiers en Vendée seraient un prétexte tout à fait plausible venant de l'historien qu'il était.

Il n'avait pas dit l'entière vérité à son patron. Se rappelant que Serge Nicolleau, missionné par Cariotti, avait enquêté sur Allyx, une intuition ne le quittait pas : et si, là-bas, sur le littoral atlantique, s'était jouée une partie douloureuse de l'enfance de la journaliste ?

***

Reims

Siméon de Puygirard était ennuyé. Guillaume Montalbach avait progressé, mais pas dans la direction envisagée. Par-dessus le marché, lorsque son assistant avait rendu compte de sa mission, il avait relevé quelques hésitations, des blancs inhabituels dans certaines de ses réponses. Certes, il continuait de suivre la trace des Templiers et du Grand Secret, mais dans le tourbillon des évènements, il semblait prêt à faire défection pour l'autre camp.

Le doyen avait une décision à prendre. Mettre un terme à l'intervention de Montalbach était tentant, mais un coup d'arrêt brutal n'aurait fait qu'attiser la curiosité du fouineur surdoué. Faire traîner les choses présentait toutefois le risque que celui-ci découvrît ce qu'il n'était pas souhaitable de mettre au jour. Une semaine, le délai semblait raisonnable. En croisant les doigts pour qu'il revienne au bercail sans avoir remué certains évènements passés. Ensuite, il faudrait le soustraire en douceur de l'affaire. Jeter le discrédit était sans conteste le moyen d'y parvenir.

Le patron de la Fac d'Histoire décrocha son téléphone sécurisé.

— J'ai besoin de vous, en Vendée. Un caméscope fera l'affaire.

La conversation fut brève. À l'autre bout, l'homme de main composa un autre numéro. Muni de son sac de voyage et de son attirail de travail il sauta dans un taxi. Il disposait d'argent liquide en quantité suffisante pour se déplacer sans délai, sans laisser de trace. Le petit avion d'affaires le prit en charge à l'endroit prévu. Il arriva largement en avance sur la cible. Comme d'habitude, le commanditaire s'était chargé de la logistique et lui avait fait parvenir par mail crypté sa feuille de route.

***

La Petite Sauzaie

Guillaume poussa d'abord jusqu'à la plage de la Petite Sauzaie. La gendarmerie pourrait bien attendre. D'abord, s'imprégner de l'atmosphère. Venir sur les traces d'un passé qui n'était pas le sien et dont il ignorait tout ne serait pas chose facile. Il comptait sur l'histoire locale pour combler les vides, assembler les indices et faire s'imbriquer les éléments les plus disparates.

La réponse vint, comme souvent en pareil cas, d'un coup de pouce du destin.

Menton sur la poitrine, il s'était à moitié assoupi, face à l'océan. Son portefeuille avait glissé de son pardessus. Sur le sable, il s'était ouvert, laissant échapper une photographie. Il n'avait pas entendu le vieux pêcheur s'asseoir près de lui. Celui-ci s'était baissé.

— Monsieur, c'est à vous ? M'a l'air toute gironde c'te d'moiselle, fit son voisin de banc.

Guillaume aurait presque été désagréable si l'homme ne s'était pas tétanisé devant photographie.

— *Fi d'vesse*[10] ! C'te personne… ? balbutia-t-il.

— Eh bien, quoi, cette personne ?

L'homme brandit le cliché sous son nez.

— Vous allez dire… c'est pas mes oignons… pourtant… pourtant, c'est une de vos connaissances ? La photo, elle est-y récente ?

Paradoxalement, l'air de détresse du vieux maraîchin[11] ainsi que ses questions furent la meilleure nouvelle qu'il fut donné à Guillaume de recevoir depuis longtemps.

— Cette personne est effectivement de mes amies. La photo ? Elle doit dater d'il y a un peu moins d'un an. Pourriez-vous me dire… ?

— Sur mon âme, cette jolie trombine, je la connais.

— Pardon ?

— Elle est morte…

— Hein !

— *Ça fait bin* une trentaine d'années !

Guillaume avait failli pousser un hurlement. Il eut la certitude de tenir enfin la première véritable pièce du puzzle.

— Grands Dieux ! Mais de qui croyez-vous parler ?

***

Il se précipita à la gendarmerie de Brétignolles. Le commandant de brigade pianota sur son ordinateur avant d'orienter le moniteur vers Guillaume.

— Alloïs Mladić… l'histoire a fait pas mal de bruit en son temps, commenta-t-il.

---

[10] *Fid' vesse* : juron du patois vendéen, intraduisible (Note de l'auteur)
[11] *Maraîchin* : habitant du marais vendéen (Note de l'auteur)

— Oui, disparue il y de cela une trentaine d'années, aux dires d'un vieux pêcheur de la Petite Sauzaie.

— Le père Crochet'. Il n'a jamais accepté que l'affaire reste sans réponse.

— Il connaissait donc si bien cette Alloïs Mladić ?

— À l'époque, il l'hébergeait quand elle venait en vacances avec son mari et leur enfant.

Le militaire compara la photo de l'écran à celle que Guillaume lui présentait.

— La ressemblance est frappante, n'est-ce pas ?

— C'est en effet troublant. Vous dites que cette jeune femme est l'une de vos amies ? Allyx Menils, c'est ça ?

L'adjudant avait la mémoire des noms et des faits.

— Menils était le nom de mariage de la disparue, enchaîna-t-il. D'origine croate, un ancien mannequin, je crois. Lui, dans la finance internationale. Un couple plein aux as, mais, paraît-il, très discret. Ainsi, cette journaliste serait leur fille ?

L'évocation de la petite famille ramena le gradé à ses débuts dans l'institution. Au moment des faits, il servait comme volontaire du contingent au sein de la brigade de Saint-Gilles-Croix-de-Vie, appelée en renfort pour l'occasion. L'affaire « Alloïs Mladić » avait été sa première participation à une enquête criminelle.

— Que pourriez-vous me dire de cette affaire ? le pressa Guillaume.

— La disparue du Corps de Garde, comme ils l'ont titrée dans la presse ! Du nom de la petite de plage de la Sauzaie où l'on a perdu sa trace. On n'y a trouvé que son walkman, sans les écouteurs. Enlèvement, disparition volontaire, noyade accidentelle, suicide, meurtre ? Le corps n'ayant jamais refait surface, l'enquête est restée au point mort.

Malgré cette conclusion négative, Guillaume sentait que les fils des évènements passés commençaient à se désentrelacer. Il apporta quelques précisions à son interlocuteur.

— Le mari a été mis hors de cause, rebondit ce dernier. On sait seulement qu'il est revenu avec la petite deux hivers de suite. Le père Crochet' pourra le confirmer. Puis, plus rien. C'est vous qui m'apprenez ce qu'il est advenu du père de mademoiselle Menils. Cette jeune femme n'a pas été épargnée, dites-moi.

— D'où ma démarche. Je voudrais savoir où je mets les pieds. Je sais qu'elle est à la recherche d'un pan de son histoire. Mais je ne souhaite pas que ça vire au cauchemar pour elle.

— Cependant, si elle vous a remis cette photo, elle doit s'attendre à…

— Allyx ignore mon entreprise. Cette photo m'a été procurée à son insu par une amie.

Guillaume revit Christine se faisant prier pour lui transférer le cliché de portable à portable. Le sous-officier de gendarmerie leva un œil intrigué.

— Pourriez-vous me dire la raison de votre initiative ?

— Je ne souhaite rien de moins que lui offrir un miracle.

— Elle doit être spéciale pour mériter ça !

Guillaume soupira. Son téléphone vibra.

— Allyx, par exemple !

Il activa l'ampli en faisant signe au gendarme de rester discret.

— Ça alors ! Je pensais à toi à l'instant. Qu'est-ce qui t'amène ?

— On n'a pas fini la discussion à propos de ma mère.

— Tu veux en parler ?

— Où es-tu ? Christine m'a dit qu'elle et Manon sont sans nouvelles de toi, reprit-elle.

— Je ne suis pas sur place.

— Entendu, tu n'es pas obligé de me dire. On peut quand même parler nous deux ?

— Va toujours.

— Pour ma mère, je voulais que tu saches, je l'ai à peine connue. J'étais gamine quand elle a disparu. Je ne suis pas certaine, mais je crois que ça a un rapport avec la « *lumière de tous les possibles* ». Ah ! Et je me pose toujours des questions au sujet de Nicolleau. Manon m'a dit qu'il avait laissé un message…

Guillaume sortit la feuille sur laquelle il avait recopié les derniers écrits du Vendéen. Il lui lut le contenu. Elle rebondit.

— *All.Men.*, pour Allyx Menils, ça, c'est facile. Ce sont les trigrammes que j'utilise pour signer mes articles de presse. « *L'ép* ». Ce serait donc l'Épine… un rapport entre Noirmoutier et ma famille peut-être ? Est-ce que mon nom y est mêlé d'une façon ou d'une autre ? Cassegrain, je ne vois pas ce que c'est. Si seulement Nicolleau était encore en vie, on pourrait lui demander. Quant à *méf. Angus*…

Le chef de brigade leva les sourcils, soudain plus attentif, et fit un signe à Guillaume.

— Écoute, coupa celui-ci, ça ne t'ennuie pas si on remet cette discussion à plus tard ? J'ai bien compris pour ta mère. Je te tiens au courant.

Il se tourna vers son interlocuteur.

— Vous vouliez me dire quelque chose…

— Angus… ce nom est connu par ici.

— Vrai ?

— Une légende qui a cours dans le marais.

— De quoi s'agit-il ?

— On raconte que c'est un moine défroqué qui officiait aux messes noires de Barbe Bleue. Encore faut-il croire aux contes.

— Vous pourriez m'en dire plus sur ce moine ?

— Toujours selon la légende, il aurait dérobé les secrets de son maître. Une malédiction l'aurait condamné à errer éternellement jusqu'à ce qu'il devienne le dernier survivant de l'Apocalypse.

Guillaume dévisagea le militaire avec curiosité.

— Ne soyez pas surpris. Être gendarme n'interdit pas de s'intéresser aux traditions locales. Et puis, étant originaire de Brem-sur-Mer, tout à-côté d'ici, mon enfance a été bercée de ces histoires. Ce Nicolleau, il est d'ici ?

— C'est le fils d'une vieille vendéenne qui habite à la Petite Sauzaie.

— La mère Cassegrain… bien sûr… de son vrai nom, Germaine Nicolleau.

— Ce serait donc sa mère….

— C'était… décédée, il y a peu. Et ce Nicolleau, quel est son rôle dans tout ça ?

— Serge Nicolleau exerçait comme enquêteur privé dans la Marne. C'est de lui que l'on tenait la meilleure piste concernant la disparition de la mère d'Allyx.

Le militaire désigna le papier que Guillaume venait de lire à Allyx.

— Vous pouvez me montrer ça ?

— Vous pensez pouvoir m'aider… je veux dire de manière officielle ?

— Malheureusement non. L'affaire de la disparue du Corps de Garde est couverte par la prescription. Cependant, rien n'interdit d'en discuter.

— Ce sont des mots écrits par Nicolleau avant de mourir. Je les ai retranscrits sans en modifier la forme.

— Je n'ai pas tout saisi de votre discussion avec mademoiselle Menils. Mais je vois ici des éléments qui pourraient vous intéresser. Par exemple cette abréviation « *l'ép.* »…

— Oui, on a supposé qu'elle faisait référence au village de l'Épine à Noirmoutier, jumelé avec celui de l'Épine, dans la Marne, berceau de l'Ordre des Templiers.

— Je pensais à autre chose. Avez-vous entendu parler du rocher à l'éperlan ?

— Oui, quelqu'un en a p…

Guillaume se tut, les yeux arrondis.

— Oh ! Bon Dieu… non, ce serait trop facile…

— Facile au point de ne pas l'avoir remarqué, glissa le militaire.

— « *L'ép.* » ! Le rocher à l'éperlan… c'est de ça qu'il s'agit !

— Pour votre info, le rocher se situe sur la plage du Corps de Garde.

— Vous avez parlé d'éléments, au pluriel…

— La mère de votre amie journaliste s'appelait Alloïs, Alloïs Menils. Regardez les premiers mots du message.

— *All. Men.* Ce n'est pas Allyx qu'il faut lire, c'est Alloïs… le prénom de sa mère !

— Le rocher à l'éperlan, Alloïs Menils, Angus… ce sont plus que des coïncidences ! J'espère que vous pourrez en tirer quelque chose. « *La lumière de tous les possibles* »… elle a vraiment dit ça ? ajouta le patron de la brigade.

— Cela vous évoque-t-il quelque chose ?

— Absolument rien. C'est juste que je trouve l'expression charmante.

Guillaume se leva.

— Cela a été aussi mon avis quand je l'ai entendue. Il faudra que je vous explique ça un jour. En attendant, grâce à vos observations je vais pouvoir partir sur de nouvelles bases. Comment vous remercier ?

— En réussissant là où nous avons échoué. Tenez-moi au courant. J'ai commencé dans le métier par cette affaire ; croyez-moi, ça me plairait de boucler la boucle de cette manière.

***

43

Samedi 3 décembre
Les Mercuriales

Christine franchit l'immense grille à 11H45, avec émotion. Tant d'années s'étaient écoulées ! Le décor lui était toujours aussi familier. Elle avait répondu à l'invitation de Manon avec enthousiasme. Sa demi-sœur éprouvait le besoin de renouer avec son passé, du moins le lui avait-elle laissé entendre. Elle voulait aussi discuter du silence prolongé de Guillaume.

— À quoi joue-t-il ? finit elle par dire après avoir bu son café dans un silence tendu. Ça ne t'inquiète pas ?

— Pas une seconde. Je sais qu'il nous cache quelque chose.

— Qu'est-ce que tu lui reproches ?

Manon ouvrit son ordinateur portable.

— Regarde sur l'écran, il y a un fichier intitulé *vendée. flv.* Lance-le.

Au démarrage de la vidéo, Christine eut un regard étonné.

— C'est Guillaume descendant d'un train...

La caméra zooma ensuite sur le nom de la station : Saint-Gilles-Croix-de-Vie.

— Je ne comprends pas. D'où ça vient ? Qui a filmé ça ?

— Je l'ignore, j'ai reçu cette vidéo dans ma boîte mail, expéditeur *unknown*. Regarde la date en incrustation.

— Le 2 décembre, 13H57... mais c'était hier ! Qu'est-ce qu'il faisait là-bas ?

— Et là regarde, Guillaume avec un vieil homme, devant l'océan... puis le voilà encore, il entre dans une gendarmerie...

— Brétignolles-sur-Mer ! s'écria Christine en découvrant la façade du bâtiment. Et le revoilà qui en sort. Plus d'une heure là-dedans. Mon Dieu, qu'est-ce qu'il manigance ?

La vidéo prit fin sur un plan de Guillaume, de nouveau en grande discussion avec le vieil homme, devant une maison, face à l'océan.

— Il se la joue en solo en Vendée, on dirait. Il faut faire quelque chose.

— Auparavant, j'aimerais être sûre qu'il n'y a aucune ambiguïté à son sujet. Qu'est-ce que tu éprouves pour lui ?

— Guillaume ? Je l'aime bien.

— À quel point ?

Le silence fut éloquent.

— Moi aussi, je l'aime bien… comme toi. Mais cette vidéo, ça m'a refroidie. J'ai besoin de savoir si tu te sens prête à continuer sans lui.

— Après ça, je crois… oui, c'est la bonne décision.

— On va se séparer d'un sacré atout.

— Ça ne te pose pas de problème que je sois une Tacite ?

— Non, je ne m'en fais pas. Je sais ce que ça veut dire et tu sais que je le sais. Tu es intelligente et futée, mais je ne crois pas que tu sois fourbe. Et puis tu fais plus confiance à Cariotti qu'à Puygirard.

— Guillaume aussi lui fait confiance…

Manon montra l'écran de son PC.

— Après ça, j'ai des doutes. Jusqu'à preuve du contraire, il reste salarié de Puygirard, lui-même membre éminent des Frères de l'Apocalypse. Je crains qu'il ne conspire dans notre dos.

— Tu as raison, on ne peut pas prendre de risques. On reprend les recherches à notre compte et on remonte les informations à Pierre. On commence par quoi ?

— Par une visite du Domaine, une visite comme tu ne l'imagines pas.

— Vous ne pensez pas y aller seules ?

Les demi-sœurs se retournèrent sur la voix qui venait de les interpeller. Dans l'entrée de la cuisine, deux hommes. Le premier, le haut du visage dissimulé par la capuche de son vêtement, portait un foulard sur le nez et des lunettes de soleil ; le second, tête nue, les menaçait d'un pistolet.

Manon reconnut ce dernier avec effroi.

— Vous êtes l'homme de chez le notaire !

***

La Petite Sauzaie

Guillaume retrouva le père Crochet' à son domicile. Le vieil homme était ému. Son visiteur allait peut-être élucider un mystère vieux de trente ans !

En mémoire d'Alloïs Menils, il lui facilita les choses. Faute d'héritiers connus, il avait été autorisé à entretenir la ferme de la défunte mère Cassegrain en attendant la venue d'éventuels acheteurs. Si quelqu'un se présentait, il était chargé de faire visiter les lieux, à condition d'en informer au préalable le notaire chargé de la succession. Il contacta l'avoué auquel il présenta Guillaume comme acquéreur potentiel.

***

Les Mercuriales

Sous la contrainte de l'arme, Manon prit la tête du groupe. Elle tenta de rassembler ses idées, d'identifier la voix de l'individu qui agissait en chef. Rien n'y fit. Le foulard étouffait les mots. Elle jeta un regard à Christine. Sa demi-sœur restait muette et semblait résignée.

Elle leur fit emprunter la galerie parallèle, celle qui longeait le boyau désormais condamné à son extrémité par la herse de bois. Ils débouchèrent sur la petite place marquée en son centre de l'horloge sans aiguilles, éclairée par l'effet du calcin. De part et d'autre, les huit chapelles se dressaient sous le regard abasourdi de Christine et celui intéressé de l'homme au foulard.

— La salle de la Quartora, voilà qui est intéressant, murmura-t-il.

Lorsque Manon montra le gouffre et le système pour le contourner, il apprécia.

— Je peux vous le dire, Mademoiselle, Hugo de Pahans, votre grand-père, était un rude bonhomme pour avoir déjoué cette chausse-trappe.

Elle le contempla, intriguée.

— Comment s'y est-il pris ? Il faut être deux pour que ça fonctionne.

— Ou bien une personne utilisant un lest suffisant.

— Il était âgé et manquait de force.

L'homme désigna les deux pierres rondes, posées à proximité du cadran.

— Ces boules de pierre, combien pèsent-elles à votre avis ? Cinquante kilos, soixante ? Facile à mettre en mouvement, non ? Une femme y parviendrait, alors votre grand-père…

Une pensée la traversa : « *comment ça a pu échapper à Guillaume ?* » Et cet homme, qui le lui avait expliqué ? La vérité éclata soudain. L'homme derrière elle, l'assassin de maître Renautrot, avait arraché des pages à la lettre de son grand-père. Tout y était consigné.

Elle regarda Christine. Celle-ci, tête baissée, toujours silencieuse, semblait se désintéresser de la situation.

***

44

Mercredi 7 décembre

Guillaume était rentré satisfait de son escapade vendéenne. Certes, il n'avait pas mis la main sur le trésor ou le secret de l'Ordre du Temple, mais il en avait saisi l'essence.

Dans la bourrine[12] de la mère Cassegrain, la mère de Serge Nicolleau, il n'avait pas mis longtemps à comprendre que le four à pain, ouvrage traditionnel adossé aux demeures locales, n'était qu'un leurre. Il n'avait jamais servi. L'histoire locale lui apprit que, de temps immémoriaux, nombre de ces constructions servaient de caches ou d'échappatoires aux gens du cru pour fuir l'assaillant. La masure de la vieille Vendéenne ne faisait pas exception à la règle. Un mécanisme rudimentaire, dissimulé dans le four à pain, permettait de passer sous la dune, de descendre sous un rocher à fleur d'océan, le rocher aux Corsaires. De là, s'opérait, toujours sous le niveau des flots, la jonction sur la gauche vers le rocher Sainte Véronique, sur la droite vers le rocher à l'éperlan.

---

[12] Bourrine : habitation typique vendéenne aux murs en torchis et à toiture de chaume (Note de l'auteur)

Quelques minutes avaient suffi à Guillaume, pour lever le voile sur une énigme vieille de près de huit cents ans. Un simple document touristique, une carte postale, avait servi de révélateur. Le cliché aérien montrait trois rochers dont la forme et le positionnement étaient rigoureusement identiques au dessin gravé sur l'horloge de Pierre Cariotti. De fil en aiguille, la demeure de la mère Cassegrain avait livré le secret qui, pendant près de huit siècles, avait escamoté l'action templière dans le département et avait, trois décennies plus tôt, causé l'élimination d'une jeune maman.

De cette dernière péripétie, Siméon de Puygirard ne serait pas informé. En fin de compte, il avait effectué un grand pas dans la compréhension de ce qui avait bouleversé l'existence d'Allyx Menils. De cela, il s'était entretenu avec le père Crochet'. Deux ou trois recoupements avec les anecdotes du pays, quelques vérifications auprès des services compétents et sa propre capacité de déduction avaient fini par lui donner le chaînon manquant. Il n'avait plus qu'à compiler tous les éléments pour tenir sa promesse envers son amie journaliste.

***

Il s'était réjoui à l'idée de son retour à Châlons-en-Champagne... jusqu'à l'appel de Pierre Cariotti. Manon et Christine avaient disparu !

Dans la foulée de sa conversation avec l'ingénieur, il avait contacté Allyx. Elle avait confirmé l'information. Bien que le terminus fût à quelques minutes, il avait vécu la fin du voyage dans une urgence angoissée. À la sortie de la gare un coup de klaxon lui signala où l'attendait son conducteur. Il eut du mal à reconnaître Pierre Cariotti sous sa casquette et derrière ses lunettes. Ils échangèrent un minimum de mots jusqu'à l'appartement de Guillaume où celui-ci se débarrassa de ses affaires avant qu'ils prennent la direction de l'Épine.

— Monsieur Cariotti, dites-moi ce que vous savez.

— Connaissez-vous Armand Thibaudeau ?

— Manon m'a dit que c'était son métayer. Un type mis en place par vos soins pour la seconder à la mort de son grand-père. Il y a un problème avec lui ?

— Au contraire, c'est lui qui nous a prévenus.

— Je vous écoute.

— Il avait prolongé son week-end jusqu'à lundi midi pour régler des affaires personnelles. De retour aux Mercuriales, il s'est rendu à la stabulation. Sur place il a constaté que le bétail manquait d'eau et de fourrage. Le système informatisé lui a permis de voir que Manon n'y est pas venue depuis samedi. Au logis, il a trouvé la porte non verrouillée, ce qui l'a alerté. Dans la cuisine, la table n'était pas débarrassée et l'évier contenait de la vaisselle sale.

— Il s'est donc tourné vers vous. Et pour Christine, comment on a su ?

— Je savais que les deux demi-sœurs s'étaient rapprochées. J'ai tenté de la contacter. À force de tomber sur sa boîte vocale, j'ai compris que quelque chose ne tournait pas rond. J'ai demandé à Allyx de se renseigner au Clos du Temple. Les employés et le vieux majordome ont confirmé son absence. Fait alarmant, Thibaudeau a trouvé le 4x4 de Christine dans l'un des hangars du Domaine.

— Donc, vous comptez sur moi pour trouver quelque chose. Dites-moi les possibilités que vous avez envisagées, histoire que je ne me disperse pas en réflexions inutiles.

— Pas grand-chose, je le crains. Grâce à mon ami Hugo, je connaissais l'existence des souterrains et l'accès par le pré. Avec Allyx, nous y avons foncé. De là nous avons gagné la pièce souterraine puis la galerie de la chapelle et celle qui mène à la cuisine.

— Et ça n'a rien donné ?

— Rien.

— Normal, vous n'avez pas exploré le quatrième souterrain.

— Vous l'avez trouvé ?

— Il y a trois semaines, avec Manon.

— Ce qui, tout en offrant une nouvelle perspective, n'est pas fait pour rassurer.

— Oui, cinq jours sans signe de vie…

Guillaume s'enferma dans ses réflexions jusqu'à l'arrivée aux Mercuriales. Armand Thibaudeau les y attendait, soucieux. Cariotti déposa son passager et fit demi-tour sans demander son reste. Guillaume embarqua le métayer dans son sillage, après s'être muni d'une barre à mine. Il avait gardé à l'esprit la porte de bois massif qu'il n'avait pu ouvrir lors de son exploration initiale avec Manon.

Si Thibaudeau tomba des nues en empruntant les galeries, il cacha à merveille sa stupéfaction. Ce qui eut le don d'agacer Guillaume. « *J'espère que ton calme ne signifie pas que tu connais déjà tout ça.* » Ce qu'il vit le rassura. Thibaudeau ne bronchait pas. Ce qui ne l'empêchait pas de regarder de tout bordt au fur et à mesure de leur progression.

La place circulaire, les oratoires, le contournement du gouffre, le boyau où s'était achevée la première exploration, l'ensemble fut traversé au pas de charge. Derrière la grille de fer, la porte de bois avait perdu ses gonds, arrachés sans ménagement. Elle ouvrait sur un boyau. À l'extrémité de ce dernier, contre le mur du fond, ils distinguèrent une forme.

— Manon !

Le hurlement de Guillaume retentit dans la cavité, effrayant. En enserrant le corps, il entendit un gémissement. La lampe de Thibaudeau éclaira le visage aux yeux clos et au teint cireux. Un fil de respiration franchit les lèvres. Guillaume sentit ses doigts se poisser.

— Éclairez mes mains.

La plaie au flanc, en partie coagulée, souillait les vêtements pour finir en tache sombre sur le sol.

— Manon, reste avec moi !

La jeune femme était à l'agonie. Dans une plainte déchirante, elle hoqueta.

— Nous deux… ça aurait dû être…

— Reste calme. On va te sortir de là…

Le sourire douloureux semblait s'excuser d'insister.

— Ça aurait été chouette…

— Oui, ça aurait été chouette.

— Et elle, tu ne l'aimes pas, hein ?

Il y a des circonstances où, devant l'inéluctable, le mensonge s'inscrit comme une évidence. Guillaume sut qu'il vivait un de ces moments définitifs.

— Non, bien sûr que non.

Il avait répondu à voix basse, tant pour évacuer sa propre émotion que pour apaiser les ultimes peurs d'une existence injustement tronquée. Le pauvre petit sourire se figea doucement. Un soupir plus profond s'échappa. Une âme prit son envol. Il serra le corps contre lui.

Dans son dos, il eut la sensation que le mur se mettait à vibrer et qu'un courant d'air s'engouffrait dans le tunnel. Le métayer esquissa un mouvement de recul en même temps qu'une détonation éclatait et le couchait à terre.

Lorsqu'il tourna la tête en direction de la déflagration, l'éclair d'une lampe torche l'aveugla. La violence du coup sur sa tempe l'emporta dans une chute vertigineuse. Il eut juste le temps de distinguer une ombre vêtue d'une sorte de soutane et de se dire que quelqu'un avait donc trouvé le passage.

Une dernière pensée l'effleura : « *merde, Christine… t'es où ?* » Puis il sombra.

***

45

Vendredi 9 décembre

Cariotti fit part à Allyx de son inquiétude. Sans nouvelles de Guillaume et de Thibaudeau depuis l'avant-veille, il sentait la situation lui échapper. Il se résigna à lui expliquer le rôle du métayer aux Mercuriales. L'urgence commandant l'intervention de gens plus qualifiés, Allyx exigea de mettre un ami policier, le lieutenant Marc Ambreuil, sur le coup. Guillaume avait peut-être laissé des traces que ce dernier saurait interpréter.

Trois quarts d'heure plus tard, se conformant aux indications de Cariotti, le trio investissait l'entrée du souterrain par la casemate pour finir dans la cuisine du logis. Le policier prit la direction des opérations.

— Monsieur Cariotti, vous restez au téléphone. Prêt à réagir. Allyx, tu me suis et tu me dis tout ce qui te passe par la tête. Tu peux réfléchir tout haut, ça peut m'aider.

— Voyons… Nous sommes dans une commanderie, commença la jeune femme. Les Templiers sont réputés avoir doté leurs propriétés de toutes sortes d'issues dérobées, refuges clandestins et cachettes, non ?

— Oui, ça, on le sait, mais on n'a pas le temps de décoder leurs jeux de piste.

Ils pénétrèrent dans le bureau. La journaliste se dirigea vers un secrétaire ouvert sur un monticule de documents. Tandis qu'elle faisait le tri, Ambreuil passa en revue les deux chambres, le salon, la cuisine puis la cave. À son retour, elle n'en avait pas terminé.

— Diable ! C'est forcément là !

La journaliste fulminait en continuant d'explorer le meuble.

— Il ne peut pas ne pas y avoir d'indices ! Obligé ! On en a besoin !

— C'est peut-être idiot… laisse-moi voir… intervint le policier.

Elle s'écarta.

— En tous cas ça ne coûte rien d'essayer… j'ai un secrétaire semblable chez moi. Secrétaire vient du mot « secret », ce n'est pas pour rien.

En retirant les tiroirs de leur logement, celui du haut lui donna raison. Il souleva le double fond. Il brandit une chemise cartonnée qu'Allyx vida, veillant à ne pas en détériorer le cachet de cire.

— Qu'est-ce qu'on a là ? La photo de deux bagues ou des deux faces d'une même bague. Tu vois celle avec les deux chevaliers en croupe sur une même monture ? C'est le symbole de l'Ordre du Temple. Et celle-ci ? C'est le même sceau que celui de la chemise, non ? Voyons l'autre feuille. On dirait la photocopie d'un parchemin.

Ambreuil s'impatienta.

— Ça nous raconte quoi ? Qu'on nage en plein environnement templier ? Ça, on le sait déjà. Bon sang ! On doit bien pouvoir dégotter quelque part des papiers, des archives, des notes, je ne sais pas moi !

— Qu'est-ce que tu viens de dire ?

— Je dis que dans un lieu chargé d'histoire, il existe forcément des documents, des archives…

— L'ordinateur… l'ordinateur d'Hugo de Pahans… ou celui de Manon, ils y consignaient leurs recherches. Normalement, Guillaume leur a refilé une copie des siennes.

— J'en ai repéré un dans une chambre. Qu'est-ce que tu espères trouver ?

— Hugo de Pahans a déposé chez son notaire une lettre pour Manon où il parle d'une quatrième galerie. Sauf que le passage qui en décrit l'accès a été dérobé il y a peu.

Allyx ne laissa pas le temps au policier de s'étonner.

— Connaissant Guillaume, je suis sûre qu'il a trouvé cette nouvelle galerie. Et qu'il en aura fait un relevé. Si on doit trouver une piste, ce sera dans ses notes.

— À supposer que tu aies raison et qu'il y ait une copie dans l'ordinateur, comment comptes-tu trouver le fichier ?

— Presque tout le monde procède pareil. Avec un peu de chance, une requête par mots-clefs devrait suffire. Tiens, par exemple : secret, salle secrète, souterrain, boyau, galerie, dérobé(e), cache, cachettes, temple, templier, domaine, Mercuriales...

— Au point où on en est... grommela Ambreuil, sceptique.

***

46

En entrouvrant les yeux, Guillaume ressentit un manque d'énergie, comme si toute volonté morale et physique lui faisait défaut. Il était allongé sur le flanc, les mains liées dans le dos. Luttant contre la panique, il remua lentement les pieds et les mains pour s'assurer de l'intégrité de ses fonctions motrices. Rassuré sur ce point, il entreprit de se relever, mais éprouva une nausée. Plus faible qu'il ne l'eût imaginé, il resta recroquevillé au sol. « *Ben mon gaillard, t'as salement morflé !* » Seul son cerveau acceptait de répondre. Il avait besoin de se calmer et de quelques exercices respiratoires pour retrouver un peu de vigueur.

Soudain il réalisa qu'il n'était pas seul. Quelque part dans la pièce, quelqu'un parlait. Celui qui s'exprimait se souciait peu de sa présence. Il ralentit sa respiration pour se focaliser sur la voix. L'homme s'approcha de lui et s'abaissa jusqu'à toucher son visage.

— Qui êtes-vous ? murmura Guillaume.

— D'aucuns me nomment Grand Maître de la Quartora, d'autres m'appellent Père Angus. Mais pour vous...

L'homme retira son capuchon. Guillaume réprima un tressaillement d'horreur. De son cerveau embrumé émergea soudain la vision, violente, insoutenable, effrayante, inévitable. Alors, l'ennemi était là ! L'infernal adversaire dont l'omniprésence menaçante avait plané tout au long de l'aventure avait enfin un nom. L'homme le contemplait à visage découvert, sans émotion.

Tout s'éclaira soudain ! Ni fatalité ni hasard ! L'autre était dans la place depuis le début, aux premières loges pour diriger la manœuvre, sa manœuvre. Pas surprenant dans ces conditions qu'il eût toujours un coup d'avance ! Il avait dû s'amuser à les regarder s'agiter, bâtir des hypothèses, suivre toutes sortes de directions !

Lui, l'enquêteur aux stupéfiantes ressources, n'avait rien vu venir ! Il mesura l'ampleur du désastre et l'ironie de la situation : à portée de souffle se tenait l'être immonde qui avait orchestré les évènements, commettant ou ordonnant les enlèvements, perpétrant ou commanditant les meurtres, multipliant les pistes plausibles, mais erronées, falsifiant et distillant les indices au gré des circonstances et de son intérêt.

— Où sommes- nous ?

— De l'autre côté du mur, pourrions-nous dire. Presque à l'aplomb de la basilique, dans la crypte de l'église primitive.

— Je ne vois rien ici qui soit digne d'intérêt.

— Patience, Monsieur Montalbach. Je vais vous éclairer… dans les deux sens du terme. On ne se promène pas comme le *vulgus turisticus* dans le nouveau Saint des Saints.

— Épargnez-moi votre baratin… le Saint des Saints, non, mais, écoutez-le !

L'autre ignora le sarcasme.

— Riez, Monsieur Montalbach, riez pendant que vous le pouvez encore.

Guillaume réalisa qu'il était le dernier obstacle, celui qu'il fallait éliminer. La poussée d'adrénaline déclencha en lui haine et colère. Dans une tentative désespérée, il tordit ses poignets entravés.

— Monsieur Montalbach ! Monsieur Montalbach ! Vous n'espérez pas en ma clémence, n'est-ce pas ? Je vous accorde quelques minutes supplémentaires de vie juste pour vous montrer à quelle révélation vous m'avez conduit.

Le ton glacial lui mit le cœur au bord des lèvres. Il entrevit à l'arrière-plan un mouvement. Un deuxième larron le tenait sous la menace d'un pistolet équipé d'un silencieux. L'homme à la bure fit signe à celui-ci d'embraser deux torchères murales.

L'être abhorré se releva, puis s'écarta du champ de vision, ouvrant ses deux bras à l'horizontale en un geste théâtral. Le professeur d'histoire se mit à trembler, incapable de détacher son regard de ce qui se dévoilait à lui.

— Honneur au nouveau Saint Sépulcre ! Gloire aux Saintes Reliques !

Il sembla à Guillaume que le ton de la voix tenait plus de l'ironie que de la vénération. Son complice s'approcha de lui et le força à s'agenouiller. Il tenta de résister. Un formidable coup de crosse irradia le bas de ses reins.

***

— Ouf ! Pas de login, c'est déjà ça, souffla Allyx au démarrage de l'ordinateur.

Marc suivit la gymnastique des doigts qui voltigeaient sur le clavier à une vitesse vertigineuse. La reporter était à son affaire.

— Bon… qu'est-ce qu'on a sur le bureau ? Qu'est-ce qu'on cherche ? Un dossier qui s'appellerait…

Tandis qu'elle lançait une série de requêtes, le policier voulut en savoir plus.

— Comment savais-tu que Montalbach avait transféré ses notes dans cet ordi ?

Rivée à l'écran, elle lui rapporta la rencontre qui, trois semaines plus tôt, avait réuni Pierre Cariotti, sa nièce Christine, Manon et Guillaume à la Villa des Breuils.

— Et ton rôle dans tout ça ?

— Comme je suis proche de Christine et de son oncle, j'ai fait l'intermédiaire.

— Ton impression sur Montalbach ?

— Je l'ai vu à l'œuvre, c'est impressionnant.

— Il a l'air de te fasciner…

— Dans une certaine mesure, oui.

Elle se concentra sur le clavier. Puis désigna un dossier.

— Bingo ! « *mercuriales.doc* ». Je te fiche mon billet qu'on a tout ce qu'il faut là-dedans. Elle ouvrit un à un les fichiers.

Elle sélectionna un dossier intitulé « réseau mercuriales ».

— Dans le mille ! Je t'avais dit que Guillaume était un sacré bonhomme. Voilà le relevé des souterrains et là, c'est la fameuse quatrième galerie. Elle fouilla dans son sac pour y récupérer une clef USB qu'elle inséra dans le portable. Quelques secondes plus tard, elle la connectait à un petit appareil. Marc reconnut le PlayBook 2, la dernière tablette tactile de BlackBerry.

L'écran lumineux révéla le plan avec une précision étonnante.

— Oh ! Je l'embrasserais bien cet homme ! s'exclama-t-elle.

— Pour ça, faudra qu'on le retrouve en vie.

— OK, on suit le souterrain qui part de la cave !

Elle respira à fond, ordonnant à son corps et à son esprit de se relâcher. C'est ce que Guillaume aurait fait.

Ambreuil entra dans le refuge secret d'Hugo.

— Marc ! Marc ! Rapplique ! Je crois que je l'ai !

Il rejoignit Allyx jusqu'à une sorte de renfoncement. La journaliste se tenait devant le reliquaire représentant la cathédrale des sacres. Elle repéra sur le plan le petit renvoi qui décrivait le mécanisme. Elle lança un cri de victoire lorsque l'une des deux stalles de bois situées derrière l'autel pivota.

— Trouve-moi un pied de biche ou un truc comme ça, lança-t-elle à son compagnon d'exploration. Dans ses notes, Guillaume dit qu'il n'a pas pu franchir une porte, faute de pouvoir la forcer.

***

47

Passé l'étourdissement consécutif à la douleur, Guillaume releva la tête. Il crut qu'il sombrait dans la démence… C'était certain, il allait émerger d'un méchant cauchemar, un canular, quelque chose comme ça.

— Comment est-ce possible ? gémit-il d'une voix stupéfaite.

— Pourquoi cela ne le serait-il pas ? N'est-ce pas ce pour quoi vous vous démenez depuis votre arrivée aux Mercuriales ?

Guillaume était hypnotisé par l'invraisemblable sanctuaire. Il reconnut les deux poutres de bois entrecroisées.

— La Sainte Croix !

— L'originale, dit-on, rapportée de Terre Sainte par Hugues de Payns. Mais je vois que vous avez aussi repéré les objets qui l'accompagnent. Approchez et contemplez.

— Les clous de la crucifixion ! Et là, est-ce l'écriteau fixé par les Romains ?

— Lisez.

Guillaume éprouva un vertige en déchiffrant l'antique et moqueuse inscription :

I.N.R.I.
« IESVS NAZARENVS REX IUDAEORUM »
« JESUS LE NAZARÉEN ROI DES JUIFS »

— Est-ce possible ? Est-ce possible ?

— Et voici autre chose.

L'inquiétant personnage éclaira un reliquaire placé au pied de la croix.

— Voici l'objet qui donne son sens à la fondation de l'Épine. Saviez-vous que le village doit son nom à cette relique, sur ordre de Philippe du Plaissis, treizième Maître de l'Ordre du Temple ?

— La couronne d'épines !

— *Doloris corona*, la couronne de souffrance. La seule et authentique, dit-on.

Guillaume était atterré. Cependant, il admit le fait spontanément : tout ceci était trop ahurissant, trop complexe pour n'être qu'une duperie.

— Les preuves ! L'Église n'a pas menti…

— Elle n'a pas menti sur la crucifixion de Jésus de Nazareth.

— Comment êtes-vous parvenu jusqu'ici ?

— Allons, Monsieur Montalbach, vous m'avez habitué à mieux.

— Je ne vois qu'une explication : le notaire de Châlons… la lettre d'Hugo à sa petite-fille… les pages manquantes…

— Je salue votre clairvoyance…

Guillaume montra du menton les reliques.

— Est-ce là le trésor des Templiers ?

— Uniquement la face visible…

— Je ne comprends pas…

— Ces reliques n'en sont que l'aspect matériel. Manque le Grand Secret.

— ?

— Mais si, mais si ! Voyons, n'avez-vous jamais pensé que le Secret ne se résumait peut-être pas à un trésor ? Qu'il pouvait être aussi un principe, une formule, une combinaison ?

La curiosité fit oublier à Guillaume sa position inconfortable.

— Est-ce le cas ?

L'homme tendit sa main gauche devant Guillaume.

— Connaissez-vous ce bijou ?

Le professeur examina l'annulaire de son interlocuteur. Il portait un anneau, gravé d'une colombe. Guillaume le reconnut avec épouvante.

— La bague de Pierre Cariotti ! Vous la lui avez dérobée ?

L'autre négligea de répondre.

— Bien plus qu'une bague, l'Anneau du Berger. La deuxième moitié du bijou original restée au doigt du Christ, tandis qu'il donnait l'autre partie à Saint Pierre au jardin de Gethsémani.

— Une relique supplémentaire, et alors ?

— Elle constitue le troisième élément.

— Le Tercodyx ! Le troisième Code !

« *Parle encore, force-le à répondre, gagne du délai* », Guillaume n'avait plus que cette idée en tête.

— Je vois que vous connaissez déjà le sujet. Ah ! Dois-je préciser que je suis en possession des deux autres artefacts ? Le premier, l'Anneau du Pêcheur, celui gravé d'un homme tirant son filet, le legs de Jésus à Pierre, me vient en droite ligne des Archives Secrètes du Vatican ; le second… n'est autre que le parchemin de polymère, que vous avez obligeamment laissé à ma disposition.

— Vous avez trouvé le reliquaire !

— La lettre d'Hugo de Pahans à sa petite fille m'a été fort utile…

Guillaume baissa la tête. Les jeux étaient faits.

— En quoi le parchemin de Boroldani forme-t-il le troisième élément ?

— En fait, il ne constitue pas le troisième artefact, il le protège… je devrais dire, il le contient.

— Il a été soumis à toutes sortes de tests, scanner, rayons X, ultraviolets, thermoluminescence. On n'a trouvé qu'une inscription et la marque de Boroldani.

L'homme à la bure plongea la main dans le sac qu'il portait en bandoulière et montra un livret de cuir.

— Voici quelque chose qui vous intéressera.

Il lui fit signe de se lever et approcha une torche, sous la menace armée de son complice.

— Voici le livre noir de Gilles de Rais, cédé par l'abbé Francisco Prelati à son petit-neveu Boroldani. La partie intérieure de la couverture comporte un addendum de la main du savant italien qui l'authentifie.

Guillaume repéra le symbole. L'**alpha** et l'**oméga** encadrant le **B** stylisé de Boroldani. Le signe du savant italien !

— Comment avez-vous trouvé ce carnet ?

— Le château d'Audreville compte plus de secrets qu'il n'y paraît. Après que vous avez rapporté à Cariotti vos observations, j'ai voulu me rendre compte par moi-même. Au passage, sa demeure est un vrai moulin.

— Qu'est-ce que j'ai manqué ?

— Tout à l'excitation d'avoir compris le message de la devise et la réalité de la rencontre entre Boroldani et Prelati, vous avez négligé les bonnes questions. D'abord, n'est-il pas raisonnable de penser qu'Audreville, lieu du passage de témoin entre les deux hommes, fut la destination finale du carnet noir de Gilles de Rais ? Ensuite, par quelle aberration trouve-t-on aux archives du château, côte à côte, l'acte de vente de la propriété aux Prelati et un curieux traité sur un jeu très prisé de la bourgeoisie italienne du XVème siècle ?

— Quel jeu ?

— Le jeu de l'anagramme. Ce divertissement a toujours eu valeur ésotérique auprès des sociétés occultes. De là m'est venue l'idée que l'on n'avait pas placé là ce document sans intention précise.

— Laisser un indice…

— Ou une clé à qui saurait l'interpréter.

— Et vous y êtes parvenu ! Comment ?

— Sous la devise de Prelati inscrite sur la cheminée de la grande salle, il y a son blason. Il représente une tripale.

— Qu'est-ce que c'est ?

— C'est l'ancêtre du rotor à trois pales, dont dérivera la célèbre vis aérienne imaginée en 1486 par Léonard de Vinci, grand ésotériste lui-même.

— Et par quelle illumination en êtes-vous arrivé au livre noir ?

— L'anagramme de Prelati, je vous le donne en mille…

— Tripale !

— Ensuite, par association d'idées, ce mot m'a conduit à ro-tor. Rotor, traduit du latin donne « *tourné* ». J'ai eu l'idée de re-garder cette tripale de plus près. Son entourage de cuivre n'a pas de vocation esthétique. C'est un cache destiné à dissimuler le fait qu'elle n'est pas solidaire de la maçonnerie ; je n'ai plus eu qu'à faire *tourner* la tripale sur son axe. Je vous laisse deviner la suite.

Bien qu'ayant fait la preuve de sa supériorité, l'adversaire ne versait pas dans le triomphalisme. L'homme se contenta de tendre à Guillaume le carnet de Gilles de Rais.

Guillaume commença de parcourir le manuscrit.

— « *Ego, Arturius Domenicus Boroldanus*[13]... ». Désolé, je ne lis pas le latin dans le texte.

— Peu importe, lisez ce passage écrit de la main du sei-gneur de Retz.

Guillaume s'exécuta. Tout sursis supplémentaire était bon à prendre.

— « *Il n'est pas de notre temps, mais d'avant et d'après. Il n'est pas de la substance de nos jours, mais de celle de demain. Sa lumière est obscure. Il est parole et silence, fusion et complément.* » J'ai déjà lu ça... chez Pierre Cariotti. Il s'agit d'un écrit de Boroldani trouvé dans ses registres secrets. Oh ! J'y suis... en réalité, il n'aurait fait que l'emprunter à Gilles de Rais. Que signifie cette phrase ?

— C'est l'une des descriptions ésotériques du Grand Secret que vous, Guillaume Montalbach, avez contribué à révéler. Et ce carnet est le mode d'emploi du Tercodyx.

Guillaume s'accrocha à l'idée de gagner du temps.

— Comment le savez-vous ?

— Parce qu'Hugues de Payns a dédié sa Commanderie au dieu Mercure.

Guillaume attendit, incapable de saisir le sens de la ré-ponse.

— Je vois que vous ignorez ce qu'est la Table d'Émeraude. La Table d'Émeraude est une tablette précieuse du IIème siècle ayant appartenu à Hermès Trismégiste, le fondateur de l'Alchimie. Je l'ai trouvée dans le reliquaire qui sert de cachette au parchemin. Eh oui ! Tout à votre merveilleuse trouvaille,

---

[13] *Ego, Arturius Domenicus Boroldanus* : moi, Arturo Domenico Boroldani (Traduction de l'auteur)

vous n'avez pas repéré l'existence d'un second compartiment. Toujours est-il que la Table d'Émeraude est gravée d'une formule allégorique, laquelle fait référence à la Pierre de Mercure.

— Jamais entendu parler...

— On la désigne aussi sous le nom de Premier Mercure, ou encore de Mercure des Philosophes.

Guillaume craignit tout à coup de comprendre.

— Êtes-vous en train de me parler du Grand Œuvre des alchimistes ?

— Je parle en effet de la transmutation du métal vil en métal précieux. Et de la formule qui guérit toute affection et prolonge la vie bien au-delà de ses limites.

Guillaume poussa un cri.

— La pierre philosophale[14] ! Vous avez découvert la pierre philosophale !

Père Angus tapota la couverture du carnet secret.

— La procédure d'emploi y est décrite pour celui qui sera maître du Tercodyx... votre serviteur en l'occurrence ! La mise en conjonction des artefacts accomplira le prodige et fera de moi « l'Être Ultime », maître du temps et du chaos.

Guillaume fit une nouvelle tentative dilatoire.

— On n'a pas la preuve... je crois... cette pierre philosophale n'est qu'une farce.

La réponse le fit frissonner.

— Monsieur Montalbach, selon les critères médicaux je suis mort ce matin. Je suis ressuscité dans l'heure qui suivait...

— Quoi... ?

— C'est là qu'intervient le dernier artefact, le parchemin de polymère.

— Qu'a-t-il de particulier que ni moi ni Hugo n'avons relevé ?

— Ne me dites pas que cela vous a échappé.

---

[14] Selon les alchimistes, la *pierre philosophale* est une substance – ou un procédé – à laquelle les alchimistes attribuaient trois propriétés : le changement des métaux vils en or, le pouvoir de guérir les maladies et celui de prolonger la vie humaine au-delà de ses limites naturelles (Note de l'auteur)

— Si vous parlez de l'espèce de film translucide qu'on distingue en transparence, je l'ai bien remarqué, mais je n'ai pas eu l'occasion de pousser plus loin.

— Il s'agit d'un linge… une relique vénérée.

— Impossible, le linceul du Christ est à Turin.

— Je parle d'un autre tissu mentionné par les évangiles. Un indice, peut-être ? Pensez à votre récent périple vendéen…

Guillaume tressaillit. Il était au courant de ça aussi ! Néanmoins, il décela la possibilité d'une faille. L'orgueil de son adversaire, son désir d'en remontrer… il fallait le provoquer.

— Faites-moi grâce de vos devinettes à deux balles.

— Pensez aux trois rochers de la Petite Sauzaie, celui du Corsaire, celui à l'éperlan et le rocher Sainte-Véronique. Ce dernier nom peut-être… ?

— Sainte-Véronique… le voile de Véronique ! Le linge de la Sainte Face, celui avec lequel la sœur de Jean-le-Baptiste essuya le visage du Christ lors de la montée au Golgotha.

— Oui, le voile du chemin de croix.

Le maître de la Quartora désigna le carnet de Gilles de Rais.

— Tout y est décrit, là encore. Y compris comment cela participe à la réalisation du Grand Œuvre.

— Comment cela fonctionne-t-il ?

— Pour faire simple, il suffit de déplier le polymère, d'y mettre en contact la bague du Christ. Le prodige se réalise.

— Allons donc ! Vous ne pouvez pas croire à ces foutaises.

— Homme de peu de foi ! En définitive, la pierre philosophale n'est pas stricto sensu un objet. C'est un principe actif résultant de la mise en conjonction d'objets complémentaires. Alors se déclenche l'extraordinaire processus.

— Vous êtes un grand malade.

Père Angus fit un pas en arrière, la voix égale.

— Que cela vous plaise ou non, la nature génère des phénomènes inexpliqués. Prenez par exemple le signe de Boroldani inséré à ce parchemin de polymère. En l'interprétant comme étant sa signature vous avez commis une erreur. Vous avez négligé une autre curiosité à propos du reliquaire. Avez-vous noté que la cachette du parchemin est couverte d'une fine pellicule de plomb ? Cette découverte vous aurait conduit à la question suivante : de quoi le plomb peut-il prémunir ? Soumis au compteur Geiger, le symbole de Boroldani se révèle être un agrégat nucléaire. Au contact de la peau du divin condamné, le processus s'est activé pour le protéger de la mort.

— Il y a comme un hiatus dans votre démonstration.

— Je suis impatient de savoir lequel.

— Vous prétendiez il y a quelques instants que le phénomène se réalisait en y associant la bague du Christ. Mais, c'est vous-même qui l'avez précisé, il s'est dessaisi d'une partie de celle-ci au profit de Pierre, au Jardin des Oliviers.

— Je me suis mal exprimé. C'est pour réaliser la transmutation, la transformation du plomb en or, que la mise en relation des trois éléments est indispensable. Pour le reste, un seul anneau au contact du tissu de la Sainte Face garantit l'intégrité physique. Une démonstration vaut toutes les théories, n'est-ce pas ?

Il sortit le parchemin d'un cabas, le plaqua contre son buste puis y posa son doigt orné de l'anneau du Berger. Sous les yeux ébahis de son prisonnier, une irradiation soudaine l'enveloppa, forçant Guillaume à baisser les paupières. Le phénomène fut bref.

L'ancien religieux fit un signe à son associé. Ce dernier lui tendit son arme. Il se campa face à l'universitaire et retourna le canon sur sa propre poitrine. La détonation fut étouffée par le silencieux. Il chancela sous l'impact, mais n'en fut pas plus affecté.

En dépit de sa situation précaire, Guillaume éclata de rire.

— Quel carnaval ! Des munitions à blanc. Vous auriez pu vous triturer un peu plus les neurones.

Père Angus s'accroupit près de lui.

— Il reste cinq balles. À vous de jouer, tirez sur moi à volonté.

— Inutile. Vos balles, c'est du bidon.

Une deuxième détonation retentit. Guillaume sentit la brûlure fulgurante traverser son épaule.

— Puisqu'il fallait cela pour vous convaincre.

Sur un signe, l'homme de main se plaça derrière le prisonnier et posa le canon d'un second pistolet sur sa nuque. Il détacha les liens qui entravaient ses mains tandis que le Grand Maître de la Quartora faisait glisser son arme jusqu'à ses pieds.

— À votre tour, il en reste quatre.

Quatre nouveaux tirs, quatre impacts. Hormis les mouvements de recul, l'homme ne broncha pas.

— On ne connaît pas tous les prodiges rendus possibles par le Tercodyx, mais on peut imaginer que c'est parce qu'il en disposait que Jésus de Nazareth a pu accomplir la transformation de l'eau en vin à Cana, la résurrection de Lazare et la sienne, la multiplication des pains à Tibériade, les guérisons. Les miracles sur lesquels il a fondé sa religion ? Fumisterie ! Dois-je continuer ? Dois-je vous expliquer pourquoi le Vatican risque de se trouver en mauvaise posture si le monde venait à apprendre cela ?

— C'est un ignoble chantage !

— L'avènement de la Quatrième Heure ne s'embarrasse pas de scrupules.

L'être immonde regarda sa montre. « *Retarde l'échéance, à n'importe quel prix* », Guillaume s'accrochait à cette idée.

— Là-bas, en Vendée, j'ai trouvé la trace du trésor des Templiers et le squelette d'une femme. Qu'avait-elle à voir avec ça ?

— Oui, je sais qu'à partir de chez la mère Cassegrain vous avez trouvé l'accès au cœur du rocher du Corsaire. Puis, partant de là, au rocher Sainte Véronique et au rocher à l'éperlan. Et je sais que sous ce dernier, vous avez découvert les restes de cette jeune femme.

— Alloïs Mladić. J'ai récupéré son carnet posthume, le récit qu'elle fait de son calvaire. Outre son enlèvement, elle y décrit ce qu'elle a découvert des activités de la Quartora. Comme elle, j'ai trouvé les douze chariots sous le rocher du Corsaire, vides bien sûr. Comme elle, j'ai compris que le rocher Sainte-Véronique avait été le coffre-fort de l'Ordre du Temple.

— Voilà pourquoi cette jeune personne fut éliminée. Malheureusement, Serge Nicolleau avait trouvé le lien et allait le révéler à votre amie journaliste, la fille même de la victime… nous avons dû nous débarrasser de lui.

L'homme s'attarda sur les objets vénérables.

— Nous ne vous laisserons pas en faire de même, ajouta-t-il.

— Me crois-tu assez stupide, sinistre crétin, pour ne pas avoir pris mes précautions ?

— On se tutoie maintenant ? Allons ! Tu espères qu'en faisant traîner cette discussion, il va se produire un événement, que quelqu'un va intervenir. Alors, abrégeons. Trois mots suffiront pour consommer ton échec : 14, rue Carnot…

— Mon Dieu… comment savez-vous… ?

Guillaume sembla broyé par l'imminence de la défaite.

— Votre adresse à Châlons ? J'y ai fait récupérer le témoignage posthume d'Alloïs Mladić.

Le personnage armé toussota.

— Le temps m'est compté désormais. Vos amis ne vont pas tarder à nous rejoindre.

— Mes amis ?

— Un policier et la journaliste. Ils ont investi Les Mercuriales il y a une petite demi-heure. Ce qu'il y a de bien avec les radiofréquences c'est qu'on peut géolocaliser tous types d'appareils de communication ; et tout ça à l'insu de son propriétaire. Actuellement, ils se trouvent… voyons…

Il consulta un appareil à cadran lumineux et baissa le ton.

— Désolé, je dois vous réduire au silence. Décidément, vous n'êtes pas le seul à avoir de surprenantes ressources.

Il jeta un nouveau coup d'œil à son appareil.

— Monsieur Montalbach, je dois prendre congé.

— Une dernière question, je vous en prie.

Un ricanement lui répondit.

— Qu'avez-vous fait de Christine ?

— Adieu, Monsieur Montalbach. Vous fûtes un adversaire de choix.

Le rire sardonique retentit une dernière fois. Le comparse appuya le silencieux contre le torse de Guillaume. Celui-ci ne vit pas le mur s'ouvrir sur la galerie. Il ne sentit pas l'homme de main le pousser de l'autre côté. Il n'entendit pas la paroi se refermer sur le fabuleux secret.

***

48

Marc Ambreuil et Allyx Menils débouchèrent sur le boyau terminal du quatrième souterrain. Le plan et les explications de Guillaume avaient facilité leur progression. Ils découvrirent d'abord le corps de Thibaudeau.

— Trop tard pour lui ! cria le policier.

Il se précipita vers le fond du tunnel. Son cri annonça le drame. Le spectacle était insoutenable. Deux corps blottis l'un contre l'autre, comme pour se protéger d'une même douleur. Manon, la tête affaissée, le buste maculé de larges taches sombres ; Guillaume recroquevillé, dans le même état.

Marc se pencha vers lui pendant qu'Allyx s'occupait de Manon.

— Il respire !

Le blessé balbutiait à voix basse des phrases incohérentes.

— Elle est morte ! Elle est morte ! Le monstre, il a emporté… Il savait tout ! La Quatrième heure… c'est lui… faut… faut l'emp…pêcher. Père Ang…gus… re…prendre le Ter…codyx…

La douleur et l'épuisement eurent raison de lui. Allyx emprisonnait le corps sans vie de la Manon dans ses bras. Il n'y avait plus rien à faire. Elle s'effondra, en sanglots. Marc la releva doucement. Le corps de Guillaume eut un spasme.

— Appelle Cariotti qu'il rameute des secours !

— Je ne capte rien. On doit trouver le moyen de le transporter nous-mêmes.

***

« Alors, c'est ça mourir… »

Guillaume remua la tête dans un sursaut de conscience. Il lui sembla qu'il n'était plus du même côté du mur et que pendant quelques instants il avait senti contre lui le corps de quelqu'un ; il s'était consolé en se disant qu'il ne périrait pas seul au fond de ce trou. Sous lui, quelque chose sembla vibrer. Il perçut des sons, des voix peut-être familières.

« Bonne et douce mort, Guillaume » pensa-t-il avant de replonger.

***

Allyx et Marc durent se rendre à l'évidence. La jeune femme n'aurait pas la force requise pour aider très longtemps.

— Continue à compresser la plaie comme tu peux, je fonce chercher Cariotti, lança Ambreuil en s'emparant du BlackBerry de la journaliste.

Lorsqu'il revint accompagné de l'ingénieur, l'état du blessé ne semblait avoir évolué ni dans un sens ni dans autre. Allyx contenait tant bien que mal l'hémorragie à l'aide de son écharpe.

— On a appelé le SAMU de Châlons. En attendant, on le porte le plus loin possible.

Le retour fut exténuant. Lorsque l'un ou l'autre des hommes semblait à bout de force, Allyx le remplaçait du mieux qu'elle pouvait. Ils progressèrent ainsi sans trop ralentir. Parvenus au niveau de la salle secrète d'Hugo, Marc opta pour la sortie par l'oratoire à la Vierge. Le boyau, bien qu'étroit, était plus court que celui menant à la cave du logis. Ils firent la jonction avec les urgentistes.

— Pro… pro…fesseur… Rus…Russo… murmura Guillaume.

— Attendez ! cria Marc tandis que l'on installait le blessé dans le véhicule sanitaire. Il essaye de dire quelque chose.

Le secouriste souleva le masque à oxygène posé sur le visage du blessé. Le policier se pencha près de ses lèvres.

— Dans… ma… p.. poche. Rus..so. Annabelle Russo.

***

Père Angus attendit une demi-heure après le départ des sauveteurs avant de faire mouvement avec son homme de main. Une fois de plus, il avait pris la bonne décision. Lorsqu'il se fût assuré que la voie était libre, il activa l'ouverture de la paroi qui les séparait du tunnel.

La lettre dérobée chez le notaire de Châlons expliquait comment regagner la surface sans encombre. Il avait même fait une découverte stupéfiante : Hugo de Pahans avait mis au jour un accès supplémentaire, au départ de la basilique Notre Dame de l'Épine. Compliqué pour quelqu'un de son âge, mais pas impossible, en cas de nécessité ! Il avait juste besoin du concours d'un acolyte.

Parvenus à la pièce secrète d'Hugo, les deux hommes empruntèrent la galerie qui menait à la casemate. Indifférent au véhicule brûlé garé à proximité, Père Angus donna un appel téléphonique. Deux minutes plus tard, un ULM se présentait.

Son compère s'inquiéta.

— Il manque un ULM…

— Vous n'y êtes pas.

L'effet de la piqûre de neurotoxine fut instantané. Le sbire s'affaissa contre l'aile avant de la carcasse carbonisée. Sur un signe, le pilote décolla, abandonnant la victime sur place.

— L'avion est-il prêt ?

— Il t'attend à Vatry. Tu devrais être à Rome dans moins de quatre heures.

— Mon Dieu, comme je déteste ça !

— C'est la dernière ligne droite !

— Non, non ! Je parle des voyages en avion.

Père Angus se pencha vers l'extérieur de l'aéronef. Sur ce commentaire laconique, il lança un sourire à son partenaire, posa la main sur l'objet qu'il portait au cou puis appuya sur l'interrupteur de l'appareil. L'enfer se déclencherait d'ici une trentaine de minutes.

**

Deux gendarmes furent postés à l'entrée de la Commanderie afin d'en contrôler l'accès. Marc Ambreuil, demeuré sur place, n'avait pas eu d'autre choix que celui de rendre compte à sa hiérarchie. Allyx avait tenu à accompagner Guillaume vers l'hôpital de Châlons-en-Champagne. À la stupéfaction des médecins, la compresse de fortune avait suffi à juguler l'hémorragie.

Un personnage nouveau s'invita dans le dispositif. Une femme envers laquelle le chirurgien marqua une déférence singulière. À la fin du compte-rendu opératoire, elle ne sembla pas surprise par les observations du praticien. Elle se dirigea aussitôt vers la salle d'attente où se morfondait Allyx.

— Mademoiselle, vous remercierez le policier qui m'a contactée et merci à vous d'avoir accompagné monsieur Montalbach jusqu'à cet hôpital. Je vous rassure sans tarder : il est tiré d'affaire.

— Comment est-ce possible ? La balle a perforé la poitrine au niveau du cœur, ou du poumon. On ne se relève pas d'une telle blessure !

— « *Situs inversus partiel* »…

— Pardon ?

— « *Situs inversus* » ou dextrocardie, c'est le terme médical pour désigner une anomalie anatomique qui touche Guillaume.

— En clair ?

— Son cœur est situé sur le côté droit de sa cage thoracique.

— Ça existe ce genre de truc ?

— Oui, pour une personne sur dix mille. Dans soixante-quinze pour cent des cas, cela n'a aucune incidence fonctionnelle. Guillaume entre dans ce pourcentage. Du coup, la balle n'a fait que traverser les chairs, briser une côte et passer entre les poumons. Résultat, un nettoyage des plaies, quelques points de suture, des antibiotiques en masse et un suivi médical feront l'affaire. Il sera sous sédatif pendant au moins vingt-quatre heures, mais il est transportable dès aujourd'hui. Son transfert dans mon établissement est déjà programmé.

— Votre établissement ? Mais je ne sais toujours pas à quel titre vous intervenez. Qui êtes-vous ?

— Oh ! Désolée, j'étais préoccupée par l'état de santé de votre ami. Je suis le professeur Russo. Guillaume est mon patient.

— Guillaume n'est pas malade à ma connaissance ! Et il est hors de danger, vous venez de le dire.

— Détrompez-vous, il souffre… mais pas uniquement dans sa chair.

La femme lui tendit une carte professionnelle.

— Ceci devrait répondre à votre question.

*Professeur **Russo Annabelle**,*
neuropsychiatre
Institut médico-psychologique de la Marne

— Russo, comme le ponte qu'on voit à la télé ? Comme la psychiatre experte dans les affaires judiciaires ?

Allyx la dévisagea avec intensité. La spécialiste des affections mentales lui sourit avec gentillesse. De stature élancée, la soixantaine grisonnante, les joues striées de ridules et le menton bien dessiné, l'ensemble lui conférait une relative rudesse, adoucie en partie par la pâleur bleutée du regard. Non pas qu'elle manquât de féminité, mais sa coiffure en désordre et l'absence de maquillage soulignaient qu'elle ne s'attardait pas sur sa propre personne.

Sans se l'expliquer, Allyx se sentit en confiance. L'attitude du médecin avait quelque chose de rassurant.

— Alors, vous ne me direz pas de quoi il retourne.

— Non, rien qu'à la justice, si cela s'avérait nécessaire. Selon vous, cela pourrait-il être le cas ?

— Si vous disposez d'un peu de temps, je peux vous raconter ce que Guillaume vient de traverser, proposa Allyx.

— Accompagnez-moi à l'Institut, nous parlerons en attendant son arrivée.

La neuropsychiatre observa à nouveau Allyx avec attention.

— Vous me plaisez jeune fille, allez savoir pourquoi ; je suis certaine qu'une bonne discussion me sera utile tout autant qu'elle vous éclairera… sans que j'aie à transgresser le secret médical.

***

La cour centrale des Mercuriales se mit soudain à vibrer.

Marc Ambreuil et les gendarmes échangèrent un regard inquiet.

— La région n'est pas connue pour son instabilité sismique, s'étonna l'un des factionnaires. Qu'est-ce que… ?

Il fut interrompu par un bruit long et sourd. Un roulement étouffé sembla surgir du sous-sol. Marc tourna sur lui-même à la recherche du point d'origine. Un grondement plus violent, suivi d'un tremblement plus intense les précipita à terre. Au-delà du mur d'enceinte, la butte qui à mi-chemin surplombait le Domaine et dominait l'Épine, parut prise de frénésie. Le phénomène dura moins de trente secondes. Le paysage sembla se figer soudain avant de s'affaisser dans un fracas de fin du monde. Lorsque le vacarme cessa, les témoins se précipitèrent vers la grille d'entrée.

Du point d'observation, le spectacle était hallucinant. Un monstrueux nuage de poussière grisâtre retombait avec lenteur. Le paysage s'éclaircit enfin sur une gigantesque dépression. L'ancien mouvement de terrain avait cédé la place à une fosse aux bords déchiquetés, entourée de dizaines de blocs de calcaire mêlés de végétation.

— Mince ! C'était quoi ça ? Une éruption ? s'inquiéta le gendarme.

Marc fit un geste de dénégation.

— On n'est pas en zone volcanique. On aurait plutôt dit une implosion.

— Vous suggérez qu'il s'agit d'un acte délibéré ?

— Je penche en effet pour une explosion provoquée.

— Vous avez vu le cratère, c'est énorme !

— Cent mètres de diamètre, au bas mot.

— Qu'est-ce qu'il peut bien y avoir là-dessous ?

— On ne le saura jamais, je doute qu'on déblaie un jour ce foutoir. Trop dangereux, trop titanesque. On va commencer par sécuriser puis on finira par combler tout ça.

Son téléphone lui apporta une diversion. Allyx se manifestait enfin. Elle lui expliqua la miraculeuse anomalie qui avait sauvé Guillaume. En retour, il lui relata la formidable déflagration qui venait de secouer Les Mercuriales.

— Et maintenant ? Qu'est-ce qui se passe ?

— Dès qu'on peut, on interroge Montalbach. Il doit avoir des choses à nous raconter…

— Tu vas leur dire quoi aux enquêteurs?

— Je vais faire le canard puisque je ne sais rien.

***
49

Dimanche 11 décembre
Institut médico-psychologique de la Marne

— Guillaume ! Guillaume, tu m'entends ?

Il aurait bien voulu sortir de cet engourdissement qui le tenait à l'écart du monde réel. Mais ce sacré marteau-pilon continuait à battre des records de décibels à l'intérieur de ses tempes. Une douleur indicible, comme si toutes les terminaisons nerveuses de son corps avaient pris rendez-vous dans son crâne. Si violente qu'il n'avait pas la force d'ouvrir les yeux et que chaque murmure lui brûlait le cerveau.

— Guillaume !

Une main emprisonnait la sienne.

— Faites quelque chose, à la fin !

Il eut juste le temps de reconnaître la voix d'Allyx avant de sombrer à nouveau.

***

La chambre lui était inconnue.

Ses yeux s'habituèrent peu à peu à la semi-obscurité. Son cerveau, malgré les élancements, ne menaçait plus d'exploser. Il entendit des voix. Lentement, il tourna la tête.

— Professeur ! Il se réveille, fit l'une d'elles avec soulagement.

Sa vue demeurait floue, mais son ouïe n'avait subi aucune altération.

Allyx ! Il sut qu'elle était à son chevet. Il réalisa dans le même moment que s'il avait échappé au pire c'était en partie grâce à elle. Une larme roula sur sa joue. Fin du cauchemar ? Sentiment de délivrance ? Reconnaissance et émotion ? Un peu de tout cela en même temps, songea-t-il tandis qu'une main effleurait son visage.

Dans son champ de vision, il distingua une sorte de mouvement vers lui. Puis une sensation de fraîcheur apaisa son front brûlant.

— Enfin, tu nous reviens !

Guillaume comprit qu'on lui tamponnait le visage avec un linge humide. Une impression d'écrasement lui broyait la poitrine.

— Qu'est-ce que je fous ici ?

— Guillaume ! Tu es blessé.

— Commence alors par parler moins fort et éteins-moi cette fichue lumière.

— Reste calme.

La voix d'Allyx était à la fois impérieuse et rassurante. Il saisit sa main.

— Aide-moi à me redresser et file-moi à boire.

Une autre personne rectifia sa position tandis que la journaliste fonçait à la recherche d'une bouteille d'eau et d'un verre.

— J'ai zappé quel épisode ?

— Guillaume, c'est moi, Annabelle. Je n'ai que quelques secondes avant le retour de ton amie. Tu es à l'Institut. Voici le topo : officiellement tu es mon patient depuis plusieurs semaines. Tu fais des crises de parano. Joue le jeu.

Déjà Allyx réapparaissait.

— Professeur, il a compris où il se trouve ?

Guillaume se tourna vers elle avec un rictus de douleur.

— Je vois… tu es au courant… pour mes problèmes. Je suis dans le coltar depuis quand ? Qu'est-ce qui m'est arrivé ?

Sa voix grimpa dans les aigus, comme s'il subissait un stress soudain. En réalité, il sentait ses forces et ses facultés regagner du terrain. Ses capacités commençaient à tourner à un régime satisfaisant. Il devait continuer de donner le change.

— Professeur, vous lui dites ?

— Ça ne va pas vous plaire ! improvisa Annabelle Russo en revenant au vouvoiement. Vous avez été blessé par balle hier après-midi. Vous avez refait surface ce soir seulement. La blessure n'était pas mortelle, mais il y a eu des dégâts.

— Nom de Dieu ! Quelle blessure ?

Au moment où il posait la question, Guillaume sentit les souvenirs affluer. Les évènements et les visages, la chronologie, tout se remettait en place.

— Bon Dieu ! Manon ?

Un silence gêné apporta la réponse.

— Comment… ?

Toujours pas de réponse.

— Et Christine, et Thibaudeau ?

Un autre silence, tout aussi éloquent que les précédents. Il se tordit dans tous les sens.

— Alors, je ne suis pas fou ? On vous a dit de ne rien me dire ? Il y a bien un complot ? C'est le début de l'Apocalypse, l'avènement de l'Être Ultime !

Allyx se mordit les lèvres. Elle s'assit sur le bord du lit et abandonna ses deux mains dans les siennes. Avec un regard désespéré vers le professeur Russo. Celle-ci lui fit signe de l'accompagner vers la sortie tandis qu'une infirmière approchait avec un plateau médical.

— Une poussée d'angoisse. Les sédatifs et les anxiolytiques sont de moins en moins efficaces.

***

50

Castel Gandolfo - Villa Cybo

Le vieux chef des catholiques était tourmenté. Les yeux perdus sur le calendrier mural de son bureau, il se sentait vidé de toute substance. La maladie n'arrangeait pas la situation. Il ne l'avait pas encore annoncée, par crainte des spéculations qui ne feraient qu'affaiblir son pontificat.

Depuis la mise en demeure du chef de la Fraternité Eucharistique et la trahison du Cardinal Protecteur des Archives, il savait que l'Église entrait dans une zone de turbulences comme elle n'en avait plus traversées depuis le scandale financier de la banque vaticane Ambrosiano[15].

Elle n'avait pas besoin d'une nouvelle crise, en tous cas, il ne serait pas le Pape qui la conduirait au bord du gouffre !

Sa Sainteté reporta son attention sur le calendrier. L'ultimatum avait expiré depuis trois jours. Il s'était pris à espérer. Il avait déchanté lorsque le Cardinal Protecteur des Archives Secrètes s'était annoncé pour la fin de journée. Il avait dû rejoindre la résidence d'été sans préavis, bousculant une nouvelle fois le protocole et son emploi du temps.

La situation réclamait une réponse. Jusqu'à présent, chaque option envisagée l'avait ramené à sa propre impuissance. Mais, depuis ce matin il entrevoyait la possibilité, peut-être pas de stopper, mais d'enrayer la conspiration. Au mieux, sa solution différerait l'heure du chaos annoncé. Au pire... il ne voyait pas ce qui pouvait être pire. Il ne serait pas dit qu'il livrerait ses fidèles aux vautours, du moins pas de la façon voulue par ses adversaires.

Le Cardinal se présenta accompagné de Père Angus. Le Supérieur de la Fraternité Eucharistique, n'avait pas fait le déplacement. Sa visite précédente avait constitué un geste fort et suffisant.

— Très Saint-Père, commença l'ancien moine, nous n'avons pas trouvé de moyen plus efficace pour vous présenter...

— Père Angus ! Épargnez-moi vos précautions oratoires. Quant à vous, Éminence, vous le deuxième personnage du Saint-Siège, me direz-vous le prix de votre trahison ?

— Très Saint-Père, l'heure n'est pas aux reproches.

— Encore une fois, que vous a-t-on promis ?

— De survivre à l'Apocalypse.

— Avez-vous perdu votre bon sens en même temps que votre foi, mon fils ? L'Apocalypse n'est pas une échéance fixée par l'homme, mais par Dieu. Auriez-vous oublié la prophétie du Christ : « *Vous ne saurez ni le lieu ni le moment* » ?

Son ancien confesseur mit fin à l'argutie papale.

— Nous devons finaliser les termes de notre accord…

— Notre accord ! Comme vous y allez ! Père Angus, dites plutôt le diktat d'une congrégation apostate.

Le moine défroqué le défia du regard

— Soit ! Il me faudra vous persuader autrement.

Le Cardinal se porta à sa hauteur. Il tendit un bras vers l'épaule du pontife. L'effet de la piqûre fut instantané.

— Très Saint-Père, ce paralysant vous empêche uniquement de bouger et de parler. Notre ami de la Fraternité Eucharistique détient des… choses… révélées grâce à l'action de Père Angus. Des arguments dépassant l'entendement. Je vous laisse la parole, père Angus.

— Très Saint-Père, le prodige auquel vous allez assister est l'arme qui donne pouvoir sur toutes choses.

Il sortit de sa soutane un étui contenant une nouvelle seringue.

— Voici qui vous convaincra. Une fois ma démonstration achevée, vous n'aurez d'autre choix que de vous soumettre à la Fraternité Eucharistique. Ce prodige, je l'ai expérimenté sur toutes sortes d'espèces… jusque sur ma propre personne. Avec un taux de succès maximal. Vous serez le deuxième… cobaye humain.

Le Pape n'était plus en mesure de protester ou de s'agiter.

— Qui, mieux que le successeur de Pierre, saurait recevoir l'autre vérité ? Qui mieux que Votre Sainteté appréciera la preuve que l'œuvre de Jésus et, partant de là, les préceptes de la chrétienté, reposent sur la plus grande supercherie jamais servie à l'humanité ?

Père Angus emplit tranquillement la seringue.

— Connaissez-vous l'effet de la tétrodotoxine ? Le venin de la pieuvre à anneaux bleus… sa toxicité dépasse celle de tous les animaux venimeux de la création.

Le corps paralysé ne put réagir. Le regard frappé de répulsion parlait à sa place.

— Très Saint-Père, vous allez donc mourir…

***

La piqûre produisit un effet foudroyant, une douleur infinie que le cerveau du souverain pontife eut le temps d'analyser étape après étape : spasmes, sueurs, bave, vomissements, crampes abdominales et intercostales… La douleur, déjà fulgurante, s'amplifia, au-delà du supportable. Puis vinrent la détresse respiratoire, l'anarchie cardiaque, enfin l'arrêt libérateur.

L'agonie dura trente éternelles secondes.

***

Reims

Marc récupéra Allyx en début de soirée à l'Institut. De retour à Reims, ils finirent la journée à l'appartement de la journaliste, devant un sandwich et une bière. Allyx lui fit un point des informations recueillies auprès de la neuropsychiatre. L'anomalie génétique de Guillaume Montalbach n'était rien comparée à la révélation du fait qu'il était le patient d'Annabelle Russo depuis plusieurs mois. En lisant entre les lignes — secret médical oblige —, Allyx avait saisi que le jeune historien souffrait d'une forme aiguë de paranoïa.

— Selon la psy, Guillaume est en relative bonne santé physique, mais sur le plan psychologique, il est en pleine crise paroxystique.

— On attendra qu'il s'en remette.

— Il pourrait ne jamais sortir de cet état.

— Dans ce cas, le juge verra ça avec Russo. C'est elle l'expert auprès des tribunaux, après tout.

Marc se tut, le temps de vider sa bière. Après quelques instants, elle le tira de sa rêverie.

— À propos de juge, il va nous mettre sur la sellette ?

— Pas plus que ça. J'ai déjà filé les premiers éléments à mes collègues. Il suffit de fournir une version plausible et que Cariotti se cale dessus.

— Que devrons-nous dire ?

— Que Cariotti était inquiet pour sa nièce qui se trouve être ton amie. Ayant appris qu'elle était aux Mercuriales, ce qui est avéré par la présence de sa voiture, tu as demandé mon aide. Lorsque nous sommes arrivés, nous avons trouvé Montalbach, blessé par balle, on ignore dans quelles circonstances.

— Tu es prêt à mentir à ta hiérarchie et à la justice ?

— Hé quoi ? Je ne suis pas suicidaire. Ce que j'ai vu là-bas nous vaudra plus d'emmerdes que de bénéfices, non ? De plus, les dégâts causés par l'explosion nous arrangent. Personne n'ira voir là-dessous. Alors oui, cette histoire de Templiers doit rester ignorée. On a trop à y perdre.

— Mais si Guillaume vendait la mèche ?

— Son témoignage sera sujet à caution après l'avis de Russo. Et tu peux me croire, le juge ne manquera pas de le lui demander.

— N'empêche qu'on la connaît, nous, la vérité.

— Oui et on s'en accommodera. Hé, mais j'y pense ! Si Montalbach est atteint de démence, ça veut dire que ce qu'on a vu dans le sous-sol des Mercuriales, c'est du flan ? Je veux dire… les galeries, la salle souterraine, les oratoires et tout le toutim, ça existe bien, mais pas pour les raisons qu'on croyait.

— Et la mort de Manon et Thibaudeau ? Et la disparition de Christine ? C'est du flan ?

Marc ignora l'objection.

— Si ça se trouve, tout ce que de Pahans, Rivalmonte et consorts poursuivaient, c'étaient des chimères ? Et on aurait envoyé alors un super historien pour percer un tonneau vide ! Il découvre qu'on l'a mené en bateau… ça déclenche chez lui une réaction, genre paranoïa… il pète un câble et se met à tirer sur tout ce qui bouge… pour finir par se flinguer lui-même.

— Je ne suis pas certaine de vouloir entendre ça.

— N'empêche, Montalbach cinglé, ça expliquerait pas mal de choses.

Un ombre triste traversa le regard d'Allyx. Ambreuil tenta d'atténuer ses propos.

— Excuse-moi, je n'aurais pas dû le dire comme ça. Je sais que tu l'aimes bien.

***

51

Lundi 13 décembre
Institut médico-psychologique de la Marne

— Puis-je le voir au moins ?

La blessure par balle de Guillaume avait été signalée, comme la loi l'exige, par le centre hospitalier de Châlons-en-Champagne. Le juge d'instruction Michel Courrot, saisi de l'affaire, s'était déplacé à l'Institut médico-psychologique où la victime était désormais suivie.

Annabelle Russo escorta son visiteur jusqu'à une porte massive, dotée d'un unique carreau renforcé de mailles métalliques.

— Même si vous en aviez la possibilité, dit-elle, vous ne parviendriez pas à établir le moindre contact. Il ne réagit à aucun stimulus.

Le juge était accaparé par l'être qui lui faisait face. Allongé sur le dos, Guillaume était immobilisé sur un lit soudé au sol, bras et jambes entravés au moyen d'anneaux rigides reliés aux armatures. Il s'en étonna.

— Il est toujours comme ça ? Je veux dire, totalement ligoté et amorphe ?

— Il n'y a malheureusement que ce moyen associé aux traitements chimiques pour se prémunir de tout risque.

— Y a-t-il une infime possibilité qu'il retrouve un jour ses esprits ?

— Notre patient présente une triple pathologie : le délire de persécution, la paranoïa et une schizonévrose à pulsions meurtrières.

— En clair ?

— Lors de son admission, il était à la fois désorienté et extrêmement excité. Ses anciens démons refaisaient surface. Il

210

évoquait sans cesse un complot mondial, dénonçant je ne sais quelles exactions conduites depuis des siècles par les gouvernants de la planète.

— Par exemple !

— Ça n'a rien de nouveau. Je connais bien sa logorrhée contre nos figures historiques ou populaires qu'il juge comme autant d'initiés au service d'un pouvoir occupé à asservir le genre humain. Sauf que dernièrement sont apparues des flambées de violence, des menaces envers ceux qui l'approchent. D'où la camisole chimique et ces mesures préventives.

Le juge Courrot insista.

— Vous ne répondez pas à ma question. Peut-il s'en sortir ?

— Jusqu'à présent, le suivi et quelques traitements appropriés permettaient à Guillaume de vivre de façon normale. Ce qu'il vient de subir a rompu l'équilibre. Nous sommes désormais confrontés à une pathologie lourde.

— Qu'est-ce que qui vous fait dire ça ?

— Ces fameux facteurs comportementaux constatés depuis son admission.

— Que s'est-il passé ?

— Une crise plus sévère que les précédentes. Tentative d'automutilation suivie d'une agression sur moi-même. Cela ne s'était jamais produit auparavant.

Le juge observa à nouveau à travers le carreau blindé. Un mouvement. Le patient s'agita. Sa tête tourna de droite à gauche, donnant des coups violents de part et d'autre du lit. Un rugissement accompagna la crise. Celle-ci fut interminable.

Puis, tout comme le déclenchement s'était révélé brutal, la tête retomba sur le côté, en direction des observateurs. Le magistrat put enfin contempler ses traits. « *Mon Dieu ! Comme il a changé !* » Les traits, tordus de rictus, n'avaient plus rien avoir avec la photo incluse au dossier judiciaire. La peau avait une transparence grisâtre. Sur le crâne, les cheveux s'étaient mués en une filasse trempée et gluante.

Il y eut comme un frémissement. Les paupières s'ouvrirent avec une interminable lenteur. Le juge sursauta. Des yeux d'alcoolique, un regard flou roulant dans le vide.

— Ma parole, on dirait qu'il est drogué !

— Les effets de la camisole chimique. Imaginez s'il n'était ni entravé ni maintenu sous sédation. Il serait son premier danger avant d'être celui du personnel soignant.

— Comment une telle réaction est-elle possible si vous maintenez le… malade dans cet état de prostration permanent ?

— Difficile à expliquer. Le mécanisme psychique est d'une telle complexité ! De plus, l'effet du traitement diffère d'un patient à l'autre.

— Si rien ne s'améliore pour lui, y a-t-il un délai au terme duquel vous considérerez l'état du patient comme irréversible ?

— Je dirais que s'il y a évolution, il est probable que celle-ci se produise dans le sens d'une aggravation. Sans garantie pour autant.

— Quel degré d'exactitude donneriez-vous à votre pronostic, docteur ?

Le médecin hésita.

— Une évaluation ne fera jamais une certitude. Comment voulez-vous… ?

— C'est vous le spécialiste, non ?

L'exaspération avait fait vibrer la voix du visiteur.

— Alors, conclut-il, écrivez-moi ça et faites-moi parvenir votre avis. Il me le faut pour décider de la suite à donner à l'action judiciaire.

Il poussa en soupirant la porte de l'établissement psychiatrique.

***

— Alors ?

Guillaume s'était redressé, content qu'on le libère de ses entraves. Il était à la fois hilare et soulagé. La séance destinée à abuser le juge d'instruction avait été assez éprouvante sur les plans physique et émotionnel.

— Non, mais, tu l'as vu ce con ?

— Ne sois pas trop sévère, tempéra Annabelle Russo. Il est dans son rôle.

— Tu parles ! S'il avait pu me faire sortir et me boucler !

— Tu viens de lui montrer que ce n'était pas envisageable. N'importe, la vigilance est de mise.

— Il pourrait revenir ?

— Qui sait ? Mieux vaut attendre l'abandon des recherches concernant tes amis et le classement du dossier.

La réponse fit resurgir les images terribles. Un voile douloureux assombrit les traits du faux patient. Quelque part, nichée dans un recoin de ses pensées, une vision subsistait. Elle lui faisait penser à cette espèce d'illusion que l'on perçoit lorsqu'un soleil trop éblouissant se réverbère sur une chaussée chauffée à blanc. Un mirage qui lui rappelait qu'avant de sombrer, là-bas dans les sous-sols des Mercuriales, il avait été l'otage de l'homme à la bure, après avoir vu Manon agoniser contre lui…

Annabelle Russo connaissait les effets de la déstructuration psychologique. Il y avait toujours le risque de glisser vers le syndrome dépressif. Il fallait que le cerveau conserve quelques flashes, illusoires ou non, synonymes d'espoir. Le temps que la prise de conscience prenne le relais et conduise au deuil réparateur. Elle respecta cet instant jusqu'à ce qu'il s'arrache de ses pensées néfastes. Il retrouva sa verve aussi soudainement qu'il avait sombré dans l'abattement.

— Dis donc, génial le coup de l'atropine !

— Oui. Je suis assez contente de moi. En principe on l'utilise pour dilater les pupilles avant un examen oculaire. Dosée judicieusement, elle donne au regard une expression hagarde tout en provoquant une inflammation de l'œil. Notre visiteur n'y a vu que du feu.

— Pas mal aussi ta partition ! Comédienne et médecin, tu t'en sors plutôt bien.

— Tu oublies mon troisième rôle.

— ?

— Dis tout de suite que je suis une mauvaise tante !

Annabelle Russo et son neveu échangèrent un sourire complice. Leurs retrouvailles ne devaient rien au hasard. C'était sans doute en cela que résidait le génie de Guillaume. Dès son admission dans l'Ordre du Temple, il avait mesuré les possibles conséquences de son engagement. Trop de mystères traînaient dans le sillage de la confrérie, trop de situations ou d'évènements nébuleux accompagnaient son histoire. Anticiper la possibilité que les choses puissent mal tourner et se ménager une issue de secours avait été sa première préoccupation. L'idée d'utiliser l'Institut comme refuge en cas de nécessité s'était aussitôt imposée.

Il avait eu le nez fin. Son intervention aux Mercuriales l'avait exposé et sa porte de sortie s'était trouvée là à point nommé. Annabelle Russo, la sœur de sa défunte mère, était trop réputée dans la sphère judiciaire pour qu'il vînt à quiconque l'idée de rapprocher le nom des Montalbach du sien. Tout au long de l'aventure, Guillaume l'avait mise dans la confidence. Pas un piège, pas une découverte, pas une action dont elle n'eût été informée.

Pour gagner un combat ou pour se sortir d'une situation inextricable, il avait admis, bien en amont, la possibilité de sa propre défaillance ou de la supériorité provisoire de l'adversaire. Ainsi, en faisant cette concession à son caractère présomptueux, il s'était donné le moyen de maîtriser l'éventualité d'une conjoncture défavorable. L'air satisfait, il alluma une cigarette.

Annabelle sembla soudain se rappeler quelque chose. Elle fouilla dans la poche de sa blouse.

— J'allais oublier, tu as une lettre.

Il décacheta l'enveloppe. La bonne humeur le quitta. Ses mains se mirent à trembler.

— C'est de Christine ! Elle n'est pas affranchie, qui l'a apportée… ?

— On l'a déposée dans la boîte aux lettres de l'Institut.

— Quelqu'un sait donc où je suis !

— Ce n'est pas un secret. Ce qui est rassurant, c'est que cela signifie que cette jeune fille était vivante lors de ton admission ici.

— Je ne crois pas…

— Mais si ! Cette lettre le prouve.

— …je ne crois pas, précisa-t-il, que cela soit rassurant. Christine a disparu en même temps que Manon. Jusque-là j'ai cru qu'elles étaient ensemble. Cette enveloppe laisse entendre que je me suis peut-être trompé.

Annabelle désigna le courrier.

— Est-il indiscret de… ?

— Non, balbutia-t-il au bord des larmes.

— « *Pardonne-moi, adieu. Christine.* » Et c'est tout ?

— Oui, murmura-t-il bouleversé.

Il n'avait pas percé le mystère de la disparition de sa jeune amie. Avait-elle été victime à son tour des forces adverses ? Avait-elle plutôt choisi de tirer un trait sur ce pan terrible de sa vie ? Pire, avait-elle fui pour une raison moins avouable ? Ni l'enveloppe ni le mot n'apportaient de réponse sur sa situation au moment où elle rédigeait ces mots. Pourquoi ce message laconique, cet immense regret ?

Il continuait de fixer la lettre. Sa tante se rappela qu'il avait toujours évoqué la jeune femme avec tendresse. À entendre son neveu, il lui avait semblé qu'il y avait plus que cela de la part de la fille de Rivalmonte.

— Crois-tu qu'elle t'a aimé, toi ?

— D'une certaine manière, répondit-il.

Ses yeux revinrent à la lettre posée sur ses genoux. « *Pardonne-moi, adieu…* »

— Et toi, quels étaient tes sentiments ?

Son regard meurtri témoignait d'une indicible souffrance.

— Oh, moi !

Concentré sur sa cigarette, il esquissa une grimace de lassitude. Pas difficile à traduire : *en quoi devrais-je me sentir concerné désormais ?*

Il frissonna. Annabelle posa ses deux mains sur ses épaules.

— D'accord, je n'insiste pas.

***

52

Castel Gandolfo - Villa Cybo

Le Pape sortit de sa torpeur, la vision floue, la bouche pâteuse. Une douleur sourde lui oppressait la poitrine. Ses bras étaient entravés le long de son buste au moyen d'une corde.

— Très Saint-Père, bienvenue parmi les vivants !

En un éclair, tout lui revint. Père Angus, le Cardinal Protecteur des Archives, la piqûre, l'atroce sensation de la mort imminente.

— Que m'avez-vous fait ?

La réponse de l'ancien moine lui fit froid dans le dos.

— Nous vous avons tué, très Saint-Père, puis nous vous avons ressuscité.

Il n'était pas certain d'avoir compris.

— Qu'est-ce que c'est que ces inepties ? Jamais l'homme n'a eu ou n'aura ce pouvoir…

— Jésus Christ n'a-t-il pas été fait homme ? N'a-t-il pas rappelé Lazare d'entre les morts, n'est-ce pas à Pâques que nous les chrétiens célébrons sa propre résurrection ?

— Non, non ! Le Christ est de nature divine.

— Alors, acceptez que je sois moi aussi de cette même nature…

— Ne blasphémez pas ! Dieu est par essence unique…

— …ou reconnaissez que l'enseignement de l'Église repose sur un gigantesque canular. Le fils de Dieu n'était qu'un charlatan en possession du Tercodyx.

— Blasphème encore !

— Acceptez l'évidence, Très Saint-Père. Vous étiez mort, vous revoici parmi nous.

Le Pape se rappela le nom du poison qui lui avait été administré.

— La tétrodotoxine… soit vous l'avez dosée pour me faire croire à l'efficacité de votre pseudo artefact soit il s'agit d'une catalepsie provoquée.

Père Angus agita un petit boîtier de plastique.

— Qu'à cela ne tienne, Très Saint Père, nous pourrions essayer celui-ci ?

Un mouvement de panique s'empara du vieil homme. Le cyanure ! L'échappatoire qu'il avait envisagée.

— C'était donc là votre porte de sortie ? Mourir plutôt que se soumettre. Soit ! Procédons selon votre désir.

Le cardinal, silencieux jusque-là, se plaça face à lui, un verre d'eau à la main. Père Angus orienta sa tête vers le plafond puis lui pinça le nez. Lorsque ses lèvres s'ouvrirent pour happer l'air, il y inséra le contenu de la gélule mortelle, inclinant le verre entre les mâchoires sans lâcher sa prise. Quelques soubresauts plus tard, le Pape décédait pour la seconde fois. Pour revenir à lui l'instant d'après.

Ils avaient gagné !

— Très Saint-Père, nous ne souhaitons ni le discrédit ni la disparition de l'Église. Son milliard de fidèles a simplement besoin d'un autre magistère.

— Et vous Père Angus, vous l'homme de la coulisse, vous seriez ce guide providentiel ? Vous n'êtes même plus prêtre.

— Les feux de la rampe ? Bien peu pour moi, l'ombre me convient mieux.

— Donc, ce sera vous, mon fils ? interrogea le Pontife en levant les yeux vers le Cardinal Protecteur des Archives Secrètes.

— Pas davantage, Votre Sainteté.

— Je vois, ce sera donc le supérieur de la Fraternité Eucharistique ?

— Dès que vous aurez levé la mesure de *suspens a divinis*[15] que vous lui avez infligée.

— Mais il sera votre pantin, c'est cela ?

Il se tourna vers son cardinal.

— Mon fils, en cautionnant cette opération, vous vous damnez…

— Je me contenterai de l'immortalité.

— C'est ce que Père Angus vous a promis ? Avec son Tercodyx ?

L'intéressé abrégea l'échange.

— Voici notre exigence : soit vous transigez soit le monde découvrira que la mystification du Suaire de Turin n'est qu'une aimable plaisanterie à côté de ce que nous allons révéler.

— Personne n'y croira.

— Nous révélerons l'existence de l'Anneau du Berger. Quelqu'un finira par poser la question de son origine et demandera ce qui lui valait d'être dissimulé aux archives secrètes du Vatican. Puis nous présenterons les deux autres artefacts et leurs fantastiques effets. Le mensonge séculaire de la chrétienté éclatera aux yeux de tous. La confusion réveillera les haines anciennes entre la chrétienté et les autres, ce sera le choc des civilisations et pour finir l'embrasement planétaire.

Il rendit les armes.

— Qu'exigez-vous à la fin ?

— Parlons de votre succession…

---

[15] mesure par laquelle l'autorité religieuse suspend un ecclésiastique de ses fonctions (Note de l'auteur)

53

Au village de l'Épine, l'énigmatique disparition de Christine de Rivalmonte et, celle tout aussi subite, de son majordome signa l'arrêt de mort du Clos du Temple.

L'héritière évaporée, le vieux serviteur manquant à l'appel, on avait d'abord alerté la gendarmerie. Au bout d'une semaine, le mystère restait complet. Le Clos du Temple dut cesser son activité. Le lendemain de la fermeture, au petit matin, un incendie dévastait l'établissement gastronomique. Ce qui raviva un temps l'ardeur des enquêteurs. En pure perte.

Du restaurant et de l'hôtellerie ne subsistèrent que les murs.

***

Parallèlement, une série de faits divers, a priori sans liens communs, survinrent en Italie comme en France.

La villa Cariotti, située à Anagni, à quelques encablures de Rome, fut totalement soufflée à la suite de la manipulation d'une conduite de gaz, lors de travaux de restauration. Telle fut la conclusion de l'enquête menée tambour battant par les carabinieri secondés, pour la partie technique, par une commission d'experts dont chaque membre — mais cela ne serait jamais évoqué — reçut de substantielles gratifications pour « oublier » certains détails troublants.

On retrouva au milieu des gravas les corps calcinés du propriétaire et de son épouse.

***

Le commanditaire du meurtre de Maître Renautrot, l'avocat châlonnais, et peut-être d'autres assassinats commis dans le secteur, ne fut jamais inquiété. Pour cause, son cadavre fut trouvé à son domicile. Le pistolet personnel, la balle en plein cœur et la lettre de suicide atterrirent en toute logique sur le bureau du patron de la Section de Recherche de la Police Judiciaire, la Crime. Le même jour, un pli anonyme, adressé au chef de la brigade financière de Reims, alerta fort opportunément ce dernier. Interpellé par l'identité de la personne incriminée, il s'empressa de transmettre l'information à son collègue de la S.R.P.J.

Lorsqu'éclata le *scandale de l'université*, on découvrit que le respectable Siméon de Puygirard, docteur émérite et doyen de la faculté d'histoire de Reims, n'était qu'un sinistre personnage. La lettre de confession trouvée près de son corps proposait une lecture nouvelle de l'assassinat de maître Renautrot. Ce dernier, membre au conseil d'administration de la faculté, avait relevé une série de malversations concernant les financements alloués à l'université. Ses accusations ciblaient le doyen. De fait, on découvrit des anomalies dans l'affectation de sommes.

Puygirard endossait la responsabilité du meurtre de l'avoué, justifiant son acte par son désir de mettre un terme au chantage exercé par le notaire sur sa personne. Nul ne remarqua la trace de piqûre sur la veine jugulaire de l'éminent suicidé. On avait élucidé l'affaire en un temps record, ce dont se félicita le patron de la Crime.

Les pages arrachées à la lettre d'Hugo de Pahans à sa petite fille ainsi que le document subtilisé dans l'enveloppe annexe ne refirent jamais surface. Qui s'en serait soucié d'ailleurs ? Le grand-père de Pahans, sa petite-fille Manon et maître Renautrot n'étaient plus là pour en parler. Guillaume Montalbach était hors circuit.

On n'identifia pas l'assassin de Serge Nicolleau, dit le Vendéen, dont le corps avait été découvert au fond d'une sape, au camp militaire de Suippes. On conclut sans rechigner à un règlement de compte entre voyous. Et l'on s'en contenta : deux assassins de moins dans la nature, c'était une excellente nouvelle.

Le décès de François Rivalmonte ne rejoignit pas la catégorie des homicides. Faute d'éléments probants, l'autopsie conclut à un malaise au volant de son véhicule. La trace du poison indétectable à effet différé et celle de la piqûre dans le creux de l'oreille, échappèrent au légiste.

Enfin, à quelques kilomètres de Reims, la communauté monacale de l'abbaye d'Hautvillers déplora le décès subit de son Père Prieur. Le prêtre, spécialiste de la phaléristique, succomba à un accident cardio-vasculaire, quelques minutes après avoir pris congé d'un visiteur, un moine à la démarche hésitante et à la voix fatiguée, dont nul ne vit le visage. Là encore, il n'y eut personne pour relever l'imperceptible trace rouge qui marquait son cou.

***

54

Vendredi 15 février

Plus de deux mois s'étaient écoulés depuis la visite du juge d'instruction à l'Institut médico-psychologique. Le rapport du professeur Russo l'avait conforté dans sa décision de mettre un terme à la procédure. Puis il était passé à autre chose... avant de décéder une semaine plus tard à son bureau d'une attaque cardiaque.

Sa greffière se morfondit d'avoir quitté son poste pour son habituelle pause-cigarette, au moment où son patron succombait. Elle ignora que l'homme qui l'avait gratifiée d'un sourire en la croisant à son retour enregistrait ses habitudes depuis plusieurs jours. Une fois de plus, il n'y eut personne pour remarquer le minuscule point rouge qui ornait la base de son cou.

***

Guillaume estima qu'il était temps de réaliser le dernier projet qui lui tenait à cœur. Le risque de voir réapparaître un représentant de la justice était désormais inexistant. Par précaution, le professeur Russo l'accompagnerait cependant. Un médecin escortant son patient à l'occasion d'une cure, l'alibi tenait la route. Auparavant, il avait une action à accomplir.

***

Il jeta un coup d'œil à travers la baie vitrée du cybercafé. Il était bondé. Il paya pour une heure de connexion et attendit son tour devant un cappuccino avant de s'installer devant l'écran. Il n'ôta ni sa casquette ni son manteau. Il utilisa une adresse jetable, ne consomma que trois minutes sur son crédit de temps puis commanda un autre cappuccino avant de quitter les lieux.

Plus tard, bien plus tard, l'enquête, s'il y en avait une, remonterait jusqu'au café et identifierait le poste Internet d'où était parti le courriel. Mais vu l'affluence du jour, ça s'arrêterait aux portes de l'établissement.

Deux secondes plus tard, à quelques six cent cinquante kilomètres de là, un alerteur sonore de messagerie cliqueta sur un PC. Le patron de la brigade de gendarmerie de Brétignolles-sur-Mer ouvrit le document électronique. Bien qu'il ne fût pas signé, il n'eut pas de mal à en identifier l'auteur. Il ne regretta pas d'avoir communiqué ses coordonnées au jeune Montalbach.

Lorsqu'il eût pris connaissance de la pièce jointe, il sut que l'affaire de la disparue du Corps de Garde serait le point d'orgue de sa carrière finissante. Malgré la prescription des faits, la révélation du réseau souterrain et la découverte des restes de la disparue de trente ans donneraient un joli coup de projecteur à son unité. Il relut la pièce jointe de deux pages avant d'en référer à son instance supérieure. Mais se refusa à trahir le vœu tacite de son expéditeur : « Silence sur mon compte ».

Lorsque l'on parvint sur les lieux, on découvrit sous le rocher à l'éperlan le squelette d'une femme, la moitié d'un médaillon à charnière, et les écouteurs d'un walkman. On trouva sous le rocher du Corsaire douze chariots de bois de facture médiévale. Le rocher Sainte Véronique quant à lui était vide.

Allyx Menils, informée du rebondissement dans la disparition de sa mère, obtint de la faire inhumer au cimetière de Brétignolles-sur-Mer et retint la date du 15 février comme celle qui marquerait l'anniversaire de sa mort. Elle se promit d'y faire pèlerinage chaque année et put enfin commencer son deuil.

Une fois les formalités accomplies et le dossier définitivement refermé, elle eut un entretien avec son rédacteur en chef. Sans se mettre en congé de la profession, elle prit ses distances pour mettre de l'ordre dans sa vie. Enfin, elle attendit qu'un évènement digne d'intérêt se produisît quelque part sur la planète pour enfiler sa panoplie de nouveau grand-reporter.

***

Ailleurs, une succession d'évènements agita les médias internationaux.

Cela commença par la mort du Cardinal Protecteur des Archives Secrètes du Vatican. L'onde de choc égala par son ampleur le scandale financier qui, dans les années 80, avait fait vaciller le Saint-Siège en révélant la collusion entre la mafia et la Banque Ambrosiano[16].

Pensez donc ! Si mourir d'un coup de pistolet n'est pas spécialement la mort rêvée pour un ecclésiastique — fût-il de haut rang — que dire du fait que son corps fût découvert dans un salon de massage aux prestations particulières, à une heure où les serviteurs de Dieu sont supposés célébrer complies ? Les circonstances du décès du prélat firent trembler la communauté des catholiques. De tout bord, les anticléricaux s'en donnèrent à cœur joie. Les vieilles rancœurs se ravivèrent entre pourfendeurs de la foi et croyants. Les condamnations affluèrent de toute part avec leur litanie de griefs. Tout devint prétexte à stigmatiser le Vatican et à saper l'autorité morale de son chef.

Les fidèles, malgré la violence des coups, supplièrent le Très Saint-Père de réagir. Sa Sainteté opposa un silence embarrassé. Pour amplifier la suspicion, un nouveau bruit courut sur la papale discrétion : un objet mystérieux, particulièrement sensible, aurait été subtilisé aux Archives Secrètes Vaticanes. Les curieux furent priés d'aller « fouiner » ailleurs.

Dernier séisme médiatique, la démission subite du Pape. Le scoop planétaire prit un tour inquiétant, d'autant qu'une rumeur assez curieuse prenait à nouveau corps. On prétendait que le Souverain Pontife se serait trouvé pendant quelques heures en situation de mort clinique et qu'il avait fallu

---

[16] Scandale politico-financier en Italie. En 1982, la *Banque Ambrosiano* fait l'objet d'une retentissante faillite, laissant un trou financier gigantesque. L'enquête démontrera qu'elle servait à recycler l'argent sale de la mafia, ces fonds transitant par la Banque du Vatican, à l'insu – semble-t-il – de la papauté (Note de l'auteur)

l'intervention d'un énigmatique guérisseur pour le ramener à la vie.

Le service de presse du Vatican tint bon face au déferlement. Il s'agrippa stoïquement à la version selon laquelle l'Évêque de Rome, miné par des soucis de santé récurrents, une immense lassitude physique et morale, ne se sentait plus à la hauteur de sa charge. Les adeptes de la *théorie du complot* en furent pour leur frais et la rumeur se dégonfla.

Le conclave fut réuni de toute urgence. Curieusement, lorsqu'au bout de trois jours de scrutin la fumée blanche jaillit de la cheminée de la Chapelle Sixtine, il fallut deux heures avant que la foule, réunie Place Saint Pierre, puisse recevoir la première bénédiction *Urbi et Orbi* de sa nouvelle autorité morale.

La rumeur renaquit de ses cendres : il se disait qu'on avait peut-être présenté au monde un Pape de substitution, imposé plus qu'élu. On évoqua, sans la nommer, une congrégation religieuse extrémiste dont l'inattendu et trop rapide retour en grâce attisa la suspicion. On pressentit l'imminence d'un revirement de la politique du Vatican lorsque son nouveau chef consacra sa première visite officielle au canton du Valais, terre d'accueil de la Fraternité Eucharistique en Suisse.

***

Escorté d'Annabelle Russo, Guillaume gagna une nouvelle fois les rivages vendéens. Cette fois, il abordait ce troisième séjour avec une relative sérénité. Il lui suffisait de ne pas croiser le chemin du commandant de la brigade de gendarmerie locale et tout irait bien. Il était guidé par une seule obsession, la promesse manquée faite à Manon. Il ressassait ses propres termes : « *il existe en moi des forces si insoupçonnées qu'à l'instant où tes espoirs sembleront réduits à néant, je trouverai la lueur qui éclairera les ténèbres* ».

Il avait failli. Il était hors de question qu'il échouât à honorer celle-ci. Pour la première fois de sa vie, il mobilisa l'ensemble de ses facultés, la peur au ventre. Il mit en mouvement ses réseaux d'information, passant au peigne fin les observations les moins contestables. Parce qu'il n'était pas de ceux qui négligent l'importance des transmissions orales, il recensa les phénomènes qui, bien qu'à la lisière du cadre scientifique, pouvaient proposer une quelconque corrélation avec les légendes du cru.

Et il avait réussi. Restait à tenir la promesse. Tout était prêt. Là-bas, quelqu'un était dans la confidence qui accepterait de jouer le jeu. Pour le reste, il ne maîtrisait rien. Tout dépendait d'Allyx.

L'attente durerait quoi ? Une semaine, six mois, un an, davantage ? Et si elle ne se manifestait plus ? Et, à condition qu'elle se présentât, faudrait-il encore compter sur un timing idéal et le bon vouloir des éléments. Il y avait aussi ce créneau immuable, bon an mal an : le solstice d'hiver où, de ce côté de l'Atlantique, l'on pouvait observer le phénomène connu des climatologues sous le nom de *rayon vert*.

***

55

Dix mois plus tard
vendredi 14 décembre
Institut médico-psychologique de la Marne

Il avait attendu de longs mois.

Placé en congé de longue maladie, Guillaume avait été radié des effectifs de l'Université. L'action judiciaire éteinte, il n'avait plus entendu parler de l'affaire. Hébergé dans l'aile privée de l'Institut, il s'était attelé à la rédaction d'un roman historique. Il savait pouvoir compter sur le soutien moral et financier de sa tante, dont il était le seul héritier. Il n'éprouvait aucune nostalgie pour son ancienne activité. Seule séquelle visible du terrible épisode passé, il avait perdu sa faconde naturelle.

Ce midi, Annabelle Russo attendit qu'il eût pris place à la table de la cuisine. D'ordinaire réservée et peu encline aux démonstrations, elle l'attendait avec une mine réjouie.

— J'ai une information qui devrait te plaire. Allyx Menils ne devrait pas tarder à pointer le bout de son nez. J'ai cru comprendre que les fêtes de Noël seraient synonymes de retour pour elle. En fait, elle fera un saut ici demain.

Elle guetta la réaction. Ce qu'elle vit le rassura. Allons ! Il existait au moins quelques options pour le sortir de son marasme.

***

Samedi 15 décembre

Les retrouvailles furent joyeuses.

Guillaume l'avait attendue dans l'arrière-salle privée du grand complexe hospitalier. La boule qui lui barbouillait l'estomac s'évanouit sitôt qu'elle eût franchi les quelques mètres qui les séparaient.

Allyx le trouva amaigri, ce qui lui donnait une allure moins pataude. Elle le préféra sans sa sempiternelle barbe de trois jours. La coupe de cheveux plus courte et désormais en ordre le rajeunissait. Le plus frappant restait l'intensité de son regard. Les yeux avaient désormais une expression différente. Elle y découvrit de nouvelles nuances, oscillant entre sérénité et retenue. « *Nouvelle peau, nouvelle âme* », se prit-elle à penser. Seule n'avait pas changé en lui — elle en éprouva un soulagement dont elle-même s'étonna — sa manie de s'exprimer « tactilement ». Il tenait les mains de la jeune femme dans les siennes. Même la pression des doigts avait conservé sa délicatesse.

Il la retrouva comme dans son souvenir. Sa démarche déterminée, sa gestuelle raffinée, sa sensualité, rien ne manquait. La voix avait peut-être gagné en profondeur, le regard s'était durci. Une gravité que trahissaient désormais les deux rides naissantes à la commissure de ses lèvres. Guillaume ne se lassait pas de la contempler. Le fait qu'elle lui ait réservé sa première visite l'avait requinqué.

Emprisonnés en une silencieuse embrassade, ils avaient frissonné au premier contact. Secondes intenses, mais trop brèves. Ils rompirent l'étreinte.

Les mots se bousculaient, chacun cherchant à mesurer ce que l'absence de l'un avait fait perdre à l'autre. Ils évitèrent d'aborder les sujets encore douloureux. Le temps viendrait bien assez tôt pour s'en libérer. Tout au soulagement de s'en être sortis indemnes, ils cherchaient leurs marques, les moments d'euphorie alternant avec ceux chargés d'embarras.

Passé le moment d'effusion, Allyx et Guillaume se tournèrent vers Annabelle Russo qui se tenait à l'écart. L'un et l'autre réclamèrent d'une seule voix des éclaircissements sur la façon dont elle était parvenue à les réunir. L'explication les divertit en même temps qu'elle éclaira Guillaume sur un versant ignoré de la vie de sa tante.

— Savez-vous Allyx que je compte parmi mes amis une personne qui vous est chère ?

— Dites-m'en plus.

— N'est-il pas prochainement question d'un repas, disons… le 25 décembre ?

— Michel ? Michel Ferrière ! Je suis effectivement invitée chez lui. Il me tanne depuis des semaines pour que je rentre. Il prétend me présenter la femme qui est entrée dans sa vie.

— Qui est Michel Ferrière ? interrogea Guillaume.

— Le rédacteur en chef d'Allyx …

— Ex rédac-chef. Mais un toujours fidèle ami et confident… mon second père en quelque sorte.

Elle tourna son regard vers la psychothérapeute.

— Mais comment… ?

— Peut-être que je détiens quelques parts du journal.

— Madame Russo, être actionnaire de l'Union-l'Ardennais ne suffit pas à justifier qu'on vous informe sur ma vie privée, surtout que je n'en suis plus salariée.

— Disons que le dénommé Michel m'est très, *très* cher.

Le ton avait juste ce qu'il fallait d'ingénuité.

— Ne me dites pas que…

— Ainsi devrions-nous nous retrouver à la même table le jour de Noël. Au fait, Guillaume, tu es aussi convié à la fête.

— Et tu m'avais caché ça !

— Qu'est-ce que tu crois ? Que passée la soixantaine une femme n'a plus de vie ?

Allyx était aux anges. Les deux journées suivantes, elle découvrit que Guillaume était devenu supportable. Elle prenait désormais un réel plaisir à partager de longs moments à ses côtés. Aussi avait-elle accepté avec enthousiasme l'invitation d'Annabelle à passer en leur compagnie les dix jours les séparant de Noël. Jusque-là elle n'avait aucun engagement.

Le quatrième matin, au cours du petit déjeuner, sans lever la tête du journal, il lui lança une proposition étonnante.

— Que dirais-tu d'une petite semaine de thalasso ?

— Allons bon ! C'est ta nouvelle façon de draguer ? Ou bien tu n'as pas trouvé de meilleur prétexte pour me voir en maillot de bain ?

— Tu peux essayer à poil, mais pas sûr qu'on t'y autorise.

Elle hésita entre fou rire et irritation. C'était dingue ! Comme si certains sentiments forçaient la prison où elle croyait les avoir enfouies.

— Sérieux, je parle d'un petit séjour à respirer le bon air marin.

— Et tu nous vois faire ça dans quel coin ?

— J'ai bien apprécié mon périple en Vendée. La région est sympa. Sur le Net j'ai repéré un complexe de thalasso marine aux Sables-d'Olonne. Pension complète prise en charge par Annabelle. Au menu : soins le matin, escapades l'après-midi, lecture, cinéma, sauna, le soir. Sept heures de route, pauses-pipi et pause-repas inclus. Qu'est-ce que tu en dis ?

Son débit s'était accéléré, comme pour ne pas laisser le temps au refus de s'installer. Il s'attendait à essuyer une salve d'objections.

— Quand partons-nous ?

***

Lundi 17 décembre
Les Sables-d'Olonne (Vendée)

Guillaume avait été largement en deçà de la vérité quand il avait présenté la région comme sympa. Même au cœur de l'hiver, la Vendée ne connaissait pas les rigueurs hivernales que l'on rencontre dans l'Est. Le complexe Thalassa offrait un cadre dépaysant. En bordure du Lac de Tanchet, surplombant lui-même une longue plage de sable fin, le centre de cure se situait en périphérie de la station cossue. La ville aux allures bourgeoises ronronnait dans la douceur du climat atlantique. L'endroit idéal pour évacuer les scories de leur vie éparpillée.

La première matinée fut consacrée à la visite médicale puis à la présentation des installations et des prestations. Encore imparfaitement remis des fatigues du trajet, Guillaume et Allyx s'autorisèrent une sieste. Sans se donner d'autre consigne que celle de laisser filer les heures, ils flânèrent ensuite le long des deux kilomètres du lac. Cette première journée chargée d'embruns iodés eut raison de leur résistance.

Le lendemain après-midi fut l'occasion de découvrir la cité et son remblai-promenade puis de s'empiffrer d'un plateau de fruits de mer avant de terminer la soirée au casino. Le matin suivant, Guillaume se montra quelque peu soucieux. Elle eut le tact d'ignorer ses absences, imputant ce changement d'attitude au fait qu'il n'avait peut-être pas tout à fait soldé son traumatisme. Ce fut peut-être le tournant de leur relation.

Sans trop savoir comment ni pourquoi, l'envie lui prit de glisser son bras sous le sien. Au début, il s'était crispé ; à l'issue du repas de midi, c'est lui qui avait repris le charmant rituel. En début de soirée, il avait retrouvé sa verve et sa bonne humeur.

Le jour suivant, changement de programme.

— Demain matin, annonça-t-il, je prévois de sécher les séances de balnéo. Tu veux bien me laisser la voiture ?

— J'ai mon mot à dire ?

— Non, c'est pour ton cadeau de Noël.

— Ça me semble prématuré.

— Pas le choix. Je te retrouve pour déjeuner.

À midi, lorsqu'il entra dans la salle de restauration, il arborait un sourire de vainqueur. Elle eut beau le harceler, il demeura intraitable.

— Dis-moi au moins pour quand c'est.

— Fin d'après-midi.

Faussement vexée, elle lui retourna une moue boudeuse… jusqu'à ce qu'il lui prenne affectueusement le bout des doigts et la gratifie d'un regard de cocker.

L'éclat de rire d'Allyx ne passa pas inaperçu, provoquant l'hilarité des convives et leurs clins d'œil de connivence.

***

Guillaume tint bon. À mesure que la journée avançait, il s'était fait plus mystérieux, paraissant de plus en plus tendu, comme s'il avait craint qu'un impondérable vînt enrayer son projet. Son anxiété devint plus palpable lorsqu'ils descendirent de la voiture, en bordure d'une bande de dunes. Allyx, à qui il avait bandé les yeux, foula le sable avec précaution.

— Marrant ! Quand on est aveugle, on n'a pas idée comme les autres sens peuvent être sollicités. Par exemple, là tu vois, j'entends le cri des mouettes ou des goélands. Et là, juste en face, c'est le bruit des rouleaux. Je n'avais jamais remarqué à quel point le bruit des vagues était impressionnant. Ah ! Et il y aussi ce goût de sel sur mes lèvres. Et maintenant, l'odeur du goémon. C'est fort, limite puant…

Elle marqua le pas quelques secondes.

— Curieux ! On dirait que…

Elle se comportait de façon singulière. De nature habituellement concise, elle pérorait comme pour évacuer une contrariété ou retarder une échéance.

— Tu m'as dit qu'on était où, exactement ?

— Je ne te l'ai pas encore dit.

— Ah ? Aïe ! C'est quoi ce machin ?

— Désolé, tu as posé le pied sur un chardon.

— Tu me fais peur, tout à coup. Les chardons… Pourquoi j'ai cette sensation de déjà vécu ? J'ai l'impression que…

Définitivement inquiète, elle assura sa prise sur le biceps de Guillaume. Les premières manifestations de la panique. La rassurer, avant tout…

— Encore un effort. Je te promets que tu n'as rien à craindre.

— Tiens ! Je ne sens plus l'odeur de marée. Oh ! Ce parfum maintenant, je le connais. Non, je le reconnais ! Du serpolet. C'était mon odeur préférée quand on allait dans la dune avec papa…

Elle étouffa un sanglot en réalisant la portée de ses mots. Guillaume serra un peu plus son bras. Sa voix pénétra en elle avec une solennité inattendue.

— Nous sommes le jeudi 20 décembre. Il est exactement 17 heures 35. Le coucher du soleil a lieu officiellement de ce côté de la France à 17 heures 37. Tu es avec moi sur la dune de la Petite Sauzaie, commune de Brétignolles-sur-Mer, face à la plage dite du Corps de Garde.

Il lâcha son bras et passa derrière elle pour dénouer le bandeau.

— Approche ma belle, quelqu'un t'attend.

Elle releva la tête. Juchée à l'extrémité de la masse de sable, défiant les années et les éléments, la cabane de pierre et son unique volet bleu ! Et puis cet homme qui venait d'apparaître dans son champ de vision. La casquette de toile bleue, la marinière, la pipe, tout y était. Le deuxième homme ! Celui dont les casiers empestaient le goudron, celui qui, après avoir remis la clef de la cabane à son père, aimait à se placer à l'extrémité du long rocher. Devant elle, en bout de dune, une masse rocheuse avançait vers la mer. Le rocher aux couleurs grise et rose, le rocher à l'éperlan ! Un nom surgi de son subconscient.

L'histoire qui rejouait le film oublié. Adossé à la façade gauche de la cabane, le vieux marin semblait regarder dans une direction précise. La voix de Guillaume, à nouveau.

— Mon cadeau, ma promesse…

Elle se figea. Toutes ses certitudes volèrent en éclat. L'improbable s'offrait à ses regards, le miracle était à ses pieds. Au-delà de la construction, son regard accrocha le bout de l'horizon, juste au point de confusion entre cieux et flots. Un éclair zébra l'espace situé à la base du soleil, au moment où l'astre entra en contact avec la ligne imaginaire. Pendant dix secondes, suspendu à la verticale, le rayon vert scintilla comme en lévitation, avant de se fondre à l'océan.

Saisie d'un vertige, elle s'agenouilla à même le sable. Guillaume s'accroupit à ses côtés. Prise de tremblements irrépressibles, incapable d'endiguer l'émotion qui la submergeait, elle pleura longuement contre son épaule. Il la releva avec douceur. La soutenant par la taille, du revers de sa main libre il entreprit de sécher ses larmes.

Guillaume souriait. Il était heureux. Il avait réussi. « *Les sentiments c'est comme l'enfance, il faut leur laisser le temps de grandir.* »

Dans une douloureuse extase, les mots franchirent enfin les lèvres tremblantes :

— La lumière de tous les possibles ! Mais quelle sorte de magicien es-tu ?

***

ÉPILOGUE

Reims - Gare S.N.C.F. (Dimanche 25 décembre)

Dino Labro passa sa main sur ses yeux. Le Grand Maître de la Quartora était épuisé. La pierre philosophale avait beau posséder le pouvoir de réparer les dégâts, voire de prolonger l'existence, elle n'avait pas celui de supprimer la sensation de fatigue. L'affaire avait fini par pomper toute son énergie. Mais ça avait valu le coup. Sa capacité à brouiller les pistes, son art de la manipulation et, il ne pouvait le nier, quelques heureux hasards, avaient fait le vide.

Exit la salle souterraine aux huit oratoires ainsi que le Sanctuaire aux divines reliques ! L'explosion aux Mercuriales ainsi que l'injection préventive de tonnes de ciment pour sécuriser la zone avaient anéanti pour toujours la possibilité d'y accéder, coupant ainsi tout lien avec la Quartora et le Secret.

Ce n'était pas l'entière vérité : lui, Dino Labro et bientôt son successeur, connaissait un autre accès, un passage révélé par la lettre d'Hugo de Payen à sa petite-fille. Une lettre dont personne n'aurait jamais connaissance. Dans le bas-côté gauche de la flamboyante Notre Dame de l'Épine, il existe un puits, le puits à la Vierge. Profond de vingt-six mètres, l'on prête à son eau des vertus miraculeuses. La légende dissuade ainsi quiconque de chercher toute explication à cet ouvrage au sein d'un édifice religieux.

Côté adverse, l'Église était désormais à la merci du Tercodyx qu'il détenait ; il n'avait plus qu'à s'assurer qu'il en serait toujours ainsi.

Tout était désormais sous contrôle. Il avait fait le ménage. De Puygirard n'était plus qu'un mauvais souvenir. Exit Cariotti, l'homme à la solde du Vatican. Il avait pourtant bien failli parvenir à ses fins en retournant le jeune Montalbach ! L'épisode avait été fâcheux, mais les évènements l'avaient favorisé. Le jeune historien était désormais sous bonne garde dans un centre spécialisé. Il ne semblait pas prêt d'en sortir. Quand bien même, qui écouterait les élucubrations d'un malade mental ?

À l'abbaye d'Hautvillers, le Père Prieur quant à lui, bien que présentant une menace peu envisageable, avait reçu une visite définitive.

Sur le plan judiciaire, le classement sans suite ainsi que le décès prématuré du juge avaient mis un point final à l'affaire. Par ailleurs, les victimes et disparus semblaient ne jamais pouvoir être rattachés les uns aux autres.

Allyx Mesnil avait pris le large et, tout comme son ami policier Marc Ambreuil, avait toute raison de se taire. On leur avait fait parvenir une liste, celle des protagonistes ayant payé de leur vie leur implication : de Puygirard l'universitaire, de Pahans le maître des Mercuriales et sa petite-fille Manon, de Rivalmonte le restaurateur, Nicolleau le privé, Renautrot le notaire, Thibaudeau le métayer, Cariotti l'ingénieur et sa femme. Chaque nom, précédé d'une croix, était biffé d'un trait rouge. Le message s'achevait par une menace : *serez-vous le suivant ?* Seul manquait le nom de Christine.

Au Vatican, deux personnes connaissaient la vérité, le Pape émérite et son successeur. Le premier n'avait aucun intérêt au scandale ; le second était le champion que la Quartora venait de placer sur le devant de la scène. Quant au Cardinal Protecteur des Archives Secrètes, sa voix s'était éteinte dans des circonstances scabreuses. Restaient deux protagonistes : lui-même et la personne qu'il attendait.

Maximiliano Dino Labro, Père Angus pour l'Ordre, n'était pas pressé. Son train n'était pas encore entré en gare. Il appréhendait le long déplacement qui l'attendait. Maudite soit sa phobie de l'avion qui lui faisait privilégier le transport par voie ferrée. À son âge, les longs parcours automobiles n'étaient plus envisageables. Mais bon, cette fois-ci, il ne serait pas seul. Il avisa son futur compagnon de route et lui adressa un discret signe de reconnaissance.

— Mon déguisement vous convient-il ? En tous cas, bravo pour le vôtre. Vous êtes méconnaissable.

Il n'avait jamais pu passer au tutoiement. Il l'observa.

Il connaissait la nature tortueuse de l'être qui lui faisait face. Il y avait un peu plus d'une année de ça, il lançait dans le bain de la manipulation ce monstre de sang-froid, capable de commanditer sans sourciller l'élimination d'un membre de sa famille. À aucun moment le doute, l'hésitation ou le remord ne l'avaient arrêté. Toute manifestation de faiblesse, de timidité ou d'abattement n'était et n'avait été que poudre aux yeux. Infiltration, faux-semblants, inquiétudes factices, empathie provoquée, postures calculées, son partenaire avait rendu une partition parfaite, jouée avec une diabolique maestria.

Maximiliano Dino Labro dévisagea son successeur. Il frissonna de contentement. Une réflexion le réjouissait particulièrement. Personne jusqu'à ce jour n'avait été assez subtil ou perspicace pour relever le joli pied de nez que son patronyme envoyait à l'Histoire : Dino Labro était l'exacte anagramme de Boroldani.

Maximiliano, dit Maxime, l'ex-majordome de François Rivalmonte et Grand Maître de la Quartora, donna le signal de départ à l'annonce de leur train.

Ils échangèrent un regard d'une étrange complicité.

— Eh bien, qu'attendons-nous, Mademoiselle Christine ?

FIN

Remerciements

Ma gratitude va tout d'abord à Laurence SCHWALM, mon éditrice militante, pour ses conseils avisés, son soutien attentif et surtout pour avoir cru en mon projet.

Ensuite, je souhaite partager l'avènement de ce premier roman avec Fabienne FEHLEN et Esther HAZARD, professeurs de français à VERDUN, pour avoir accepté de prendre sur leur temps personnel et avoir porté un premier regard critique sur mon manuscrit et y avoir relevé les inévitables fautes de syntaxe, lourdeurs de style et autres fantaisies qui n'avaient pas leur place ici.

Mes remerciements vont enfin à Nadine GROENECKE, mon amie écrivain. Sans ses encouragements, son enthousiasme communicatif pour la « *chose écrite* », il n'est pas certain que j'aurais eu l'ardeur et la persévérance de mener *Les Frères de l'Apocalypse* à son terme.

Dans la même collection

Cet ouvrage a été mis en page par Ex Aequo

Jacky Minguet

Les Frères de l'Apocalypse

thriller

ISBN : 978-2-35962-613-1

Collection Rouge
ISSN : 2108-6273

Dépôt légal avril 2014

Éditions Ex Aequo
6 rue des Sybilles
88370 Plombières les bains

www.editions-exaequo.fr

Imprimé en France